# UNE DRÔLE DE GUERRE

DU MÊME AUTEUR
chez le même éditeur

*La Mauvaise Vie*, 2005
*Le Festival de Cannes*, 2010
*Le Désir et la Chance*, 2012
*La Récréation*, 2013
*Une adolescence*, 2015
*Mes regrets sont des remords*, 2016
*Le Pays de l'innocence*, 2017

Frédéric Mitterrand

# UNE DRÔLE DE GUERRE

Robert Laffont

ISBN 978-2-221-19629-8
Dépôt légal : novembre 2020
Éditions Robert Laffont – 92, avenue de France 75013 Paris

*Pour Xavier,*
*Pour Ariel*

Ce livre rassemble d'un côté les messages reçus sur mon téléphone portable et de l'autre les diverses réflexions qui m'ont accompagné durant ces semaines de cauchemar. Ces deux histoires n'en forment qu'une. On y lira, avec le répit de l'inquiétude, celui de la gratitude à l'égard de tous ceux qui ont partagé cette épreuve.

F. M.

« Tout s'est éteint, flambeaux et musiques de fête. »
Victor Hugo, *Hernani*, acte V, scène 3.

« Presque tous les événements qui dessinent l'aventure de ce siècle ont été pour les contemporains des surprises presque totales. »
René Rémond, *Les Droites en France*, Aubier, 1954.

Il est revenu contaminé de la foire d'art de Maastricht. Puis incubation sans symptômes durant trois ou quatre jours. Dîner mondain très réussi, avec de nombreux amis. Atmosphère très sympathique. Roselyne : « Il ne faut plus s'embrasser et observer les gestes barrières. » On la regarde sans bien comprendre. Deux invités sont contaminés et ne le savent pas. Comme lui.

Week-end dans le Midi et, au retour, sensation pénible d'avoir trop profité d'un soleil généreux. Petite toux, courbatures, fatigue. Puis fièvre, quintes de toux de plus en plus persistantes, sommeil agité. Tentative de test mais « Restez chez vous, prenez du Doliprane, ça va passer. »

Ça ne passe pas. Urgences de la Pitié : « Ce n'est pas ici, retournez d'où vous venez, et consultez votre médecin traitant. »

De retour chez lui, aggravation brutale.

Le SAMU débordé : Musique, tapez 1. Coupure. Musique, tapez 1, etc. Le cousin Pieri, qui est médecin, l'emmène de force à Lariboisière. On le garde. Épuisement, essoufflement, quintes de toux violentes. Plaisante encore au téléphone.

Ensuite, réanimation, coma.

J'ai senti dès le retour du week-end que c'était très mal parti.

*Dimanche 8 mars*

JEAN-GABRIEL, *mon frère*
— Tout OK, pas de symptômes.
— Ouf. F.
— Dommage, je devenais intéressant.
— Tu as toujours été intéressant. F.

JEAN-GABRIEL, *mon frère*
— Franck vient de m'appeler. Je pense très très fort à toi. F.
— Tout va bien, pas d'inquiétude. Pelloux, très gentil, m'a appelé de la part de Franck. Je n'ai pas les symptômes, on surveille.
— Super. Inquiétude. F.

*Lundi 9 mars*

XAVIER
— Xavier, rappelle-moi, il dit que ce n'est rien. Inquiétude maxi. Vite *please.*

Il est très beau, très chic. Il a beaucoup de succès avec les filles, autant que les frères Merlin avec leurs grosses motos et leurs blousons d'aviateurs américains, mais dans un genre différent, plutôt smoking et rallyes de la jeunesse du 16ᵉ. M. Lorphelin, qui surveille de près les nymphettes du cours Victor-Hugo, lui donne souvent la chasse. Il a même eu sa photo dans *Paris-Presse*, en tenue de soirée avec l'héritière d'un type connu. J'ai relu le titre au moins cent fois : « Un jeune lion nommé Mitterrand ». Je ne sais pas que les lions, c'étaient les jeunes élégants au temps du romantisme, mais je vois bien que notre père n'apprécie pas. Il ne lui prêtera plus sa 403.

Je garde toujours une photo de Bernard-Marie Koltès près de moi. Je la regarde encore plus souvent maintenant.

« La terreur de l'imprévu, voilà ce qu'occulte la science de l'Histoire, qui fait d'un désastre une épopée. » (Philip Roth, *Le Complot contre l'Amérique.*)

*Le ciel peut attendre*, beau film, bon titre. Très indiqué dans ces circonstances. Rien ne presse, qu'il attende le plus longtemps possible.

*Mercredi 11 mars*

JEAN-GABRIEL, *mon frère*
— Comment vas-tu ? Tu surveilles ? Que dit Pieri ? F.
— Gardel me fait de bonnes soupes au pistou. Tout va bien, ne t'inquiète pas. *Love.*
— Fais le test, je t'en prie.
— Oui, oui, mais ça n'en vaut pas la peine.

ANNE F.
— Chère Anne, les nouvelles ne sont pas bonnes. Deux contaminations après le dîner où nous étions, dont mon frère. Cela vient sans doute de l'un des autres invités qui était contaminé sans le savoir. Je suis désolé de vous en informer. Frédéric.
— Oh, zut. Mais pas d'hospitalisation, j'espère. Bonne continuation, comme on dit. Amitiés, Anne.
— XXX, F.

*Jeudi 12 mars*

JEAN-GABRIEL, *mon frère*
— Tout va bien, mais toi, fais bien attention, pas de petits baisers aux amis ni de mains serrées. Prendre exemple sur Roselyne. L'ami de Franck n'a rien, donc les convives sont sauvés, surtout notre prince chéri qui l'a trouvé « absolument charmant ».
— XXX, F.

*Vendredi 13 mars*

La maladie de l'olivier a commencé dans les Pouilles il y a dix ans. Elle a remonté toute l'Italie, gagné la Corse, la Provence, les Baléares. Des milliers d'arbres séculaires en sont morts. Il fallait lire des revues d'horticulture pour s'y intéresser.

Manif féministe à Madrid, dix mille personnes. Manif pour l'indépendance de la Catalogne à Perpignan, cent mille personnes. Le virus à la fête pour un début d'épidémie. Le virus, quel virus? Les organisateurs flairent un piège du pouvoir.

1960. Il part faire son service militaire. C'est encore la guerre d'Algérie. Il fait nuit et nous sommes sur le quai de la gare d'Évian. Mamie avec ses sandwiches (et à qui ça rappelle de mauvais souvenirs) ; Maman très calme et faisant la forte; Tante Joan super positive à l'américaine; Olivier qui conseille de jouer les dingues pour se faire réformer; et moi qui pleure, le gamin qui partage l'émotion générale. Lui, il se la joue brave et tranquille, mais comme je ne l'imagine pas non plus avec un fusil dans le djebel, comme dans *Cinq Colonnes à la une*, au fond, question larmes, je me force un peu. Pour être honnête, je pense aussi qu'il a de la chance. J'ai toujours rêvé d'aller en pension, d'être scout, d'entrer dans l'armée, d'être entre garçons, avec les hommes, sans l'avouer.

XAVIER
— Xavier, rappelle-moi. Il persiste à dire que ce n'est rien qu'une bronchite et que G. lui fait des bonnes soupes pour le requinquer. Je n'y crois pas. Je le pousse à se faire dépister, il me répond que « non, ce n'est pas la peine ». J'insiste matin et soir. En vain. Essaye de le convaincre. XXX, F.

JEAN-GABRIEL, *mon frère*
— Très triste pour Tonie Marshall ! Les amis, les aimés s'en vont… *Love.*
— Grande tristesse, oui, elle avait beaucoup compté pour moi à plusieurs moments difficiles. Je suis à Saint-Gatien jusqu'à dimanche. Je pense fort à toi. XXX, F.

*Vendredi 13 mars*

JEAN-GABRIEL, *mon frère*
— Comment vas-tu, ce matin ? F.
— Courbatures partout, pas de fièvre, respiration un peu difficile, mais tout est OK, *my love.*
— Est-ce qu'il n'est pas temps d'appeler un médecin ?

*Samedi 15 mars*

JEAN-GABRIEL, *mon frère*
— Le test ! Vite, le test.
— Ils m'ont dit : ce n'est pas la peine, restez chez vous, Doliprane. Ne t'inquiète pas. *Love.*

*Lundi 16 mars*

Il m'emmène voir un film de Lana Turner au cinéma des Agriculteurs. Il s'agit d'une salle extraordinaire où on est assis sur des fauteuils club en cuir. Il y va souvent, la caissière le connaît. Le film est formidable, un mélo déchirant en scope couleurs. Il trouve comme moi que Lana Turner fait penser à Maman quand elle est amoureuse. En rentrant, on en parle dans la rue. Il neige. J'essaye de mettre mes pas dans les traces qu'il laisse devant moi.

Revoir *Le Dernier Rivage*, avec Ava Gardner et Gregory Peck : les derniers jours de l'espèce humaine à Melbourne avant l'arrivée d'un nuage atomique qui s'est déjà répandu sur le reste de la planète après un coup de balai nucléaire universel. Je l'avais vu au Biarritz, à treize ans. Grosse impression, on était en pleine guerre froide.

Suzy Delair est morte plus que centenaire. Elle regretta un certain temps de n'avoir pu serrer la main de Goebbels lors du fameux voyage des artistes en Allemagne. Ensuite, elle n'en a plus parlé. Beaucoup de talent, très douée pour le chant, de la repartie façon Jeanson, une bien jolie bouche toujours humide, carrière honorable mais à demi ratée à cause de son sale caractère. Très bien en blanchisseuse sur le retour qui se tape Renato Salvatori dans *Rocco et ses frères*.

MME TERRIER

— Monsieur, je vais devoir annuler notre rendez-vous pour le mardi 17 mars, à 16 heures, en raison des mesures de confinement, une nouvelle proposition vous sera faite dans les semaines à venir. Bien cordialement, Mme Terrier.

— Merci, protégez-vous bien, et veillez sur Régine qui est une personne chaleureuse et aimable, donc qui ne se ménage pas. Bien à vous, F.M.

— J'adore Mme Régine, je veillerai sur elle. Bien cordialement, Mme Terrier.

— C'est ce que je pensais. F.M.

GEORGES-FRANÇOIS

— Appelle-moi quand tu peux. Tu es à la campagne ? Si oui, ne bouge plus. On risque fort de rester enfermés. On en saura plus demain. XXX, F.

PIERRE-OLIVIER

— Cher Pierre-Olivier, je pense que l'on va vers un confinement généralisé, donc je reste en Normandie avec mon ordinateur. Je vous appelle un peu plus tard. XXX, F.M.

— Bien reçu. J'attends de vos nouvelles. P.O.

ALICE

— Je lui ai parlé. Il reste pour la nuit et aura les résultats du test demain matin. Il est fatigué et tourne un peu en rond, mais ça a l'air d'aller. Alice.

— Il m'a envoyé un SMS. Je pense fort à toi. F.

— Merci, mon cher oncle. On se tient au courant. XXX, Alice.

Pangolin : petit animal exotique, timide et furtif, vivant surtout la nuit où il se nourrit essentiellement d'insectes qu'il débusque avec sa longue langue. Craignant l'homme qui le pourchasse pour sa chair tendre et les écailles qui le recouvrent. Elles auraient des vertus médicinales, surtout aphrodisiaques, lorsqu'on les réduit en poudre selon la médecine chinoise. Il serait le principal responsable de l'épidémie. Pour un peu, on le suspecterait d'avoir couché avec des chauves-souris, ces réservoirs volants à virus. Haro sur le pangolin qui n'a même pas eu la chance d'être immortalisé par La Fontaine !

Plan d'urgence de l'État : indemnisation du chômage partiel, soutien massif aux secteurs dévastés de l'économie, engagement à l'égard des soignants, rapprochement avec l'Allemagne, plus d'Europe autant que possible, etc. Rien à reprocher à la promesse tenue du « quoi qu'il en coûte ». Mais ces messieurs de Bercy doivent affûter leurs dagues devant cette entrée en fanfare dans l'ère du « On verra bien plus tard ».

Entendu à Clichy-sous-Bois : « Si ceux qui ont de la chance dans la vie s'inquiètent de l'après : imaginez ce que ressentent ceux qui n'ont rien. »

Ebola, en fait, comment cela s'est-il terminé ? Et puis est-ce que ça s'est vraiment terminé ?

MATHIEU
— Mon Mathious, ton oncle est à l'hôpital, médecins rassurants mais débordés, panique générale, envoie-lui un petit mot, je pense très fort à toi. Dadou.

DRITAN
— Jean-Gabriel à l'hôpital. Virus. F.
— XXX, D.T.

JEAN-GABRIEL, *mon frère*
— Tu es ressorti ? On est près de toi, mon merveilleux frère. F.
— Je suis à Lariboisière, on a fait le test, résultats demain, mais manque d'oxygène et j'avais 9/6 de tension en arrivant. Pas d'inquiétude, me disent-ils, je dois sortir demain. XXX, *Love.*
— La tendre amie pense très fort et très affectueusement à toi. F.
— Elle ne veut pas faire la une, en venant me rendre visite ? C'est adorable de sa part, mille mercis, *love.*
— J'organise avec Stéphane et *Point de vue* ! J'ai eu Pieri, rassurant.
— Appelle Zsa Zsa Gabor. Je risque d'être en retard.

*Mardi 17 mars*

Manchette du *Monde* : « La situation sanitaire se dégrade rapidement. » Et en sous-titre : « Dans la région Grand Est, les hôpitaux vacillent déjà. Bains de soleil dans les parcs, marchés bondés... Ce week-end, le pays n'a pas pris la mesure du danger. »

Addiction à BFM. Fascination horrifiée, et sans doute morbide, devant le nombre de morts. Ruth Elkrief, nette, sobre, humaine. Bruce Toussaint, son côté bon nounours qui rassure, empathie sincère et vraie gentillesse. Bruno Jeudy, Anna Cabana, les amis du soir. L'enfant sage qui commente les données scientifiques et le décompte infernal, sérieuse et sans esbroufe. Les autres, rien à dire, mais trop école de journalisme pour m'aider à supporter l'angoisse. Je regarde chaque soir jusqu'à plus d'heure.

Nous, les trois frères, nous avons dépassé l'âge où sont morts nos grands-pères, paternel et maternel. Je n'ai pas connu Bon-Papa Mitterrand, mais sur les photos, à soixante-dix ans, il paraissait déjà très vieux. Quant à Papie, que j'ai beaucoup aimé et dont je me souviens très bien, il ressemblait à Melvin Douglas sur les photos qui ont été prises peu avant sa mort à soixante-dix ans également. Nous avons tous les trois l'air plus jeunes, mais ce n'est peut-être qu'une illusion et puis, nous sommes dans la tranche d'âge fatidique où le virus fait des ravages.

JEAN-GABRIEL, *mon frère*
— Épuisé, un peu découragé, ils m'ont changé de chambre, ils commencent le traitement demain.
— C'est donc le coronavirus. Tu es toujours aidé avec de l'oxygène pour respirer ? On pense tous à toi. F.
— Oui, bien testé. Pas d'oxygène pour le moment.
— Un petit SMS pour nous, stp. On partage avec O.M., Alice, Edward, Ariel, mes enfants. Tu es dans quel service ? Tu sais ? Ils sont gentils avec toi ? F.

GARDEL
— Je pense tout le temps à toi. Je t'embrasse fort, Frédéric.
— Mon Fredo, merci... Je suis dans un état... Difficile à décrire... De solitude énorme d'abord, pas tellement pour l'enfermement... C'est que Jean-Gabriel, depuis quelques années, c'est tout pour moi, mon plus grand ami, mon confident, mon appui, la bienveillance sur moi, dans tout... mon travail, toujours mon conseil, celui qui corrige mes fautes. Il est tout pour moi. Mon unique pilier. J'espère qu'il va se remettre, sinon peut-être que je n'y survivrai pas. Autrement, c'est aussi l'hécatombe autour de moi. Désolé de me confesser à toi, mais tu le sais, j'ai tellement peu de gens à qui je peux dire tout ça. Je t'embrasse fort et on espère qu'il se remettra en forme. G.
— Je pense très fort à toi. Pieri qui le suit n'est pas inquiet. Je t'embrasse de tout mon cœur, F.

Le « Nous sommes en guerre » du président : j'ai décidément du mal à m'y faire. Je ne doute pas de la sincérité de cette posture gaullienne, dont il est d'ailleurs coutumier comme il l'a montré en d'autres circonstances, mais je la trouve excessive et peut-être dangereuse. Ces déclarations martiales : élan dynamique du *wonderboy* ou narcissisme de l'apprenti démiurge. On est un peu dopé sur le moment, et puis on compare avec Angela Merkel, Mutti harassée et qui ne se paye pas de mots.

Le président a maintenu le premier tour des élections municipales. La veille encore, la classe politique et ses différents leaders en tête parlaient, sans rire et frémissants, d'un coup d'État quasi bonapartiste, s'il avait décidé de reporter la consultation. Deux jours plus tard et alors que tout s'est déroulé normalement avec une surabondance de précautions sanitaires, volte-face générale. L'épidémie s'est emballée et les mêmes qui poussaient des cris d'orfraie tombent à bras raccourcis sur le président, sa légèreté, son indifférence, ses petits calculs ! On aimerait citer des noms, mais la charité y répugne, et puis c'est impossible, ils sont trop nombreux : « Je savais que la vague du tsunami était devant nous. On aurait dû tout arrêter, c'était une mascarade. » On incrimine tellement les politiques de ne jamais oser dire la vérité qu'il y a une grande hypocrisie à reprocher à Agnès Buzyn d'avoir tiré la sonnette d'alarme que personne n'a voulu entendre. On pourrait seulement lui reprocher de ne pas être descendue du train. Tout pour lui faire endosser désormais le statut enviable de bouc émissaire.

FRANÇOIS DE M.
— Bravo, François, pour ce succès si mérité qui m'a procuré une grande joie ! Nous traversons des temps difficiles, mon frère Jean-Gabriel a été atteint par le virus et se trouve à l'hôpital. De quelque côté que l'on se tourne : inquiétude et incertitudes. Une victoire comme la vôtre a quelque chose de rassurant, car vous en connaissez la vraie valeur au-delà du combat proprement politique. Tous mes vœux pour vous et votre famille. Je vous embrasse, F.M.
— Cher Frédéric, un grand merci pour votre message si gentil. J'espère que votre frère va traverser cette maladie rapidement et sans trop de souffrances. Nous vivons en accéléré des situations extrêmement contrastées. Pour moi, la satisfaction rapide d'un beau score après une campagne âpre ; lundi et mardi, la gestion difficile de la fermeture de nos services non essentiels ; désormais le confinement obligatoire. Si au moins cette terrible épidémie pouvait redonner le goût de la lecture aux Français. Nous y verrions enfin un élément positif. Prenez soin de vous. Avec toutes mes amitiés, François.

M.Y.
— Bonjour Frédéric. Comment allez-vous ? Je suis triste d'apprendre la nouvelle de votre frère. Comment se sent-il ? Comment gérez-vous ?
— Ça va. Bien à vous, F.M.

ROMULUS
— On s'accorde à dire que c'est la chloroquine qui pourrait aider les médecins…
— Il est bien suivi. On verra. F.

À Évian, à dix-sept ans, il couche avec Marie-Lou, une brave fille de son âge, un peu paumée, fraîche, avec de grosses jambes. Moi, toujours à l'affût, je garde le secret mais c'est une prouesse qui m'épate. Un peu plus tard, il couche avec une amie de Maman et, cette fois, Olivier et moi nous le pressons de questions. Il répond évasivement, comme un séducteur professionnel, mais on comprend que c'était pas mal.

Mes petits neveux qui sont à la montagne ont tous attrapé le virus. Ils ne s'en rendent pas compte, ils vont très bien, ils rigolent. Difficile de considérer ces chérubins joyeux comme autant de bombes ambulantes.

Jean-Luc Mélenchon : « L'Histoire est une chance ou une déchiqueture. »

Jacques Julliard : « Nous étions heureux et nous ne le savions pas. »

À la mosquée de Nice, chacun est prié d'apporter son tapis. À l'église, il n'y a plus d'eau dans les bénitiers.

Mort d'Eva, la chanteuse allemande à la voix grave, petite cousine de Marlene et de Hildegarde Kneff. Elle vivait au Québec, où elle était encore très connue. Nous avions parlé plusieurs fois au téléphone : elle hésitait à revenir en France, où on l'avait oubliée. Très gentille et sympathique. Soixante-dix-neuf ans, cause inconnue.

PIER PAOLO

— Cher P.P., je pense fort à toi. F.

MONSIEUR LE MAIRE

— Bravo, M. le maire ! Victoire ultra-méritée, je suis heureux de vous connaître. Amitiés fidèles, F.M.
— Bonjour monsieur, ce numéro n'est pas celui de M. le maire mais celui de sa cheffe de cabinet. Je lui fais suivre votre message. Bonne journée.
— Chère Madame, merci pour votre SMS. Bien à vous, F.M.

RUTH

— Chère Ruth, mon frère a été contaminé, il est en train de se battre contre le virus. C'est une angoisse terrible. Vous avez le ton juste, calmez les autres qui en font trop. Désolé, c'est l'inquiétude qui parle et j'ai tellement confiance en vous. Frédéric Mitterrand.
— Cher Frédéric, je pense à vous et vous souhaite de la force… Nous sommes tous inquiets, mais nous sommes debout… et nous tentons humblement de remplir notre rôle, ce n'est plus du journalisme d'ailleurs. Je vous embrasse.
— Je comprends. Mais vous avez, comme toujours, le ton juste. Autrement, se méfier autant que possible de l'excitation journalistique. Je sais comme c'est difficile, mais je suis sûr que vous comprenez ce que je veux dire. Je vous embrasse, Frédéric.

Appelez le 15, on vous répondra mais le 15 est saturé et ne répond plus. Des heures, oui, des heures à insister en tenant un portable inutile, avant qu'une ligne se débloque enfin.

Martin Hirsch : « On dépasse à chaque seconde les limites de ce que l'on croyait impossible. »

Pierre Desproges dans ses *Chroniques de la haine ordinaire*, en 1986 : « Je voudrais ici présenter mes excuses au pangolin. Le pangolin est un mammifère édenté d'Afrique et d'Asie. C'est une bête éminemment pacifique. De ma vie, je n'ai jamais eu à me plaindre d'un pangolin. » (Il l'avait traité d'« artichaut à l'envers, avec des pattes ».)

Une curieuse évolution esthétique : avec la multiplication des interviews suscitées par l'actualité de l'épidémie, on interroge des spécialistes et des témoins de toutes sortes, comme s'ils étaient filmés par des téléphones portables. En gros plan, le visage déformé dans une lumière glauque. Le direct sous une forme brute qui prétend saisir la vraie vie sur le vif.

Il n'y a jamais eu autant de pages cuisine, gastronomie et bons vins dans les journaux depuis qu'on ne peut plus aller au restaurant. Ça se comprend. Mais comment expliquer qu'il y ait aussi autant de publicité pour les voitures à la télévision alors qu'on est censé ne pas sortir de chez soi ?

FRANÇOISE C.
— Chère Françoise, je pense beaucoup à toi. Fais bien attention à toi. Ce virus est très dangereux. Je t'embrasse fort, Frédéric.
— Où es-tu ?
— Confiné en Normandie, il y a pire. Où es-tu ? Tu fais bien attention. Frédéric.

HOSNI
— Merci bien reçu, remarquable histoire de Sihem avec des mots du cœur. Je pense à ton frère en espérant qu'il s'en sortira très vite. Je t'embrasse. Hosni.
— Merci à toi. Frédéric.
— Donne des nouvelles de ton frère en les espérant bonnes. Hosni.
— On ne sait rien. Hôpital débordé. Le matin, pas bien du tout. F.

ALICE
— Je lui ai parlé ce matin, le pauvre dans sa cellule, résultats à 18 heures.
— Je sais, attente pénible.

Info DG SFR : Face à la crise du COVID-19, SFR se mobilise pour vous garantir la continuité de ses services et la qualité de son réseau. Pour toutes informations, vous pouvez compter 24h/24 et 7j/7 sur votre Espace Client et sur l'ampli SFR et moi. Votre service client reste joignable au 1023. Infos sur http://c.sfr.fr/sfr-covid19

Mon petit neveu Fernand, beau à faire la couverture des magazines gay dont il ne soupçonne même pas l'existence, avait de fortes chances d'intégrer l'équipe de triathlon aux couleurs de l'Allemagne lors des prochains Jeux olympiques. On ne sait plus quand ils auront lieu. Le gosse continue à s'entraîner dans le brouillard, bravement.

Attendre avant de ramasser un papier qui traîne par terre, éviter de se lever deux fois de suite dans la baignoire, prendre son temps avant de refaire son lit et de soulever le matelas pour glisser au-dessous les draps, être essoufflé dans la montée à pied avant de redescendre en allant vers Honfleur, choisir l'escalier mécanique dans le métro quand il y en a un, rechercher un nom très connu qui s'est brusquement effacé de la mémoire et s'agacer vraiment en attendant que ça revienne, être incapable de se servir utilement de son ordinateur, s'embrouiller dans le maniement du GPS, rater un embranchement d'autoroute pourtant bien signalé, demander une carte d'embarquement à l'aéroport plutôt qu'une notification sur le portable, relire deux fois une phrase dans un article pour être certain d'avoir bien compris, s'endormir devant le courrier qui s'accumule, subir la dégradation de son corps et les kilos en trop qui ne cèdent pas, se relever la nuit pour pisser et avoir de brusques envies dans la journée, ne plus bander à la demande : la vieillesse s'avance inexorablement en infligeant mille petites défaites qui annoncent la déroute définitive. Pourtant, toujours fringant lorsqu'il s'agit de prendre la route, d'aller au cinéma, de rencontrer des célébrités. Le goût du divertissement, la frivolité, les formules de politesse, au fond, c'est ce qui part en dernier.

COUSIN PIERI
— Je te réponds plus tard.
— OK.

SAÏD
— Quelles sont les nouvelles de Jean-Gab ? T'embrasse.
— Hôpital, traitement commence demain, très fatigué, angoisse. F.

H.B.
— Je suis très triste pour Jean-Gabriel. Je sais combien vous l'aimez et la place qu'il occupe chez vous et chez Olivier. Qu'il se rétablisse vite. Ne sortez pas. Je pense bien fort à Jean-Gabriel. Je le porte dans ma prière. H.B.
— xxx. F.

ISABELLE DE L.
— Nous suivrons tes conseils, cloîtrés à La Ramée… Comment va Jean-Gabriel ? Et toi, bien sûr ? Mille baisers de loin, Isabelle.
— À l'hôpital, médecins rassurants. Bien respecter les consignes. Mille pensées tendres, F.
— On pense beaucoup à vous !!! On est très sages ici. Toi aussi, j'espère.

NAZANINE
— Une pensée amicale, cher Frédéric, en ces tristes temps de confinement. Je vous embrasse, Nazanine.
— Jean-Gabriel, hôpital, inquiétude infernale et silence. Merci pour votre message. F.
— Toutes mes prières sont avec lui et vous. Tenez-moi au courant. J'ai une immense affection pour Jean-Gabriel et respect aussi. Je vous embrasse, Nazanine.
— xxx, F.

Un tel déferlement d'informations, d'interviews de spécialistes, de débats contradictoires qui sont censés nous éclairer : finalement, on ne sait qui croire et on n'y comprend plus rien.

Mimi est un sale gosse à la beauté insolente, et je l'adore. Il fait exprès de tousser à la figure des grandes personnes en disant qu'il a le Covid. Cette méchanceté m'enchante. Il vient me retrouver dans mes rêves. Mimi est mort il y a quarante ans, bousillé par la drogue.

Dans ses *Cinémonde*, concours de popularité : Marilyn Monroe contre Jayne Mansfield, Brigitte Bardot contre Mylène Demongeot, Françoise Arnoul contre Pascale Petit, Sarita Montiel contre Carmen Sevilla… Il fallait répondre au journal, en envoyant son vote sur le coupon détachable. C'était quand même plus marrant que *Les Cahiers du cinéma* qu'il me disait de lire, sans trop insister d'ailleurs, puisque j'étais indécrottable et que ça l'arrangeait plutôt.

Moi, dans mon coin, je suis fou de son pote Maxime, et lui aussi sans doute. Comme Olivier également. Mais chacun à sa manière. Personne ne résiste au charme infernal de Maxime, même Maman qui prétend le détester. Mais c'était autrefois, il y a bien longtemps, quand Maxime lui soufflait des filles plus délurées, le genre Catherine Spaak ou Jacqueline Sassard, celles qu'on voyait au cinéma. Maxime était l'impensé des sentiments obscurs, celui qui le trahirait et le ferait souffrir. Tout cela finira mal, vraiment très très mal.

ARLETTE

— Comment allez-vous ? Et Jean-Gabriel à qui je pense, où est-il soigné ? Ici, en Suisse aussi, le virus circule. Alexis et Édouard sont ici et travaillent sur internet. On ne sort que pour les courses. Soyez bien sage. A.

— Traitement commence demain, très fatigué. Ne répond plus aux messages. Je suis très angoissé. *Baci*, F.

— Il est très solide mais j'ai peur aussi.

ROSELYNE

— Chère Roselyne, Jean-Gabriel à l'hôpital. Inquiétude. F.

— Quelle désolation… Mes pensées vers Jean-Gabriel, vers toi et toute la famille.

— xxx, F.

M. ET M.

— Jean-Gabriel à l'hôpital, le virus. Je t'embrasse fort, faites bien attention, Frédéric.

— Nous pensons très fort à lui, à vous tous.

— Jean-Gabriel très heureux d'avoir reçu ton message mais trop fatigué pour répondre. Avec moi, il plaisantait au téléphone avec son élégance habituelle. Mais ce fut bref. Tous dévorés d'angoisse. Il vous embrasse tous les deux, comme moi avec tant d'amour. F.

LIRIA

— Comment va Jean-Gab ?

— On en saura plus ce soir. Très fatigué. Il plaisante.

— Je lui ai envoyé deux messages.

— Trop fatigué pour répondre. Le traitement commence demain.

— Ne panique pas. Je suis là. Les hôpitaux ne sont pas prêts.

— *News* demain. Tu connais tout ça.

*Mercredi 18 mars*

Formentor, c'est merveilleux. Un grand hôtel où il danse la nuit sur la terrasse avec Merle Oberon. Elle est arrivée avec George Hamilton, il a disparu de la circulation, elle s'est consolée en trouvant qu'il lui ressemble. À force de relire des numéros de *Cinémonde* qu'il me prête, je ne m'étonne plus de le voir nager en plein Hollywood. Notre villa est un peu plus loin sur la plage, on prend un Chris-Craft pour aller pique-niquer dans des endroits déserts. Le jeune pilote est beau gosse, sportif, un peu rustique, pas le genre qui plairait à Merle Oberon, mais ça me convient très bien. Je n'ai que treize ans, un âge où l'on doute de tout et où on ne comprend pas grand-chose. Une copine vraiment ravissante est aussi sur le canot, elle est très gentille avec moi et elle est venue de Paris spécialement pour lui. Il ne pense plus à Merle Oberon. Le pilote veut me montrer une crique où il y a des mérous. On les laisse tous les deux sur un rocher où ils se bécotent comme des fous, à peu près nus dans le soleil. Je suis jaloux d'elle qui préfère rester sur son rocher, du pilote qui préfère ses mérous, de lui surtout, qui la préfère à moi.

Bel article de Pascal Bruckner sur l'usage du confinement. Le détachement de l'intelligence, mais sans arrogance ni égoïsme.

Sibeth… Quelques mauvais calembours pour se venger de ses bourdes à répétition, assenées avec une assurance difficile à supporter. On est peut-être injuste à son égard. Mais c'est la voix de son maître. On la dit très déprimée devant l'avalanche de critiques. Ça peut se comprendre.

CATHERINE P.
— Jean-Gabriel, réanimation, inquiétudes et silence. Je pense tendrement à toi. Frédéric.
— Oh… Mille pensées pour lui, pour toi dans ce château vide. Je t'embrasse fort, Catherine.

CARLOS
— Cher Carlos, je pense fort à toi. Frédéric.
— Merci, merci, fais attention à toi et à tes proches. Je t'embrasse.

ÉDOUARD
— Mon doudou, on attend que l'interne rappelle. F.
— OK, merci Fredo. xxx, E.

OLIVIER F.
— OK, merci Fredo. Ce serait bien de savoir s'ils l'intubent ou non et ce qu'ils pensent de son état. Sont-ils inquiets ? Ou bien sans autres maladies s'agit-il « simplement » d'une procédure d'oxygénation lourde mais non critique ? *Love.*
— On attend l'interne, Olivier lui posera les bonnes questions. F.

ROBERTA
— *Caro Direttore*, je viens de savoir pour votre frère. Je pense beaucoup à vous et je vous embrasse. Je prie pour vous. xxx, Roberta.
— xxx, F.

En Espagne, les applaudissements des soignants recouverts par des concerts de casseroles contre le roi qui n'en finit pas de payer pour les fautes de son père. Arrière-pensées de la solidarité obligatoire.

Seule satisfaction dérisoire : la catastrophe a balayé d'un seul coup tous les remugles d'amertume et de hargne qui faisaient notre ordinaire. Les débordements de la vague #MeToo qui ont culminé lors de la soirée des Césars. Les borborygmes de M. Martinez et de sa clique orchestrant les grèves à répétition, la violence confuse des Gilets jaunes, Greta Thunberg, la gamine terrifiante et ce joli vicelard de Juan Branco avec son pote russe sorti de *Solaris*; toute une atmosphère de suspicion généralisée et de passions tristes. Mais ce n'est qu'un répit. Ne pas se faire trop d'illusions, ils reviendront!

Mon frère, Olivier, à la tour de contrôle familiale. Il a réussi à établir un contact avec un interne qui l'informe de l'évolution de la situation. Chaque journée se passe dans l'attente de ce coup de fil. L'interne est extrêmement bienveillant et prend la peine de distraire quelques instants de son temps au feu pour répondre. Ensuite, Olivier nous appelle. Parfois l'interne n'est pas là, ou indisponible. Olivier s'épuise à tenter de le joindre. Panique générale lorsqu'il n'y est pas parvenu.

On découvre les héros ordinaires de la vie quotidienne à côté des soignants : éboueurs, flics, caissières des grands magasins. Ces dernières sont particulièrement exposées. On leur accorde une prime spéciale. Même pas ce que je dépensais avant pour un dîner à plusieurs dans un restaurant normal. Elles n'ont pas le choix, il leur faut continuer à travailler pour survivre aussi mal.

JEAN-PIERRE
— Mon cher J.P., je pense fort à toi. F.
— Merci, mon Fredo.
— Confiné à Saint-Gatien, ça pourrait être pire mais inquiétude infernale pour Jean-Gabriel. Lariboisière. F.
— Oh !!!

SAÏD
— Tu as des nouvelles ? Fais attention à toi. Je t'embrasse fort.
— Inquiétude infernale, alerter tout le monde. F.

STÉPHANE
— Bonjour Frédéric. Comment allez-vous ? Je vous embrasse, Stéphane.
— Inquiétude infernale pour mon frère gravement contaminé. F.
— Je pense très fort à vous. S.

LAURENT PG.
— Mon cher Frédéric, on s'est installés à la campagne et du coup, je compose beaucoup. Tout le reste via internet. Protège-toi bien, et à très vite, Laurent.
— Je pense à vous. Affection, F.

ZOU
— Bonjour mon Fredo, j'espère que tu vas bien. De notre côté, tout va bien. Je fais du télétravail, ma femme est en chômage technique et Skander suit ses cours en ligne et saute au trampoline. Et toi, ça va ? Prends soin de toi, mon petit lapin. Je t'embrasse, Z.
— Confiné en Normandie, il y a pire. Je pense à ta mère, essaye de lui expliquer qu'il faut limiter les contacts. Explique aux autres Tunisiens que c'est un complot des Français, des Juifs et des pédés, ça leur flanquera la trouille et ils feront attention. Enfin, on est bien dans la m... Je t'embrasse fort et toute la petite famille avec. F.

Photo de Rome : la place d'Espagne vide, la villa Médicis fermée, mes paysages chéris, aimés et perdus.

Roberta, Michelina, Alexia, Gianni, ma famille Médicis bien-aimée, tous autour de Stéphane le vaillant capitaine du navire oublié dans la tourmente. On échange des messages, il se préoccupe pour mon frère, on ne se manquera jamais.

Centenaire de Fellini. C'est une passion de plus que nous partageons. En Italie, il y a beaucoup de cinéastes de génie, mais Fellini est au-dessus de tous. Il me l'a fait découvrir en m'emmenant voir *La Strada* au petit cinéma des Champs-Élysées, celui qui donnait des reprises et coûtait moins cher que les autres. Je devais avoir dans les dix ans, pas beaucoup plus. Il sortait déjà avec cette magnifique Allemande qui ressemblait à l'une des sœurs Kessler. Olivier m'y emmenait aussi souvent, on y a vu *Scarface*, *Grand Hôtel*, des films rigolos avec Jerry Lewis. J'ai écrit un jour à Fellini, quand j'étais encore bien jeune, pour lui dire que la vie sans lui serait très triste et, le plus beau, c'est qu'il m'a répondu par une lettre tapée à la machine, sur son Olivetti je pense, avec des fautes de frappe émouvantes et c'était une lettre merveilleuse d'amitié et de gentillesse. Je voulais qu'on lui rende un grand hommage pour le centenaire, d'autant plus légitime qu'il a souvent été coproduit par des Français et qu'il aimait notre pays. Mais on ne m'a pas écouté et il ne s'est rien passé. Le virus a bon dos. En fait, quelqu'un a dû avoir peur, quelque part. Mastroianni qui fouette les femmes de son harem en révolte, le paradis des bordels de Rome, les gentilles danseuses qui n'en font pas toute une histoire et les belles sur le retour à gros nichons qui en pincent pour les petits jeunes, la fondamentale innocence du désir des hommes : de quoi enflammer les harpies féministes qui ne laissent plus rien passer et affoler les cultureux lâches qu'une bonne polémique

— Haha ! Mon Fredo. Je suis sûr qu'on va s'en sortir sans sortir de chez nous ! On se voit à la fin de cet épisode. Mille boussas.

STÉPHANE

— Merci à Roberta pour son gentil message qui me touche beaucoup. Elle connaît mon frère qui est venu à la Villa avec ma mère. Terrible angoisse. F.

ARLETTE

— Dès que vous aurez des nouvelles, vous me dites.
— Sans faute. F.

CARLOS

— On se parle quand on se parle. Pensées bien affectueuses, Carlos.
— Tétanisé d'inquiétude. Bien à toi, F.

M. ET M.

— Merci, mon Frédéric chéri ! Michel t'embrasse très fort, comme moi. Les trois frères sublimes. À très vite, Marina.
— On se tient serrés les uns contre les autres. xxx, F.
— C'est si important. M. et M.

LIRIA

— Je pense à toi très fort.
— xxx, F.

suffit à terroriser. Pourtant qu'elle vienne la polémique ! Avec mon frère, quand il sera sorti, on leur clouera le bec à ces mégères.

JANINE
— Quelles sont les nouvelles ? À Saint-Gatien ? À Paris tout est calme. Je lis. Tendres baisers, Janine.

*Jeudi 19 mars*

Il n'aime pas qu'on lui souhaite son anniversaire. Il est comme moi, ça l'angoisse, il pense au temps qui reste. Mais il n'aime pas non plus qu'on ne le lui fête pas, ça l'angoisse encore plus. Comme moi.

BFM, je ne regarde rien d'autre. Beaucoup d'invités, pas vraiment de tri, certains intéressants, d'autres médiocres. Beaucoup de reportages d'un peu partout et pas seulement d'en France. La litanie des applaudissements de soignants, à 20 heures, en ouverture du journal, les gens depuis leurs balcons, attendrissement général devant les enfants qui frappent dans leurs mains, je ne sais qu'en penser.

Le point de presse du professeur Salomon tous les soirs. J'écoute en essayant de retenir ce qu'il dit et je regarde en essayant de comprendre la personne à côté de lui qui s'exprime en langage des signes. Et si je coupais le son ? Souvenir d'une séquence hilarante dans un film d'Almodóvar, où la sourde traduisait un meurtre horrible avec force gestes.

Un mot nouveau à retenir : *décubitus.* Terme employé pour décrire la position d'un corps allongé sur un plan horizontal. Le *décubitus ventral,* c'est quand on est couché sur le ventre pour assister la respiration. Il faut au moins quatre soignants pour retourner un patient de *décubitus dorsal* à *décubitus ventral.*

Un gouvernement d'Union nationale ? Oui, de Xavier Bertrand à Bernard Cazeneuve. On peut rêver.

HOSNI
— Je pense fort à toi, Hosni.

PIER PAOLO
— Je pense fort à toi et à notre cher J.G.
— *Ti amo.* F.

ÉDOUARD
— Message d'Olivier : « Intubé, sommeil artificiel, état stable. » L'interne OK pour appeler chaque jour. F.
— Merci mon Fredo. Au moins, il ne souffre pas et on prie pour que son état s'améliore dans la semaine. Tellement triste de le savoir seul dans son sommeil et dans sa chambre. Je l'aime tellement et il me manque tellement déjà. *Love,* E.
— XXX, F.

ANNE F.
— Je pense à vous. J'espère que vous allez bien. Amitiés, Frédéric.
— C'est gentil, merci. Ça va, confinée à Paris avec mon fils. J'espère que votre frère et vous-même vous portez aussi bien que possible. Amitiés, Anne.

MOÏSE
— Mon Moïse aimé. Ne bouge pas de ta montagne. Je pense fort à toi et à la petite famille. Réanimation, état stable, paraît-il. Envoi des SMS à Édouard et à Alice. J'ai félicité notre maire préféré. Je t'aime, mon petit neveu, et ton frère souffre beaucoup. Notre folle angoisse pour ton oncle. Olivier est en contact avec l'interne. XXX, F.
— Mon oncle, je pense fort aux trois frères. Confine-toi bien. Merci. Pour le maire. Je t'embrasse fort.

Roselyne Bachelot « réhabilitée » dix ans après l'affaire des vaccins qu'on lui reprochait d'avoir commandés en surnombre. Ce terme, « réhabilitée », que l'on claironne partout, a quelque chose de pervers, c'est presque une autre insulte. Il renvoie à un passé sinistre de canaille générale, même s'il est exact que ceux qui l'accusaient alors se comportaient à son égard comme les émules des crapules staliniennes. Il suffit de revoir les auditions à la commission de l'Assemblée nationale pour en être édifié. Cependant, avec un peu d'objectivité et de raison, on comprenait bien qu'elle n'avait pas failli en faisant son boulot de ministre de la Santé qui doit *aussi* prévoir l'imprévisible. La gabegie actuelle sur l'absence de masques lui a donc donné raison. Tartufferie des médias qui l'accablaient et battent maintenant leur coulpe, sans aller pourtant jusqu'à s'excuser. Il ne faut pas trop leur en demander. Pas revancharde pour un sou, elle évite de revenir sur le passé. C'est une battante dont toutes les grandes capacités sont en éveil pour affronter le drame actuel qui la bouleverse.

Les journaux regorgent d'informations et de conseils pour le confinement utile. Leçons aux enfants, vertus du jardinage et de la cuisine, apprentissage de la visio-conférence, rangements, etc. Abondance de témoignages sur le thème du plaisir de la lecture, des rangements, du « enfin j'ai un peu de temps pour moi ! ». Moi, je passe mon temps au téléphone à échanger des nouvelles sur l'état de mon frère et, autrement, je n'ai envie de rien, je n'arrive même plus à lire ou à regarder un film à la télévision.

FRANCIS
— Jean-Gabriel réanimation. F.
— Et toi ça va ? Francis.
— Oui.
— Je pense tout le temps à Jean-Gabriel. Tu me tiendras au courant ? Hein ? xxx, F.
— Bien sûr. F.

JEAN-PIERRE
— Réanimation. F.

GARDEL
— Je suis avec toi à chaque instant. Frédéric.
— Merci mon Fredo... je l'aime tellement, et toi et Olivier (et même ta mère), vous le savez, vous l'avez senti toujours... notre relation vraie, libre, profonde, unique... Je suis un tout petit peu moins seul... d'être accompagné et compris par vous.
— xxx, F.
— Je pense aussi à Jacqueline, elle doit être terriblement préoccupée.
— Oui. F.

SAÏD
— Réanimation, ne communique qu'avec moi. F.
— Albert de Monaco positif. Vraiment triste pour Jean-Gabriel, j'espère de tout cœur qu'il va s'en sortir. Je l'aime si fort. Saïd.
— Des *news* demain. F.

Des villes sans cafés, sans cinémas, sans théâtres, sans jardins publics, sans transports, avec des magasins fermés pour la plupart et des rues désertes : un cauchemar à la Houellebecq, promu grand prophète selon les circonstances.

France Musique traverse l'épreuve avec les honneurs. Une équipe formidable, je les écoute comme des amis, ils me remontent le moral. Mon frère entend-il quelque chose au fond de son coma ?

État de siège en Tunisie où il semble que le Premier ministre a consciencieusement travaillé, mesures draconiennes au Maroc avec le roi qui n'a pas perdu une minute, Hirak paralysé en Algérie, ce qui fait les affaires du pouvoir.

Mort de Patrick Le Lay, l'ancien patron de TF1, à soixante-dix-huit ans, d'une longue maladie selon la formule consacrée. Un Breton à la tête dure, brutal et colérique, mais droit, franc et fiable. Ses fleurs poussaient à l'intérieur et je l'aimais bien. Son fils lui rend un bel hommage, très émouvant.

Dans le pré en face de la maison, les trois ânes sont morts brutalement, emportés par une fièvre mystérieuse. J'aimais beaucoup Pépin, le patriarche que j'avais réussi à apprivoiser. Je me refuse à penser qu'il pourrait y avoir une corrélation avec la situation actuelle, mais je n'y parviens pas tout à fait.

GEORGES-FRANÇOIS

— Jean-Gabriel, réanimation. Isolement. Inquiétude et silence. Protégez-vous bien tous les deux. F.

— Quelle tristesse. À très vite, on vous embrasse.

DORIS

— On pense tellement à Jean-Gabriel, à toi… Je me sens tellement inutile… On veut aider mais on ne peut pas ! J'espère que tu reçois mes pensées. De tout cœur, D.

SOPHIE

— Saint-Gatien, campagne, mais lourde inquiétude pour mon frère. F.

— Lequel ? Contaminé ou autre problème ? Je t'embrasse fort.

— Covid, réanimation. F.

— Jean-Gabriel ? Dans quel hôpital ?

— Lariboisière.

— Mon fils va y travailler à partir de lundi en réserve des maladies infectieuses. Tu veux que je lui demande de faire passer un message ?

— Je te dirai.

— Je t'embrasse très fort.

STÉPHANE

— Réanimation. Peur et silence.

— Avec Roberta, nous pensons à vous et à votre frère.

« Nous sommes en guerre ! » Ouiche, celle de 1940 et le joli cœur, malgré toutes ses qualités, n'est pas le général de Gaulle.

Chansons à la télé en Thaïlande : « Le Covid parti, je viendrai t'embrasser. Protège-toi bien, quant à moi je t'aime tellement que je me désinfecte les mains avant de t'envoyer un texto. »

Nuits agitées, réveils en sursaut, rêves et cauchemars. Un peu de douceur bizarre, parfois. La cheffe, qui est belle d'ailleurs, s'avance vers moi dans un joli tailleur noir et blanc, toute souriante. Pas comme la dernière fois, dans la vraie vie, où elle était peu aimable. Elle me parle très gentiment et me promet que je pourrai faire tous les films et les documentaires que je voudrai réaliser, elle m'assure qu'on se verra très vite ; toute cette histoire de ne m'avoir jamais reçu, ce n'est qu'un malentendu. Autre rêve, la même nuit : un jeune homme délicieux, air de Tancrède ou de Quentin, me reproche avec des larmes qui lui coulent sur les joues, de ne pas l'aimer assez. Cet aveu m'émeut, je lui essuie ses lunettes tout embuées, je le console en lui affirmant le contraire et je lui propose de l'épouser, il me dit oui tout de suite.

Confiné avec moi, Jihed me comble à chaque instant de marques d'attention, d'affection et de gentillesse.

Mathieu, coincé à Dubaï avec sa femme et les deux petits. Malgré la distance, si proche de moi, de nous tous. La même inquiétude.

ARLETTE
— Réanimation, inquiétude, silence. Je vous embrasse fort, F.
— Terrible ! J'en pleure.
— xxx, F.
— L'hôpital ? Je pense à lui tout le temps.
— Lariboisière. Isolement total.

M. ET M.
— Réanimation, sommeil artificiel, état stable, médecins plutôt confiants. F.
— Merci, Frédéric chéri. Je prends ça comme des bonnes nouvelles. Dieu merci. xxx, M.

M.Y.
— Cher Frédéric, merci de votre message. Attention à vous et à votre famille. Nous restons à Paris, car François ne veut pas aller à la campagne. Le confinement sera long. Très affectueusement, M.Y.
— xxx, F.

LIRIA
— Intubé, réanimation, coma. Angoisse folle.
— Mon Fredo, mon Fredo, je suis là.

FEREYDOUN
— Fais attention à toi ! Ce virus, c'est la roulette russe. On ne sait qui en sera la victime. Mille pensées affectueuses.
— Merci pour ton adorable message. Mon frère Jean-Gabriel, gravement atteint. Inquiétude et silence. Prendre bien soin de notre tendre amie, de vous et de tous. Je suis en Normandie. F.

Le temps qui nous reste ; au mieux dans quinze ans grand maximum pour les trois frères, tout cela sera terminé et on n'y pensera plus. Quinze ans, si je regarde derrière moi, c'était ce matin.

« J'ai rêvé dans la grotte où nage la sirène. » (Gérard de Nerval, « El Desdichado ».)

JANINE
— État stable, grande inquiétude.
— Tendresses. Il a déjà dépassé tant de choses difficiles avec beauté et élégance. Il est fort. Nostalgie d'Honfleur mais J.B. souhaite rester à Paris. Baisers, Janine.

ADRIEN G.
— Jean-Gabriel en réanimation. Inquiétude infernale. Solitude et silence.
— Je prie pour lui et j'y pense sans cesse. Adrien.

*Vendredi 20 mars*

Dans les rues de Bergame, la nuit, le défilé interminable de camions militaires bâchés qui emportent les cadavres. On ne sait où. Les images repassent en boucle.

Un hôpital de New York. Des dizaines et des dizaines de morts dans des sacs-poubelles entassés le long des couloirs. À Guayaquil en Équateur, ils jonchent les rues. Personne pour les emporter. La police en faction pour empêcher les parents et les proches de s'approcher.

Pic, palier, plateau : le langage de l'alpinisme.

Ce n'est sans doute pas un sort très enviable que d'être chinois en France actuellement. Comme s'ils étaient pour quelque chose dans les laboratoires de Wuhan et la guerre des masques. Je pense au gentil patron de mon restaurant chinois favori, mais comment le lui faire savoir ?

Le gouvernement suédois s'accroche au concept de « l'immunité collective » pour refuser des précautions élémentaires. Une simple pédagogie à laquelle les Suédois se conforment devrait suffire. Mais le virus est têtu et tant de bonne volonté ne suffira pas à le désarmer.

Roselyne : « Mon affaire a amené un désarmement général, cela a décrédibilisé la parole politique. Les gens se sont dit "On en fait trop". [...] Pour nous, politiques, le risque d'en faire trop est devenu plus grand que de ne pas en faire assez. »

AMEL

— Mon chéri... Tu ne quittes pas mes pensées... J'espère que la situation de ton frère est moins critique... On s'appelle demain... Tendres bises, Amel & les Smaoui.

— Stable, une angoisse épouvantable. Je t'embrasse fort. XXX, F.

— Accrochons-nous à cet espoir. Tout ira bien. A.

MICHELINA

— Cher Frédéric, une pensée très affectueuse à vous en cette triste période. Courage, courage pour votre frère et vous. Je vous embrasse très fort, Michi.

— *Baci, baci,* F.

MATHIEU G.

— Bonjour Frédéric. Comment allez-vous ? Et autour de vous ? Donnez-moi des nouvelles. Je pense à vous, Mathieu.

— Moi aussi je pense à vous avec une inaltérable tendresse et votre message me touche beaucoup. Hélas la situation est dramatique : Jean-Gabriel est en réanimation, intubé et en coma artificiel. Chaque jour paraît gagné et l'interne qu'Olivier parvient à joindre régulièrement parle d'un état stable en légère amélioration. C'est une inquiétude infernale qui me tétanise. Vous savez à quel point j'aime mon frère. Prenez soin de vous et de votre ami. XXX, F.

— Je suis à Arcachon depuis vendredi dernier et y suis resté. Mathieu est chez ses parents à Menton. Tout va bien pour nous. Je suis en pensée avec vous. Et je pense fort à Jean-Gabriel. Fidèlement, Mathieu.

Pascal Bruckner : « Étrange leçon : les amoureux peuvent traverser des guerres, les adultères, les disputes mais moins le huis clos. Le calme plat est fatal à l'amour… Le silence de Paris la nuit est effrayant. Pas même un avion pour rompre la monotonie, une voiture qui klaxonne… Dans le jargon actuel, se montrer altruiste, c'est manifester un égoïsme tout-puissant. Rester chez soi, respecter les distances de sécurité, porter un masque ou un mouchoir sur la bouche, guetter la moindre silhouette dans les rues et l'éviter comme un pestiféré, c'est ça la solidarité ? »

Pierre Le Tan, mon Pierre chéri dont l'amitié et le merveilleux talent d'illustrateur me manquent, qu'aurait-il pensé de toute cette affreuse période, lui qui est parti juste avant qu'elle ne commence ?

L'hallucinante hécatombe dans les Ehpad, l'écho macabre du massacre des vieux durant la canicule de 2003. À chaque fois, on redécouvre qu'ils sont les plus fragiles quand il est déjà trop tard pour remédier à leur abandon. Dans quelques Ehpad, les soignants sont restés pour les sauver ; dans beaucoup d'autres, ça s'est passé autrement.

On évoque souvent l'atmosphère de l'Occupation : les villes sinistres, les gens enfermés chez eux, l'ennemi à l'affût. Mais il faudrait plutôt parler de la drôle de guerre quand le directeur régional de la Santé de l'Île-de-France affirmait : « Nous serons prêts à temps en cas d'épidémie. » Le généralissime Gamelin est de retour !

Viktor Orban veut expulser de Hongrie les étrangers contaminés. Les Iraniens se débattent pour ne pas repartir chez les mollahs.

DORA

— Une pensée de mon confinement. Fais attention à toi. Je t'embrasse fort, Dora.

— Je pense beaucoup à toi, mon frère gravement atteint. Prends toutes tes précautions. Je t'embrasse. XXX, F.

— J'espère de tout cœur qu'il se rétablira. Prends soin de toi. Bises, D.

— XXX, F.

JEAN DE B. ET MURIEL

— Je pense fort à vous. Mon frère Jean-Gabriel en réanimation. Inquiétude infernale. XXX, F.

— Affection, fidélité, confiance ! Jean.

— XXX, F.

FRANÇOISE D.

— Cher Frédéric, Comme la vie est rude, qui vous éprouve au plus près du cœur avec l'angoisse de l'épreuve que traverse Jean-Gabriel, après vous avoir porté au pinacle en février. Je veux croire que votre mère, si fière de ses fils, veille encore sur leur avenir. Nous vous aimons beaucoup, Tony et moi, et vous embrassons de grand cœur. F. et T.

— Je pense beaucoup à vous, je sais que vous avez été blessée au pied. Je suis à la campagne, il y a pire. Mais en proie à l'angoisse infernale. L'état de mon frère est stable mais en réanimation, ce qui veut dire une procédure très lourde et un isolement absolu. Nous vivons avec l'anxiété quotidienne, un interne bienveillant qui nous tient informé. Angoisse à chaque instant; vous savez comme je suis proche de mes frères. Prenez soin de vous et de Tony. Je vous embrasse fort. Frédéric.

Attroupement de jeunes au pied des barres d'immeubles et rodéos sauvages. Parfois les flics parviennent à se faire entendre. Autrement ils sont aussi accueillis à coups de mortier et laissent tomber. Le virus profite des feux d'artifice.

On ne patine plus au *Palacio de hielo* de Madrid. L'armée y entasse les cercueils.

Ada Colau, la maire très à gauche de Barcelone, favorable à un référendum pour l'indépendance sans préciser ce qu'elle votera, souhaite la bienvenue à l'armée pour l'aider à faire face à l'épidémie.

Ivan Rioufol, le chroniqueur très à droite et non sans talent du *Figaro* qui tire en général à boulets rouges sur les immigrés, clandestins ou non, salue Aïcha Issadounène, caissière depuis trente ans au Carrefour de Saint-Denis, que le virus vient de tuer. Louer une immigrée, il ne nous avait pas habitués. Ce qui ne l'empêche pas de revenir sur les « fadaises de la mondialisation heureuse et de la société ouverte » et de noter que si « le refus de solidarité d'une contre-société islamisée devrait se confirmer, alors devrait se poser la question de la remigration des mercenaires du séparatisme ». Il ne faudrait tout de même pas trop en demander !

SYLVIE F.

— Ma fille à la maison. Je ne suis pas seule pour le confinement. Et toi ? Où es-tu ? Tu pourras enfin écrire tranquillement. XXX, S.

FRANCIS

— Intubé, coma artificiel, stable. Il tient. F.M.

— Tu es en Normandie ?

— Saint-Gatien.

GEORGES-FRANÇOIS

— Des nouvelles de Jean-Gabriel ? Biz. G.-F.

— *No news*, de l'attente. XXX, F.

— Tu me dis dès que tu sais, stp.

— Stable…

— Merci.

JEAN-PIERRE

— Stable.

— Bien, bon signe, non ?

— Intubé, coma artificiel, inquiétude infernale. Un SMS par jour grâce à l'interne. L'horreur. F.

— Je te comprends et compatis… Comment ne pas se faire du souci dans ces moments-là ? Je t'embrasse fort, mon Fredo. J.-P.

Au tout début, quand le pire de l'alerte est passé, je me disais que je pourrais enfin répondre aux lettres que j'ai emportées avec moi depuis des semaines. Mais je n'écris rien, je fais des listes inutiles, les lettres traînent sur mon bureau comme des feuilles mortes. Paresse et angoisse.

Les héros des séries de science-fiction sont souvent seuls à se battre contre des monstres venus d'ailleurs. Quand ils ont une copine, elle meurt souvent avant la fin.

Les rodomontades françaises brodant autour du thème « on est les meilleurs » pour la lutte contre le virus sont celles d'un pays du tiers-monde. En fait, communication chaotique du gouvernement, information sensationnelle charriant rumeurs complotistes et controverses imbéciles, incurie pour les masques et le dépistage. On s'en sort comme en Algérie, lors du dernier tremblement de terre, grâce au courage et à l'efficacité de quelques-uns.

Jean-Pierre Duprey : « La manière dont les économistes traitent la mort révèle cette insensibilité aux éléments les plus basiques de la condition humaine qui caractérise leur profession. »

Saïd confiné avec sa fiancée dans son petit appartement de Boulogne qui a tout de même l'avantage d'être en plein ciel dans un bel immeuble des années trente. La jeune fille est une Tunisienne adorable qui ne se plaint jamais d'être prisonnière du virus et de n'avoir droit qu'à une promenade d'une heure tous les jours autour du pâté de maisons.

SAÏD
— Des nouvelles ?
— Plus tard. F.
— Ne quitte pas la maison et le jardin, stp. Fais attention. Ne prenez aucun risque avec Jihed.

AMYN
— J'espère que le rapport d'Olivier ce matin est bon. Je pense à vous tout le temps. À toi, à Jean-Gabriel.
— Pour l'instant, *no news.*
— Tu m'en donnes plus tard.
— Stable, légère amélioration.
— Sorti du coma ?
— Non, mais les médecins préconisent peut-être bientôt...

RENATO
— Hello, Fredodo. Pour nous, tout va bien. On est dans notre petite maison avec un jardin, donc c'est un peu moins pénible que pour d'autres. Je suis en chômage partiel à 100 % donc je suis à la maison en attendant que ça se tasse. En Italie, ils sont tous à la maison, personne ne sort. Et toi, où es-tu ? Comment vas-tu ? On t'embrasse. *Baci, baci,* Renato.
— Je suis en Normandie. Mon frère gravement atteint. Angoisse infernale. XXX, F.
— Oh non ! J'espère qu'il est bien pris en charge. On va penser très fort à lui pour qu'il se remette. *Baci baci,* en espérant que ce cauchemar finisse. R.

LA TENDRE AMIE
— Mon frère tient, mais angoisse infernale. Je pense bien à vous, F.

La haine du *porridge* brûlant que notre gouvernante sadique nous oblige à ingurgiter le matin. Larmes, révoltes, gifles. Les inhalations, les cataplasmes et le sinapisme Rigollot, même topo.

Il ressemble à Anthony Perkins, celui dont toutes les filles sont folles. Pas encore le dingue de *Psychose* mais le fils de Gary Cooper qui ne veut tuer personne dans *La Loi du Seigneur* et le frère de Silvana Mangano qui a inventé une danse bizarre avec sa sœur pour dissiper un peu l'atmosphère pesante de la plantation du *Barrage contre le Pacifique* en Indochine. Le même qui se fait draguer dans un cinéma de Saïgon par Alida Valli, une belle sur le retour. Tout ça, tout à fait lui dans ma version romanesque de préadolescent amoureux transi de son grand frère ; Oliver, c'est plutôt James Cagney, celui qui me protégera de tous les méchants et auprès de qui j'accours comme un chiot apeuré dès que se profile une menace de castagne au petit lycée.

On ne parlait jamais des garçons. Il y en avait, pas si loin de lui, je ne l'ai su que bien après. Dans ma vie d'écolier, c'était une *terra incognita* qui fascinait ; une planète étrangère. Elle faisait rire les autres ou les indignait avec des formules creuses, elle déclenchait en moi des émotions anxieuses et vagues ; il m'en a parlé plus tard quand il a fallu me venir en aide.

AMDAL
— Stable…

M. ET M.
— Stable. F.
— Merci chéri, XXX.

CATHERINE D.
— Mon frère adoré en réanimation virus. Angoisse infernale. Prenez soin de vous, de votre fille, de votre fils et de leurs enfants. C'est un truc infernal qui rend fou de détresse pour qui on aime et qui laisse dans une angoisse affreuse. Je vous embrasse, Frédéric.
— Je vous entends, ici confinée, et aussi après des temps très durs pour moi. Je pense à vous. Il tiendra, j'espère. Je vous embrasse. Catherine.
— XXX, F.

LIRIA
— Stable.
— Mon Fredo, près de toi, avec toi.

FEREYDOUN
— Je suis désolé pour Jean-Gabriel. J'espère qu'il pourra se rétablir très vite. À je ne sais pas quand, puisque personne ne peut prévoir la fin de cette histoire. Amitiés et la tendre amie aussi, F.D.
— XXX, F.

*Samedi 21 mars*

Plus d'obsèques. L'image de la vieille dame seule dans une église devant le cercueil de son mari. Le reste de la famille est resté sur le parvis.

La meilleure manière de ne pas être ulcéré par Michel Onfray qui est partout, tout le temps : l'ignorer radicalement. Une seule ligne et c'est déjà trop.

Au Carrefour de Touques, accès de mauvaise humeur à répétition parmi les clients habituels : « On en a marre de ces Parisiens qui raflent tout dans les rayons et qui se moquent bien de nous refiler la maladie. » Le criminel aux deux barquettes de yaourts que je suis se contente de répondre en félicitant la caissière pour sa présence. Elle me sourit derrière son plexiglas.

La splendeur inespérée du printemps normand augmente encore la détresse. Il fait très beau chaque jour. Pour la première fois, je peux observer les floraisons successives ; le prunus japonais, les rhododendrons, les lilas, les cerisiers, cet arbuste si beau dont je ne connais pas le nom ; les feuilles qui apparaissent sur les arbres, platanes avant marronniers, pommiers et cerisiers ensemble, le grand hêtre rouge tout d'un coup et le petit sorbier sauvage que je croyais mort en pleine forme avec des branches nouvelles qui poussent de partout, les catalpas bons derniers mais qui rattrapent vivement leur retard. Sous l'Occupation allemande, le printemps et l'été à Paris étaient magnifiques. Giono en parle avec émerveillement, et Jünger aussi dans son journal. On le voit dans des films comme *Les Petites du quai aux Fleurs* ou *Falbalas*. Au même moment, dénonciation, gestapo, rafles, étoile jaune.

FRANÇOISE
— Chère Françoise, stable, un peu mieux. Lueur d'espoir. XXX, F.
— Tu vois, ça va aller. Courage, mille pensées. F.

AMBASSADE DE TUNISIE
— Monsieur le ministre, comment allez-vous ? Prenez bien soin de vous-même et de ceux qui vous sont chers. Nous surmonterons cette période difficile. Nous gagnerons cette guerre sanitaire et nous fêterons ensemble cette victoire. Bien cordialement, Mohamed Chargui, ambassade de Tunisie à Paris.
— Merci pour votre message. Traversons ensemble ce drame. La Tunisie fait preuve de beaucoup de courage. Protégez-vous et vos proches également. Amitiés fidèles, Frédéric Mitterrand.

MATHIEU G.
— Stable, un peu mieux. F.
— On croise les doigts. XX, M.

STÉPHANE B.
— Mon bien cher Stéphane, J'espère que tu traverses ce cauchemar sans trop de peine. Comme tu le sais sans doute, Jean-Gabriel a été contaminé et se trouve en réanimation. C'est une angoisse infernale, dans l'attente chaque jour du SMS de l'interne qui le suit. J'éprouve un très grand chagrin qui n'est rien comparé à ce qu'il doit ressentir. Protège-toi bien. Je t'embrasse fort, Frédéric.
— Merci, cher Frédéric, pour tes amicales pensées. Je suis de tout cœur avec toi et ta famille et je suis l'évolution que j'espère positive pour Jean-Gabriel... Prends soin de toi, et j'espère que nous traverserons cette épreuve. Je t'embrasse affectueusement, Stéphane.

En Espagne, les indépendantistes catalans regimbent contre les mesures du gouvernement central quand les chiffres de l'épidémie s'affolent à Barcelone. Miguel Buch, un de leurs leaders qui n'est pas en prison ou en fuite, a pris prétexte du fait que le nombre de cartons de masques livrés à la province correspondait à la date où la Catalogne a été englobée autrefois dans le royaume d'Espagne, soit 1714, pour crier au complot ourdi par Madrid pour humilier ses concitoyens. Quand la bêtise et le fanatisme marchent ensemble...

Lu chez Paolo Giordano, écrivain et mathématicien italien dont le livre, *Contagions*, est traduit aux éditions du Seuil et offert en libre accès : « Dans la contagion, la science nous a déçus. Nous voulions des certitudes et nous avons trouvé des opinions. Nous avons oublié que cela marche toujours ainsi, ou plutôt que cela ne marche qu'ainsi, que le doute est pour la science encore plus sacré que la vérité. »

De Paolo Giordano, encore : « Compter les jours. Appliquer notre cœur à la sagesse. Ne pas permettre que toute cette souffrance passe en vain. »

L'actualité s'efface devant l'épidémie. Il y a toujours des embarcations de clandestins qui font naufrage en Méditerranée avec des malheureux qui se noient; Fariba Adelkhah est encore en prison en Iran ; des djihadistes de tout poil multiplient les attentats en Afrique, etc.

Rumeur invérifiable : le tabac serait un antidote efficace au virus. Sur internet une jolie fille tire sur sa Marlboro avec un air de défi : «Je prends mes médicaments ! »

JEAN DE B. ET MURIEL
— Stable, un peu mieux. F.
— Merci pour ce point. Bon combat ! Jean.

CATHERINE C.
— Chère Catherine, Jean-Gabriel est stable. Mais angoisse infernale. Prends bien soin de toi, F.
— Fredo, merci pour les nouvelles, bien qu'un peu meilleures, très angoissantes. Je pense tout le temps à lui, je l'aime tant ; j'ai essayé de l'appeler. Je suis avec Maman, Alexis et Édouard à Schoenried, dans les belles montagnes suisses. Fais bien attention à toi. Je t'embrasse, C.

CORINNE R.
— Cher Frédéric, je viens d'apprendre que notre Jean-Gabriel adoré a été contaminé gravement. Catherine me dit qu'il va mieux, semble-t-il. Pourrais-tu me donner des nouvelles, s'il te plaît ? Je t'embrasse fort, Corinne R.
— Chère Corinne, Jean-Gabriel est en réanimation depuis six jours, protocole très lourd, isolement absolu, inquiétude infernale. Il semblerait qu'il y ait un très léger mieux depuis hier. Je vous tiendrai informée. Protégez-vous bien. Je vous embrasse, Frédéric.
— Mon Dieu, je l'aime tellement. Où est-il ?
— Lariboisière, ils s'occupent très bien de lui, un interne appelle Olivier chaque jour. Je vous embrasse, F.
— Merci, dites-moi. C.
— L'hôpital tient bon, quoique débordé. Jean-Gabriel contaminé il y a une quinzaine de jours. Au début, comme un rhume, j'ai eu peur tout de suite. Il a été hospitalisé il y a huit jours et c'est allé très vite ensuite. Il plaisantait encore au téléphone avant d'être terrassé. Une lueur d'espoir depuis ce matin.
— Je l'aime à la folie. xxx, C.

Hausse vertigineuse du prix de location des toutous que l'on se refile dans les immeubles sous prétexte de les sortir. On les surnomme « attestation ». Les pauvres bêtes en ont marre de renifler toujours le même carré de trottoir plusieurs fois par jour et finissent par mordre leurs maîtres d'occasion.

En Israël, il faut envoyer l'armée pour obliger les haredim ultra-orthodoxes à fermer les synagogues. Des soldats les emportent, malgré leurs protestations furieuses : « La Torah protège et sauve. » Les sectes américaines ne sont pas en reste qui persistent à maintenir des réunions publiques. Le pasteur de la *Life to Salvation Church* : « Nous avons le mandat de Dieu pour nous réunir et nous rassembler, et continuer à faire ce que nous faisons. » Leur cousin brésilien, Silas Malafaia, pasteur de l'Assemblée de Dieu Victoire dans le Christ, n'est pas en reste : « Notre Église va garder ses portes ouvertes ! L'Église doit rester l'ultime bastion de l'espérance du peuple ! »

Jair Bolsonaro : « Je veux que tout le monde soit armé ! Un peuple armé ne sera jamais l'esclave de personne. » Ce qui veut dire, sans trop forcer la note : « Pour vous débarrasser du virus, fusillez-le. » Les contaminés n'ont qu'à bien se tenir. Logique de dictateur. Il ne l'est pas encore tout à fait, il va le devenir, ça le démange.

À Dubaï, où Mathieu, mon fils chéri, est strictement confiné avec sa petite famille, difficile de connaître le sort exact des milliers de travailleurs étrangers claquemurés dans leurs dortoirs.

FRANÇOISE D.
— Merci de votre mot, cher Frédéric. Il faut dire que le lien viscéral qui lie les trois frères vaudra à Jean-Gabriel un bouclier à toute épreuve. Mais, pour le moment, vous traversez une épreuve majeure qui ne peut pas être vite abrégée. Pensons à l'avenir qui nous rendra peut-être, si tout se termine bien, la douceur des Temps anciens… qui ne remontent qu'à quelques jours. Ariel me tiendra informée. Je vous embrasse.

SYLVIE F.
— Saint-Gatien. Jean-Gabriel contaminé grave, inquiétude infernale. F.
— Ah m… Tiens-moi informée.

GEORGES-FRANÇOIS
— Stable, un peu mieux, lueur d'espoir. F.
— Je suis heureux et confiant. Biz, G.-F.

JEAN-PIERRE
— Stable, un peu mieux. F.
— Ah ! xxx, J.-P.

SAÏD
— Alice m'a donné des nouvelles. Comment va-t-il aujourd'hui ?
— Des *news* plus tard.
— Il est dans quel hôpital ?
— Lariboisière, isolement absolu.
— Prends soin de toi. xxx, S.

À Bergame : « Pour l'instant, cela tient parce que beaucoup de lits se libèrent. Et beaucoup de lits se libèrent parce qu'il y a beaucoup de morts. »

La Peste noire du Moyen Âge est arrivée par bateau et s'est répandue par les rats, passagers clandestins de la mort. Le virus est plus moderne, il a voyagé par avion apporté par des humains pressés de débarquer pour vaquer à leurs affaires.

Retour pour tout le monde à la célébration de la nature, de ses bienfaits et de son innocence. On se protégera en la respectant. C'est oublier un peu vite que le virus est lui aussi tout à fait naturel, émanation inattendue mais ordinaire de la gentille maman universelle.

Les interdictions partout, tout le temps, le rappel obsédant des consignes de sécurité nous infantilisent. Difficile de mesurer les ravages que le pilonnage et les mesures de surveillance qu'il implique vont infliger à nos libertés. En tout cas, ce sera dévastateur.

Jacques Toubon au Comité consultatif national d'éthique : « Les décisions doivent répondre à l'exigence fondamentale du respect de la dignité humaine, c'est-à-dire que la valeur de chaque personne doit être reconnue comme absolue. »

DORIS

— Ça va mieux, Fredo ? Soleil et ciel bleu, ici. D.

— *No news*, plus tard. F.

— Essaye de dormir.

— *Wait and see.* Mille pensées tendres, F.

SERGE

— Mon cher Fredo, Laure de G. me dit que Jean-Gab n'est pas bien. Quelles sont les nouvelles ?

— Cher Serge, réanimation depuis six jours. Léger mieux depuis hier. Inquiétude folle. Tube, coma, etc. L'horreur. Faites bien attention à vous. Pensées tendres, F.

— Fortes pensées pour que le mieux s'accélère. Sois prudent toi aussi.

STÉPHANE

— Bonjour Frédéric. Je pense à vous à chaque instant et à votre frère. Je vous embrasse.

— État stable. Angoisse insupportable. L'image des camions à Bergame. Je pense fort à vous et à tous. F.

— Espérons. S.

MARIE-ANNICK ET ROSE

— Tendres pensées de notre petit nid où nous confinons joyeusement. Comment cela se passe pour toi ? Nous t'embrassons, Marie-Annick et Rose.

— Je pense bien fort à vous deux. Vous êtes rue Amélie ou dans l'île ? Mon frère adoré est en réanimation, angoisse infernale mais petite lueur d'espoir aujourd'hui. Grands baisers téléphoniques, Frédéric.

— Nous sommes à Paris. Nous pensons très fort à vous. M.A. et Rose.

— Soyez bien prudentes. *Baci.*

Il semble qu'il n'y aurait pas de contamination massive à la Réunion, pour l'instant. Au contraire du chaudron infernal de Mayotte. J'aimerais y retourner, mais c'est à peu près impossible. Le souvenir d'Amynthe, ma maquilleuse, que je n'ai pas pu aider et qui est morte de chagrin. Ses deux fils ont fait de la prison. Ils clamaient leur innocence et je n'ai pas réussi à les faire sortir. Une sale histoire où j'ai agi de mon mieux, mais en pure perte.

« Regrets éternels », « Il n'a fait que du bien », « Nous n'oublierons jamais », comme les chansons d'amour, les épitaphes dans les cimetières, disent souvent la vérité. Mais on n'y prête pas attention car il est impossible de résumer la complexité d'une existence ni l'intensité des sentiments.

Où sont passés mes deux officiers de sécurité que j'aimais tellement ? Cédric, Pierre-Yves et Félix mon chauffeur, l'as du volant au cœur pur. Pourvu qu'il ne leur soit rien arrivé. Leur métier, qui implique une multiplicité de déplacements et de contacts, les expose désormais à un danger supplémentaire.

Bernard Cazeneuve m'appelle souvent pour prendre des nouvelles. Sa fidélité pour la famille Mitterrand me touche infiniment.

FEREYDOUN
— Stable, un peu mieux. Lueur d'espoir. F.
— Très bonne nouvelle. On pense à toi. Notre tendre amie toujours inquiète pour ton frère et toi, XOXO.

ARLETTE
— Il a dû être très anxieux le pauvre chéri. Triste, triste, triste. Je vous embrasse fort.
— Stable, un peu mieux. F.
— Il est fort ! Il s'en sortira, mais quelle épreuve. Je vais remercier la Vierge de la rue du Bac qui est divine.

BECHIR
— Je pense fort à vous, à Danièle, protégez-vous bien. Mon frère Jean-Gabriel en réanimation, angoisse infernale. Je vous embrasse, Frédéric.
— Nous aussi nous pensons fort à vous. Ce qui arrive est incompréhensible, le virus se multiplie à grande allure. Prenez bien vos précautions. J'espère que votre frère est entre de bonnes mains. Toutes mes pensées. B.B.Y.
— xxx, F.

M. ET M.
— Un peu mieux. Faible lueur d'espoir.
— Oh mon petit chéri. Ça fait chaud au cœur. xxx, M.

LIRIA
— Lilou malade. Ses enfants le lui ont transmis.
— Stable. Désolé pour Lilou. Les enfants sont des bombes.
— Des baisers, on tient bon, je suis là.

JANINE
— Stable, un peu mieux. F.
— Tant mieux. Pour moi il est indestructible ! Janine.

*Dimanche 22 mars*

Lecture assidue des journaux. Luc Ferry toujours juste, intelligent, raisonnable. Laurent Joffrin dont je partage pourtant rarement les idées, mesuré, bienveillant, secourable. Marc Lambron, élégance dans le tintamarre, penché sur ce qu'il reste d'espoir et de souffle de vie. Teresa Cremisi, pareil, mais enfermée à Venise, la ville morte plus que jamais. Dans *Le Journal du dimanche* encore, de jolis textes aussi d'Anne Roumanoff.

Tout a changé, rien ne sera plus pareil, un monde meilleur nous appelle. Voire. Chacun y va de son couplet favori, en pire. Anne Hidalgo et la prolifération des pistes cyclables contre les méchantes bagnoles, Arnaud Montebourg et le fantôme increvable de l'économie strictement dirigée, Thomas Piketty et l'indispensable réforme fiscale pour que les riches crachent encore plus au bassinet, Marine Le Pen et le bouclage permanent des frontières, les écolos-fachos et leur arsenal de punitions en tout genre. Donc au fond, rien ne change jamais mais tout s'aggrave.

Dans le 93 où la pauvreté est déjà endémique, c'est maintenant la misère qui frappe et s'étend. La vraie misère de la faim. En sus de celles qui existaient déjà, de nouvelles associations d'entraide se sont constituées et distribuent des paniers repas. Elles sont débordées et ne suffisent plus à répondre aux demandes. Des vieux sans retraite, des femmes de ménage du 5 heures du matin dans les bureaux, des mères de famille au chômage, des immigrés sans papiers et qui travaillaient au noir font la queue pour obtenir de quoi se nourrir quand il y en a assez pour tout le monde, ce qui est loin d'être le cas.

CATHERINE P.
— Stable, pas de progrès. F.
— Comment être patient? ... Plein de baisers, Catherine.

LA TENDRE AMIE
— Stable, un palier, angoisse terrible. xxx, F.
— Courage, je vous aime.

JULIEN
— Bonjour Fredo, ici Julien. Jihed m'a dit pour Jean-Gabriel et je croise les doigts. Nous sommes en confinement à Cabourg avec un ami, pas bien loin. Pensées affectueuses, Julien.
— xxx, F.

ALICE
— Je pense très fort à toi, F.
— xxx, Alice.

ÉRIC J.
— Bonsoir Frédéric, j'ai eu Xavier au téléphone qui m'a expliqué pour Jean-Gabriel... Je pense très fort à vous et j'espère que nous aurons de bonnes nouvelles demain. Je vous embrasse, Éric.
— Angoisse infernale. Merci pour votre SMS. F.
— J'imagine... soyons confiants. Et faites bien attention à vous.

MATHIEU G.
— Palier?
— Stable, pas de progrès, angoisse infernale. F.
— De tout cœur avec vous. xxx, M.

DORA
— Stable, angoisse absolue. xxx, F.

Hausse vertigineuse des violences conjugales dans des appartements étroits et surpeuplés, dont on ne peut plus sortir avec des enfants insupportables qui trépignent et des parents exaspérés qui n'en peuvent plus.

Le fils d'Ariel est confiné à Kinshasa avec sa jeune et jolie fiancée congolaise. Ariel s'inquiète beaucoup, car on imagine mal comment respecter les précautions sanitaires dans une si énorme métropole africaine avec une foule de gens constamment dans la rue.

L'usine de Plaintel fabriquait des masques, en Bretagne. Rachetée par Honeywell il y a deux ans, elle a été fermée et démantelée. Un ferrailleur a obtenu une belle commande, celle de découper les machines pour les concasser. À rapprocher du sort de l'usine de Gerzat, près de Clermont-Ferrand, qui fabriquait des bouteilles d'oxygène et qui a été fermée par ses proprios anglais il y a quelques mois. Ouvriers au chômage, appareils détruits, procédés perdus. Des élus locaux essayent de reprendre la main. Des exemples comme ceux-là abondent. Pendant ce temps, des ateliers de couture, des équipes improvisées, de gentilles mamies qui savent manier l'aiguille fabriquent des masques que l'administration dédaigne en les déclarant « non conformes ».

Dans l'attente d'un vaccin qui n'est certainement pas pour tout de suite, les anti-vaccins font profil bas. C'est au moins ça de gagné.

ANNE F.
— Mon frère, réanimation. Angoisse infernale. F.
— Mes pensées très affectueuses, cher Frédéric. Je vous embrasse, Anne.

JEAN DE B. ET MURIEL
— Stable, pas de progrès. XXX, F.

OLIVIER O.
— Très cher Frédéric, j'étais content de t'entendre et de partager avec toi ce moment d'inquiétude et de grande angoisse. Je t'embrasse et Christine aussi.
— XXX, F.

CATHERINE C.
— Stable, pas de progrès.
— Angoisse obsédante. XXX, C. Je pense tant à lui. Protège-toi.

CORINNE R.
— Stable, rien aujourd'hui. Angoisse. F.
— Merci, cher Frédéric, de m'envoyer ce message. J'y crois. XXX, C.

FRANÇOISE D.
— Stable, pas de progrès, inquiétude infernale. F.
— Quelle misère…

SYLVIE F.
— Inquiétude. Tu es seul à Saint-Gatien ?
— Avec Jihed. État stable. Angoisse. Fais bien attention à toi. F.

Dans le premier *Alien* de Ridley Scott, la séquence terrifiante où l'un des cosmonautes se sent mal; un monstre surgit soudain de son abdomen et répand l'épouvante dans le navire spatial.

Le virus est une invention satanique de l'étranger : les mollahs iraniens qui l'affirment incriminent évidemment les Américains, les nationalistes japonais sont partagés entre les Chinois et les Coréens, des rabbins extrémistes dénoncent l'homosexualité, cette terre étrangère propice à la propagation de la vilaine maladie, etc. En revanche, Super Donald qui parlait du «virus chinois» a révisé son vocabulaire. Il doit bien y avoir une raison.

Anniversaire de M. que j'ai aimé à la folie et à qui je ne pense pratiquement plus depuis sa mort, survenue il y a quinze ans. Anniversaire du déclenchement à Nanterre de Mai 68, dont les réacs disent alternativement qu'il n'en reste plus rien ou que ce fut une catastrophe dont il faut éradiquer les conséquences.

Découverte de Zoom pour retrouver Mathieu, Tota et les petits à Dubaï avec Sasha en Floride. Jihed m'aide à établir les communications.

Les photos, les images épouvantables des salles de réanimation avec les patients inertes et entubés de partout, les corps à demi nus comme de la viande. Ceux que l'on voit très bien et ceux que l'on devine entourés par des essaims de soignants en tenue de cosmonaute. Mon frère est là.

JEAN-PAUL E.

— Cher Frédéric, je n'ose te déranger mais dis-moi, *please*, dis-moi en deux, trois mots comment va notre Jean-Gabriel. Je t'embrasse, J.-Paul.

— Stable, réanimation, angoisse infernale. XXX, F.

— Merci, cher Fred.

FRANCIS

— Stable, pas de progrès. XXX, F.

— Où est-il ?

— Lariboisière. Ce soir, je suis vraiment paniqué pour lui.

GEORGES-FRANÇOIS

— Stable, pas de progrès. Angoisse. XXX, F.

— Stable, donc patience et espoir. Cela peut évoluer dans les jours prochains. T'embrasse, G.

JEAN-PIERRE

— Stable, pas de progrès. XXX, F.

GARDEL

— Je pense très fort à toi. F.

— Merci, par moment un stress énorme. J'ai tellement peur pour lui et pour moi aussi, mon futur. Tout est horrible. Jamais je n'ai eu ça... Tellement grande est ma détresse pour lui. Pensées fidèles.

— XXX, F.

André Chénier corne la page du livre qu'il était en train de lire dans la charrette des condamnés à mort, à l'instant d'aller au supplice.

Louis XVI, alors qu'il s'apprête à monter dans le fiacre qui l'emmène à la guillotine : « Est-ce qu'on a des nouvelles de M. de La Pérouse ? » Une phrase que l'on cite souvent, dont on ne sait pas s'il l'a vraiment prononcée, mais qui sied bien à cet homme bon, instruit et doté de toutes les qualités d'une civilisation disparue.

« Excusez-moi, monsieur, je ne l'ai pas fait exprès. » Marie-Antoinette au bourreau Samson, après lui avoir marché sur le pied en montant à la guillotine.

« Encore un instant, monsieur le bourreau ! » Les derniers mots de la comtesse du Barry, aux marches de l'échafaud. La plus belle phrase de la Révolution française, qui n'en a pas manqué pourtant, et que je préfère à toutes les autres.

Je comprends fort bien que l'on veuille disparaître quand on se sent sur le point de mourir. Il y a beaucoup d'endroits sur terre où je me suis dit que ce pourrait être là, dans des lieux ou parmi des gens qui ne sauraient rien de moi. Mais il faut bien sûr penser aux autres, à ceux qui vous aiment et qui en ressentiraient un surcroît de chagrin.

SAÏD

— Il parle ? Je viens de lui envoyer un SMS, il pourra le lire ? S.

— Mais non, il est dans le coma. Stable, pas de progrès. Insiste auprès de ta mère pour qu'elle se protège. xxx, F.

DORIS

— Nuit paisible ? Bonnes nouvelles ?

— En début d'après-midi. xxx, F.

— Merci. Je sais que tu n'as pas envie de téléphoner. Dis-moi juste bon ou pas. xxx, D.

— Stable, pas de progrès, angoisse infernale. xxx, F.

— Repose-toi, Fredo. *Tomorrow is another day*. Ça prend du temps. Récupère. Il aura besoin de toi quand il ira mieux. xxx, D.

— S'il va mieux… Baisers, F.

— Oui, D.

H.B.

— Je pense bien fort à Jean-Gabriel. J'espère tant qu'il ira mieux. Nous ça va. Il fait très beau. Louis regarde des films Netflix. Prenez soin de vous. H.B.

— xxx, F.

— Dites à Jean-Gabriel qu'on pense beaucoup à lui.

— On ne peut rien lui dire, isolement total.

— Alors je continue à prier pour lui. Que le Seigneur nous exauce. H.B.

Je sais qui j'aimerais avoir près de moi au moment du passage, je garde les noms précieusement au secret de mon cœur. J'espère que j'aurai le temps de le leur dire et qu'ils pourront être là.

À la fin d'une très longue vie, quand on pense avoir épuisé toutes les ressources de l'existence et que l'on a survécu à ceux que l'on a aimés et qui ne sont plus de ce monde, il semblerait que l'on accepte avec soulagement la pensée de sa propre mort. Mamie en revanche, presque centenaire et encore maîtresse d'elle-même, ne voulait absolument pas mourir. Elle avait toujours été pieuse et un exemple magnifique des seules vertus chrétiennes de bonté, d'indulgence et de charité. Elle disait : « J'ai encore tant de choses à faire » et refusa de toute la force de ses dernières volontés que l'on appelle un prêtre. Je pense qu'elle ne croyait plus en Dieu, qu'elle n'y avait au fond jamais vraiment cru. Elle voulait être seule, nue, proprement elle-même pour affronter l'inéluctable qu'elle abhorrait. À toutes les qualités humaines qu'elle voulut nous enseigner, il faut en ajouter une autre à laquelle nous n'avions pas prêté suffisamment attention : le courage.

Décédé de « mort naturelle », ça ne se dit plus beaucoup. On préfère préciser sur les faire-part dans les journaux sans vraiment préciser pour autant. « Des suites d'une longue maladie » plutôt que cancer, par exemple. Il faudrait se demander pourquoi. Je cherche et je ne sais pas.

SERGE
— Stable, pas de progrès. F.
— Croisons les doigts pour qu'il tienne le coup, pour sortir du pic de la crise.
— xxx, F.

STÉPHANE
— Stable, pas de progrès, angoisse.
— Pensons à lui. Pour que ça l'aide. St.

LAURENT PG.
— Mon frère en réanimation depuis neuf jours. Léger mieux. Angoisse infernale. xxx, F.
— Ah, je suis désolé. Toutes mes pensées pour vous deux. Je t'embrasse, Laurent.

F.A.
— Stable, pas de progrès, angoisse. xxx, F.
— Que te dire ? On pense fort à toi, à lui.
— xxx, F.

MATHIEU G.
— Quelles sont les nouvelles ? Nous sommes allées voir mes parents, à distance en plein air. Ils étaient au courant et t'embrassent.
— Stable, pas de progrès vraiment ni pronostic, angoisse constante. Merci pour les vœux de tes parents qui me touchent. F.

La petite Sameh a un cancer. Le mal s'est généralisé. J'ai reçu des photos qui sont terribles, j'ai hésité à les effacer et puis je les ai gardées. En les supprimant, je crains de précipiter sa fin. Je ne sais pas comment elle a été soignée, je refuse d'en parler car autrement c'est le vertige, mais je ne doute plus que ses jours soient comptés. Je me souviens très bien d'elle encore adolescente, lorsqu'elle venait à la maison avec Saïd. Ils avaient une ou deux années d'écart. Elle était jolie, gentille, sérieuse et sage, elle ne souriait pas beaucoup. Elle a eu la vie sinistre de la plupart des filles de là-bas, dans une famille pauvre avec, pour seuls repères, la fatalité morbide de la religion, le je-m'en-foutisme du père, la résignation d'une Mère Courage exemplaire, des miettes ramassées en été au sol des loisirs touristiques indifférents au sort des humbles. Mariage, un enfant, l'homme qui travaille dans une agence de location de voitures, la maison à tenir, le ramadan qui revient une année après l'autre comme une illusion de fête, l'humidité et le froid de la mauvaise saison quand la nuit tombe tôt, les premiers symptômes, le déni comme méthode et le temps perdu comme habitude. Le piège, il n'y a jamais eu que le piège. Saïd et Jihed, ses frères qui l'aiment le plus possible, sont très tristes, ils ne peuvent pas aller la voir ni se tenir auprès de leur mère pour la soutenir. Ils ne disent rien, il y aurait trop à dire et les paroles se perdraient, mais je sens bien à quel point ils sont tristes, désespérément tristes.

NAZANINE

— Stable, pas de progrès, angoisse. Mille pensées de la tendre amie. F.

— Merci pour votre message. Je prie pour lui et je vous embrasse fort, très fort.

ARLETTE

— Le portable de Gardel ?

— Stable, angoisse.

— Stable est le plus important. Je suis ici et toujours avec vous. Baisers tendres. Moi aussi, je suis parfois gagnée par l'angoisse. À quatre-vingt-sept ans, je sais que je ne pourrais survivre, mais au moins mourir dans des conditions convenables. Jean-Gab a des réserves de forces. Il faut laisser le temps. Je suis sûre qu'il est bien soigné. Bonne nuit, A.

M. ET M.

— Pas de progrès. Angoisse infernale. F.

— Frédéric chéri. Nous vous envoyons toute notre énergie positive. XXX, M.

M.Y.

— Stable mais pas de progrès. Angoisse infernale, F.

— Bonjour Frédéric, je pense fort à vous trois. De toute ma force je prie pour Jean-Gabriel. Il va guérir. Je vous embrasse, M.Y.

— XXX, F.

Lorsque je fais l'inventaire de tous les gens que j'ai connus de plus ou moins près, comme de ceux que j'ai pu aimer, ainsi que des parents qui m'étaient particulièrement chers, il y a beaucoup de morts. Si j'ajoute les personnages publics dont j'ai pu suivre l'histoire à travers les journaux ou à la télévision, la liste est incommensurable. La plupart seront oubliés quand ceux qui les connurent seront morts à leur tour. Donc, il ne restera bientôt plus rien de ce que j'aurai été ou de ce que j'aurai tenté de faire, ce qui n'est d'ailleurs pas grand-chose. Une petite trace vite effacée par le temps. Bizarrement, cette idée me réconforte.

Je garde beaucoup de choses, photos de famille, lettres, bibelots. Ainsi que des coupures de journaux de vieux magazines, des livres d'histoire, des romans que je ne fais que feuilleter. À quoi bon. Tout cela ne sert à rien. Juste le reflexe du terrier chez l'animal qui se cache pour mourir.

LIRIA
— Stable, angoisse infernale.
— Tiens bon, je suis là pour tout entendre, même les larmes.

FEREYDOUN
— Stable, pas de progrès, angoisse infernale.
— À voir, si stable plusieurs jours, le corps se défend et prendra le dessus. Espérons. Fais attention à toi. F.D.
— Je sais que tu veilles sur notre tendre amie. F.

*Lundi 23 mars*

Photo d'Édouard Philippe à l'Assemblée. Seul, épuisé, les yeux fermés. Pas loin de Simone Veil, effondrée lors du débat sur l'avortement, il y a si longtemps.

Depuis la nuit des temps, toutes les épidémies révèlent des illuminés et des charlatans qui suscitent des adhésions très nombreuses et passionnées. Même les gens sensés peuvent y succomber, jusqu'aux incrédules qui se disent que le pari mériterait d'être tenté. Le problème se complique : le professeur Raoult n'est ni un illuminé ni un charlatan mais un chercheur justement réputé et un praticien de grande expérience. Charismatique et fort en gueule, tout pour plaire aux médias qui s'emballent. Il est l'idole des Marseillais et c'est toute la France qui devient marseillaise. Estrosi et Muselier, l'un et l'autre respectables, le soutiennent. Solidarité du Midi et convictions sincères. D'autres professeurs contestent ses analyses et ses résultats, controverses et polémiques, ils peinent à se faire entendre. Pour arbitrer la vieille lutte de « la division du monde scientifique », profuses déclarations en faveur de Raoult de Bernard Tapie bombardé expert médical. Difficile de trouver mieux pour éclairer notre lanterne !

Régis Debray : « Ce n'est pas à l'expert d'avoir le dernier mot. »

L'apocalypse économique est certaine, la Bourse est en plein boom. Il y a certainement des experts qui pourraient me l'expliquer. Je cherche, mais je ne trouve pas.

MARIE

— Frédéric, comment vas-tu ? Je me préoccupe pour toi. Tu as dû avoir mon message téléphonique en ces jours très difficiles d'attente au sujet de Jean-Gabriel. Je t'embrasse bien affectueusement.

— Angoisse infernale, ton père souffre comme moi affreusement. Une nouvelle de trois minutes par jour. Hier l'interne n'était pas là. On ne sait rien encore. Avant, progrès, mais pas de *news* pour aujourd'hui. XXX, F.

HOSNI

— Bonsoir Frédéric, espère que les nouvelles de ton frère sont réconfortantes. Je t'embrasse, Hosni.

— Stable, pas de progrès ni l'inverse. Merci pour ton attention. Angoisse terrible. F.

— Fais attention à toi, période difficile. Hosni.

JACQUES G.

— Cher Frédéric, j'ai eu des nouvelles de Jean-Gabriel par Françoise D. J'espère qu'il va mieux et qu'il guérit vite. Je suis de tout cœur avec vous. Amitié, Jacques.

— Merci pour ton message. Soins intensifs, angoisse infernale. Frédéric.

— Tendrement nous pensons très fort à lui et prions pour qu'il guérisse. Jacques.

JEAN-CLAUDE M.

— On pense bien à Jean-Gabriel. Je t'embrasse, J.-C.

— Stable, soin intensif, inquiétude infernale. XXX, F.

ALICE

— Je pense tendrement à toi, tenir, tenir. XXX, F.

— Merci, mon Fredo. C'est infernal, mais on y croit.

Le petit film rigolo : un trentenaire bien mis et sympathique, genre cadre moyen, montre à la caméra son petit appartement impeccablement tenu et rangé : « Regardez, tout est en ordre chez moi, le confinement parfait grâce à un produit miracle. » Il ouvre un placard et montre une bouteille d'eau de Javel sur l'étagère, avec le large sourire de contentement de celui qui a trouvé la solution. La caméra pivote un peu et regarde plus bas. Elle découvre deux enfants ligotés et bâillonnés. Le type referme le placard tranquillement.

Alexandre Loukachenko, le président biélorusse qualifie la pandémie de psychose. Il a quand même trouvé un remède miracle : « la tractorine ». En effet rien de tel pour se prémunir qu'une bonne rasade de vodka et une tournée dans les champs de tournesols sur un tracteur dont son pays est un grand producteur.

En Israël, les soignants arabes sont aux avant-postes et prennent une part essentielle à la lutte contre le coronavirus.

Moralité de la prohibition aux États-Unis : réunions clandestines et essor faramineux du gangstérisme.

Ortega, le président du Nicaragua : autrefois, un héros de la liberté contre la dictature du sinistre clan Somoza, un leader de la lutte contre la pauvreté engendrée par le pouvoir de la classe possédante; aujourd'hui, un semi-dictateur, ouvertement répressif, flanqué d'une épouse envahissante et bornée, et manipulé par des chrétiens extrémistes. Il refuse évidemment de croire en la gravité de l'épidémie et de prendre des mesures pour la combattre.

DAVID
— Où es-tu confiné ? J'espère que tout va bien pour toi. Je pense à toi et j'espère à très bientôt. D.

ÉDOUARD
— Mon Doudou, je pense très fort à toi. Tenir, tenir. xxx, F.
— Merci, mon Fredo. On s'accroche à chaque nouveau jour. xxx, E.

LAURENCE
— Cher M. le ministre, le ministre demande si vous pourriez le rappeler. Bien à vous, Laurence, le bureau du ministre.

FRANÇOIS ET BETTY
— Cher Frédéric, je viens d'apprendre pour Jean-Gabriel. Quelles sont les nouvelles ? Je vous embrasse tous fort. François et Betty.
— Cher François, merci pour votre message qui me touche beaucoup. État stable, réanimation, septième jour, coma artificiel, pas de pronostic, un message par jour d'un interne bienveillant, isolement. Mon frère Olivier, les enfants et moi dans une inquiétude infernale. Amitiés, Frédéric.
— Je suis désolé. François.

CATHERINE C.
— Je pense à vous et je n'arrête pas de penser à Jean-Gabriel. xxx, C.
— Stable. F.

Aurait-il oublié que c'est parce qu'ils se sont avérés incapables de gérer les conséquences du tremblement de terre qui a démoli Managua, la capitale, que les Somoza ont été finalement balayés après cinquante ans de dictature et de gangstérisme ? Curieuse, tout de même, cette propension des sales types à nier ce qu'ils ne peuvent pas contrôler. De leur part, c'est une imprudence...

La Poste ne marche plus. Elle ne distribue plus les journaux, les colis, le courrier. Le patron Philippe Wahl s'embrouille dans un flot de justifications vaseuses.

Beaucoup de messages des confinés heureux à la campagne et un thème qui revient souvent : « On n'arrivera jamais à se remettre au travail ! »

Soirée de l'AROP à l'Opéra de Paris. Les gels hydro-alcooliques commencent à circuler, ça fait rire comme un gadget un peu futile. C'était il n'y a pas si longtemps.

Jacques Toubon attire justement l'attention des pouvoirs publics sur tous ceux qui ne peuvent lire ou remplir les fameuses attestations : les illettrés, les malvoyants.

Salem depuis son jardin d'Hammamet, très au courant de tout ce qui arrive et nous le fait savoir avec des paroles très affectueuses. Il est loin, la Tunisie déclarée en état d'urgence, mais ses pensées fidèles sont toujours proches.

CORINNE R.
— Aujourd'hui ?
— Stable, pas de pronostic de durée. F.
— Merci. xxx.

BETTY
— Jean-Gabriel soins intensifs depuis six jours. Angoisse infernale. Je pense fort à toi, aux tiens, à Mazarine et à son homme. *Help, help,* mais on ne peut rien faire. Un message par jour d'un interne bienveillant. xxx, F.
— Oh là là, c'est bien ce que je craignais. À quel hosto est-il ? Moi confinée en Aveyron avec toute la famille qui demande un peu de marche à pied. Courage !
— Lariboisière.

FRANCIS
— Je te comprends. Je pense sans cesse à lui qui est si fort depuis notre enfance. xxx, F.
— Stable, angoisse infernale. F.
— Il résiste, les résistants gagnent souvent. xxx, F.

AMYN
— Des nouvelles de Jean-Gabriel ?
— Stable, pas de progrès ni l'inverse. Mais comment savoir. Isolement total. F.
— Ce n'est pas mauvais signe, quand les choses s'aggravent, c'est très rapidement après l'hospitalisation. Donc espoir. Biz, A.

En 1849, le prince-président, avant de devenir Napoléon III, allait visiter les malades du choléra. Il montrait beaucoup de courage, en accomplissant ce qu'il considérait comme un devoir et sans doute aussi une bonne leçon politique. Ses ministres, des républicains qui le méprisaient, se gardaient bien de le suivre. Ils se désolaient de constater que sa popularité augmentait constamment.

Le hamster d'Alsace est une espèce en grand danger d'extinction comme le rhinocéros blanc d'Afrique. Comme nous peut-être aussi, pauvres lichens accrochés fugitivement au rocher de l'Histoire. Cinquante mille ans d'existence, ce n'est rien à l'échelle de la planète. Il y a toutes sortes de théories pour expliquer la disparition des dinosaures. Il n'est pas de grosses bêtes qu'un tout petit virus ne puisse tuer.

Écouter Françoise Hardy, revoir *Splendor in the Grass* et *8 1/2*, relire *Terre lointaine* de Julien Green, retrouver Seurat, comme au temps des années heureuses de la mobylette et de la piscine du Racing avec Thierry.

JEAN-PIERRE
— Affectueuses pensées à toi, mon Fredo. Garde confiance surtout ! ! ! Je ne voudrais pas te déranger... Mais dis-moi comment tu vas... Jean-Gabriel ?
— Des nouvelles en début d'après-midi. F.
— Merci beaucoup.

SAÏD
— Fais attention à toi. T'embrasse.
— Toi aussi. F.
— Des nouvelles ?
— Stable, toujours l'angoisse. Organise ton chômage partiel avec Julie. On se parle ce soir. F.
— La vie est tellement précieuse. Les personnes qu'on aime peuvent nous quitter à tout moment sans nous dire au revoir. S'il m'arrive quoi que ce soit, sache que je t'aime de tout mon cœur et je te suis reconnaissant de tout ce que tu as fait pour moi et de m'avoir protégé. Je pense tout le temps à Jean-Gabriel. Je me dis que c'est peut-être un cauchemar et que je vais me réveiller. Saïd.
— Merci pour ton message. État stable, une semaine, l'horreur. XXX, F.
— T'embrasse.

À New York, en ces temps de confinement et de panique, forte hausse de la délinquance et des violences urbaines. Avec la paralysie de l'économie et l'extension de la misère, il faut s'attendre à devoir subir ici aussi ce genre de flambées.

« Résiste, prouve que tu existes / Résiste, c'est ton cœur qui insiste / Résiste, prouve que tu existes. » Ce n'est pas exactement le sujet de la chanson qui est plus optimiste et ce n'est pas non plus tout à fait dans cet ordre-là, mais avec le rythme, la voix acidulée de France Gall, cette douce fureur de vivre, ça m'aide quand même. Elle et Michel Berger, pas épargnés, « partis trop tôt », comme on dit, des gens bien comme je le pense. Restent Alain Souchon, Véronique Sanson, Julien Clerc, le contraire de la *variétoc*. Ils aident aussi.

DORIS
— Des *news*?

LIRIA
— Lilou hospitalisée à Beaujon ce matin. Je t'aime et t'embrasse. C.
— Stable, pensée pour Lilou. Tenir, tenir.

JANINE
— Paniqué pour lui. Incapable de te parler. XXX, F.
— Je pense à toi, je pense à lui, je vous aime. Janine.

*Mardi 24 mars*

Toute la France est quasiment à l'arrêt, l'épidémie s'intensifie, la perspective d'une crise économique et sociale est de plus en plus sombre, mais un nouveau sujet porteur agite les médias : comment s'organiseront les vacances ? Car il faut bien préciser que le fait de rester chez soi, avec la possibilité de ne rien faire durant plusieurs semaines, ce n'est pas des vacances. Il ne faudrait surtout pas confondre.

Des petits malins prévoient une forte hausse de la natalité pour l'automne. Le syndrome de la grande panne d'électricité à New York qui avait entraîné un boom des naissances.

Les Iraniens mentent en truquant éhontément leurs statistiques. Mais, comme dans tous les régimes de dictature, l'imagination est au pouvoir pour cacher la vérité : les mollahs ont donc inventé le rhume mortel et la bronchite tueuse. Ils vont certainement faire des émules parmi les autres brutes.

Super Donald compile benoîtement les statistiques en direct, cent mille, deux cent mille morts. Il s'en fiche, des pauvres gens, des Noirs qui ne voteront pas pour lui. Son Gnafron démoniaque, le Brésilien Bolsonaro, lui emboîte le pas. Ah, si le virus pouvait aussi emporter les Indiens et les pédés… Ils parlent l'un et l'autre d'une grippette sans gravité, mais la mortalité de leurs ennemis les intéresse.

JULIEN
— Ici Cabourg, la balade Marcel Proust est désertée, ça a l'air de plaire aux mouettes. Bises Julien. (*Photo.*)

OLIVIER P.-A.
— Je pense beaucoup à toi qui dois subir à Tunis des contraintes et des pressions terribles. Avec toute ma profonde amitié, Frédéric.
— Merci, mon cher Frédéric. Je t'espère sur tes deux pattes, je pense aussi beaucoup à ton frère. On termine les rapatriements de treize mille Français de passage et les cas sanitaires graves. Il y a sur place une belle équipe et beaucoup d'urgences. Français et Tunisiens ensemble. Avec toute mon affection, Olivier.
— Tu es « *the right man in the right place* ». Je t'embrasse, Frédéric.

ROGER
— Bonjour Frédéric, désolé, je pensais que tu étais au courant, tout est fermé jusqu'à... quand? Le mixage est donc reporté, sans plus de précisions sur la date à laquelle il pourrait être fait. De mon côté, j'ai décidé de l'avancer tout doucement et peut-être, avec un peu de chance, sera-t-il prêt au moment où il faudra enregistrer ta voix, mais c'est encore un peu trop tôt pour le dire. Je pense sincèrement à toi, en espérant que ton frère aille mieux. À très bientôt, Roger.
— Enregistrer ma voix? Il y avait des reprises à faire? Merci pour ton SMS. Le combat continue. F.
— C'est ce que j'avais compris, je pensais qu'il y avait une erreur quelque part. Mais, donc, c'est une mauvaise information. J'avais entendu dire qu'il fallait aussi une retouche pour Alice, mais peut-être que, là aussi, c'est une mauvaise information. Bien à toi, Roger.

La solidarité ne connaît pas de limites : quand leur service s'achève certains soignants doivent être raccompagnés chez eux par la police. Leurs voisins n'en veulent pas dans leur immeuble.

Au Carrefour, carambolage de caddies, priorité incertaine mais la dame qui fonce sur la caisse, vociférant : « Tenez vos distances ou j'appelle la sécurité ! »

Marine Le Pen : « Qu'est-ce que l'unité nationale ? Participer aux mensonges du gouvernement ? Couvrir ses incompétences comme la mise en danger de gens luttant en première ligne contre le virus ? » Elle répète son rôle avant d'entrer en scène. Pour l'instant le public regarde ailleurs.

Ce soupçon lancinant du tri dans les services de réanimation débordés, entre les patients qui n'ont plus aucune chance qu'il faut laisser mourir et ceux qui peuvent s'en sortir. Pas en France, certainement pas, nous dit-on, mais à l'étranger certainement – on sous-entend l'Italie, l'Espagne. Très difficile à croire.

« L'enfant qui la regardait, en proie à cette confusion des plus angoissantes, concluait qu'on ne pouvait prendre aucune bonne décision sans en prendre en même temps une mauvaise… » (Philip Roth, *Le Complot contre l'Amérique.*)

— Oui, une toute petite chose. Détail, on verra. Je n'arrive pas à y penser. xxx, F.

CYRILLE F.

— Bonjour, Monsieur Mitterrand. J'espère que vous allez bien ! Avez-vous regardé les deux photos avec Bourvil que je vous ai envoyées il y a trois semaines ? Elles proviennent du musée Bourvil. Pourriez-vous me les renvoyer signées ? Merci d'avance pour la réponse et bien à vous, à très bientôt.
— Je suis consigné à la campagne jusqu'à fin avril sans doute. F.M.
— Merci pour votre réponse ! Je vous recontacterai fin avril. Bon courage et à bientôt.

FRANÇOISE DE B.

— Fredo, mon ange, je ne cesse de penser à toi et à ton merveilleux frère. Veux-tu me parler ? Je suis à Lisbonne confinée comme chacun. J'essayerai de te téléphoner demain si tu le souhaites. Tendresse. Je t'embrasse avec attachement, F.
— Je t'appellerai demain sans doute. Inquiétude atroce. Réanimation depuis une semaine. On nous dit « stable » quand Olivier parvient à les joindre. Qu'est-ce que cela veut dire ?
— Essaie de dormir le soir. F.

Saïd et sa fiancée doivent se marier bientôt. Mais tout est chamboulé par le virus, la date n'est plus certaine, elle aimerait rendre visite à sa famille en Tunisie avant la cérémonie, mais outre que le voyage est compliqué à organiser actuellement, elle appréhende une fermeture des frontières pour son retour en France. Sans parler de la galère des visas pour aller et venir avec une administration consulaire particulièrement vétilleuse.

Les curés et autres religieux de toutes obédiences réclament à cor et à cri la réouverture des lieux de culte. Certains sont particulièrement inquiets : et si les fidèles n'allaient pas revenir ?

On entend souvent : « Alors ce n'est pas grand-chose, la grippe espagnole, c'était bien pire. » Et d'aligner les millions de morts. On rameute aussi la grippe asiatique des années cinquante, d'autres épidémies meurtrières, on retrouve le choléra et la phtisie, on remonte jusqu'à la Peste noire du Moyen Âge. Et alors ? Cette intention de rivaliser est suspecte, il faudrait regarder ce qu'elle recouvre comme arrière-pensées. En tout cas, ce sont des récits d'« après » alors qu'on est « pendant », sans savoir où donner de la tête et qu'on peut s'attendre au pire qui reste indéfinissable.

Un préfet annonce qu'il va fermer les piscines municipales de son département pour freiner la contagion. C'est égal, cela fait longtemps que mon attirance pour les piscines populaires m'a incité à les éviter. Tous ces beaux gosses des cités en slip, baraqués et tatoués comme des footballeurs, qui poussent les filles dans l'eau, s'éclaboussent en riant et se hèlent en arabe d'une cabine à l'autre dans les vestiaires : merci bien, j'ai déjà assez d'ennuis comme ça.

J. ET M.
— Mon cher Frédéric, je viens d'apprendre l'état de santé de Jean-Gabriel que j'aime tant. Je suis si inquiet, avec toi. Je t'adresse mes pensées et mon affection. J. et M.
— État stable, réanimation depuis une semaine, inquiétude infernale. Merci du fond du cœur pour ton message. F.
— Nous sommes si affectés, cher Frédéric.

ALICE
— Pensées tendres, près de toi, tenir. XXX, F.
— J'aimerais tant entendre sa voix. Parfois j'ai même le réflexe de me dire « Tiens, il faut que j'appelle Dad » ... mais je veux rester optimiste. Il aime tant la vie. Il reviendra.
— XXX. F.

DAVID
— Mon frère, Jean-Gabriel, en réanimation depuis une semaine. L'horreur. Angoisse infernale. Je suis en Normandie. F.
— C'est l'horreur, prends bien soin de toi. D.
— XXX, F.

DANIÈLE T.
— Chère Danièle, comme tu le sais peut-être, mon frère adoré, Jean-Gabriel, est en réanimation depuis une semaine dans une lutte terrible contre ce virus. Je te le dis parce qu'il t'aime beaucoup et moi aussi. C'est une inquiétude infernale. Isolement absolu, un message par jour de l'interne qui dirige l'équipe de soignants qui travaillent sans compter pour le sauver. Je ne sais pas comment je pourrais vivre sans mes frères. Jean-Gabriel est l'élégance et la bienveillance incarnées. Dans *Le Figaro*, un très bel article de ton ex-beau-fils. Je me raccroche à ce genre de choses. Pardonne-moi d'être si intrusif mais nous t'aimons

Le dernier regard vers moi de mon chien Alphonse quand le vétérinaire l'a emmené pour l'opérer. Il n'a pas survécu.

Terreur à l'idée que l'on me voie mort, de mon cadavre que l'on manipule avant de s'en débarrasser selon les formes rituelles. Il y a pourtant un certain apaisement pour les autres à contempler un être cher lorsqu'il n'est plus et avant qu'il ne disparaisse définitivement. Mamie, par exemple, dont je garde précieusement les photos sur son lit de mort. Je n'ai pas été choqué de voir les images de François Mitterrand défunt, au contraire, et je ne comprendrai jamais les polémiques sur l'identité supposée de l'inconnu qui les a prises. Autrefois, c'était même la règle.

À Millançay, la tombe de Thierry, à Jarnac, plusieurs générations et François Mitterrand avec la cérémonie rituelle chaque année, à Évian celle de mes grands-parents, au cimetière de Passy, celle de Maman et de Papa. Cette envie d'y aller et cette envie de ne pas y aller.

Bombardé sur mon portable de réclames pour « Assurances obsèques » : foutez-moi la paix, mon frère est encore là, et, en ce qui me concerne, le poulet n'est pas cuit.

beaucoup et j'ai l'impression que c'est Jean-Gabriel et moi qui te parlons ce soir. XXX, Frédéric.

MATHIEU G.
— Bonjour Frédéric, quelles sont les nouvelles? XX, M.
— Stable, défenses immunitaires très faibles, poumons envahis par le virus, isolement absolu, soins intensifs sans relâche. Secours de Roselyne pour tenter d'en savoir plus. Angoisse infernale. F.
— J'imagine votre angoisse. Terrible. Je pense fort à vous. XXX, M.
— Merci, tenir. F.

ÉDOUARD
— Pensées tendres, tenir. F.
— Je pense à lui à chaque instant. Je l'espère combatif dans son sommeil, mon lion de père.
— Ils l'ont retourné. Scanner aujourd'hui. Non, ce n'est pas perdu. Roselyne dit qu'ils sont les meilleurs. On avance en gagnant un jour après l'autre. F.
— Je suis si inquiet, mon Fredo, tout ça ne va pas dans le bon sens. D'après ce que je lis, le décubitus est une solution un peu désespérée et hasardeuse. Attention les résultats. J'aimerais parler au médecin après le scanner. Je demande à O. *Love.* XXX, E.

CATHERINE C.
— Stable, disent-ils. Inquiétude infernale. F.
— *Love, much love.* XXX, C.

Enterrement : horreur du trou où l'on enferme le défunt. Le dernier en date sur lequel j'ai été contraint de me pencher : celui de mon oncle Guy, il y a quelques mois. Crémation : abomination de cet endroit sinistre qu'est le columbarium du Père-Lachaise et souvenir lugubre des obsèques de Jacques M., avec le cercueil qu'on enfourne comme dans les camps – où il n'y avait même pas de boîte car c'était l'usine infernale. Le corps légué à la science : horreur absolue, étudiants qui le découpent et plaisanteries de carabins. En revanche, tout à fait d'accord pour qu'on prélève les organes qui peuvent encore servir. Pour le joli cimetière de campagne avec vue imprenable sur un beau paysage paisible, comme pour Gérard Philipe et sa tombe à Ramatuelle ou Albert Camus à Lourmarin, pour le cimetière russe de Sainte-Geneviève-des-Bois, parmi tant de gens que j'aurais aimé connaître et qui forment une sorte de famille, pour Verdun et l'immense ossuaire de Douaumont, pour les cimetières militaires comme celui de Bitola en Macédoine, où j'ai cherché en vain la tombe de mon grand-oncle Charles parmi des rangées de pauvres Annamites perdus si loin de leur sol natal, quand il repose finalement à Bagneux, et pour tous les autres que j'ai aussi visités : accès fugitifs de curiosité et d'émotion vague. Finalement, la moins mauvaise solution serait le petit cimetière chrétien d'Hammamet où les gentilles sœurs de l'orphelinat viendraient parfois prier pour moi.

Didier Lapeyronnie : « Tel le monstre créé par Ridley Scott, le virus pense et agit à notre place, impossible de se concentrer sur autre chose. »

CORINNE R.
— Stable, angoisse. xxx, F.

FRANÇOISE D.
— Cher Frédéric, Ariel me semble de plus en plus inquiète… Je pense à votre peine, peut-être solitaire, malgré tout ceux qui vous aiment, et je voudrais juste vous dire mes pensées et mon affection impuissantes… Je sais que s'il arrivait malheur à Jean-Gabriel votre vie ne serait plus jamais la même. Il reste peut-être un espoir auquel se rattacher. Je vous le souhaite du fond du cœur et vous embrasse. F. et T.
— Merci pour votre adorable message. Tenir, il faut tenir. Olivier et moi, on s'accroche à Jean-Gabriel mais l'inquiétude infernale ne diminue pas. Je vous embrasse très fort. F.

GEORGES-FRANÇOIS
— Des nouvelles ce soir ? G.
— Stable, pas de progrès. F.
— C'est sans doute bon signe. Georges.
— xxx, F.

JEAN-PIERRE
— Je n'ose pas te déranger…
— Le combat continue. F.
— Jean-Gabriel va gagner !
— xxx, F.

SAÏD
— Des nouvelles ?
— Stable. F.

À la remise de décoration au Quai d'Orsay pour la célèbre Américaine, le Tout-Paris chicos rigole, se serre et s'embrasse. C'était deux, trois jours avant qu'on ne se rende compte. Personne ne semblait au courant.

Pas de nouvelles de Marc Fumaroli. Je crains le pire. Ses chroniques dans la collection « Bouquins », toujours près de moi, et souvenir d'une émission extraordinaire avec Laure Adler. (Les émissions de Laure Adler sont toujours extraordinaires. Honneur de la radio.)

C'est un père merveilleux qui a comblé ses enfants d'affection sans les étouffer, qui n'a jamais manqué lorsqu'ils avaient besoin de lui et qui leur avait fait comprendre qu'il vaut mieux combattre ses défauts que de les cacher.

« Tu es dans les chaînes du sommeil, dans la torture ou la volupté des songes. Que tu fasses ceci ou cela, ta ruine est inévitable et tu n'y peux rien. » (Léon Bloy, *L'Âme de Napoléon*.)

DORIS
— Stable, une semaine ! L'horreur. F.
— Courage, patience, prière. Il ne souffre pas. Une pensée du soir pour toi. XXX, D.
— XXX, F.

STÉPHANE
— Bonjour Frédéric. Je pense à vous. Je suis maintenant tout seul à la villa. Tout le monde est confiné. S.
— XXX, F.

RIMA
— Chère Rima. Mon frère Jean-Gabriel en réanimation depuis une semaine, angoisse infernale. Le petit Stéphane tout seul dans la villa. Envoyer un petit SMS d'encouragement ? Tenir, tenir, je vous embrasse. Prenez soin de vous. F.
— Toutes mes pensées pour votre frère. Terrible épreuve pour vous. Je vous embrasse, Rima.
— Merci d'avoir pris le temps de me répondre alors que vous devez affronter un tsunami. Vous êtes la bonne personne. Je vous embrasse, F.

HUBERT
— Mon frère Jean-Gabriel en réanimation depuis une semaine. Angoisse infernale. Je vous embrasse, Frédéric.
— Je pense à lui, à vous. Michèle et moi vous embrassons. Hubert.
— XXX, F.

NAZANINE
— Stable !
— XXX, N.

Difficile de dire qu'on n'a pas été prévenus. Dès le début du mois de février, on sentait que ça montait. «La Chine est proche», comme le chantaient les Maos en 1968. Ce qui est toujours intrigant, dans ce type de scénarios, c'est le moment où les cris d'alarme de quelques-uns cessent quasiment brusquement d'être isolés et déclenchent le branle-bas de combat. Le médecin chinois, Li Wenliang, qui a lancé l'alerte, que l'on a essayé d'étouffer et qui est mort depuis, est à juste titre considéré comme un héros. Mais quelle devait être sa solitude face aux bureaucrates bornés ou terrorisés qui tentaient de le faire taire !

«La dictature parfaite serait une dictature qui aurait les apparences de la démocratie, une prison sans mur dont les prisonniers ne songeraient pas à s'évader. Un système d'esclavage où, grâce à la consommation et au divertissement, les esclaves auraient l'amour de leur servitude.» (Aldous Huxley, *Le Meilleur des mondes.*)

AMYN
— Quelles nouvelles ? Je pense constamment à lui, à vous, à tous. A.
— Jean-Gabriel stable mais ça ne veut plus rien dire. xxx, F.
— Baisers de tout cœur, A.

ÉRIC DE R.
— Mon frère Jean-Gabriel en réanimation depuis une semaine. Angoisse infernale. Je suis à la campagne. Vous et vos enfants à Marigny ? Ils font attention ? Protégez-vous bien. Mille pensées tendres. Frédéric.
— On pense à toi, il est encore jeune, il va lutter et gagner. Protège-toi bien, et puis un académicien, c'est immortel. Éric.

ROSELYNE
— Des contacts pour après. De ma part. R.
— Merci, la fidélissime, mille pensées. Tu étais très bien à l'antenne. xxx, F.

LIRIA
— Oui, tiens bon, tiens bon. Chloroquine ?
— Stable, une semaine d'horreur.
— Il faut tenir, je sais que c'est long.

SIHEM
— Stable, angoisse infernale. xxx, F.

Emanuele Coccia, philosophe : « Même une minuscule portion de matière organisée est capable de nous menacer. La Terre et sa vie n'ont pas besoin de nous pour imposer leurs ordres, inventer des formes, changer de direction. » (Propos recueillis par Nicolas Truong.)

Le principe de la préparation vise à éviter l'explosion d'une grave épidémie afin d'en limiter l'impact. Le principe de précaution vise à éviter l'extension de ses dégâts. Ce n'est pas pareil. Le premier principe coûte plus cher que le second. Il est aussi plus efficace.

— Oui, je comprends. Moi j'ai une toux qui ne me lâche pas mais pas de fièvre. Je suis pour la première fois femme de ménage, c'est un sentiment plutôt agréable. Purifier la maison, retrouver des souvenirs. Parler et rencontrer vraiment Tarak, qui attend quand même avec impatience que je voyage à nouveau ! Je t'aime plus que tu l'imagines, on a trop besoin de toi, de ta générosité, de ton impatience face à la bêtise. Je t'aime. xxx, S.
— Cette toux persistante m'inquiète. Renforce strictement la protection de ta mère, elle a l'âge critique, consulte un médecin sérieux pour toi et Tarak, et ta fille, vite, vite. Ici le cauchemar de Jean-Gabriel continue. Angoisse atroce. xxx, F.
— OK, promis.
— Vite, vite. Enferme ta mère chérie, qu'elle ne sorte pas pour faire des courses ! F.

FEREYDOUN
— Norouz, je pense à toi. Jean-Gabriel stable.
— Merci ! Les cellules d'immunité luttent contre le virus. C'est bon signe. Il va commencer à reprendre le dessus. Espérons. Je pense souvent à toi, notre tendre amie très inquiète pour toi. Amitiés, Fereydoun.

JANINE
— Roselyne Bachelot sur la 5. Elle est formidable. Tendres baisers.
— Tenir. F.

*Mercredi 25 mars*

Dans *Le Monde* d'hier, Françoise Fressoz, généralement mieux inspirée : « Les insouciants ont confondu la route de l'exode avec celle de leurs résidences secondaires pour réaliser tardivement qu'ils ont pris le risque de contaminer leurs concitoyens dans des zones épargnées. » Enfui en Normandie juste à temps avant l'interdiction de se déplacer, je fais donc partie des bourgeois égoïstes que sa chronique incrimine. Tant pis pour moi, rangé depuis longtemps dans le camp de l'immoralisme irresponsable.

Mort de Manu Dibango, quatre-vingt-six ans. Saxophoniste miracle. Nous avons fait plusieurs émissions ensemble. Pas assez pour se connaître bien. Je l'écoutais religieusement. La bonté même.

Les gestes barrières : l'autre est un ennemi potentiel. Je n'y arriverai jamais. Du coup, je pense que je vais rester seul longtemps.

Tribune dans *Le Monde* de Maryline Desbiolles, écrivaine et prix Femina il y a vingt ans : « Même les souvenirs, surtout les souvenirs, doivent être soumis à l'épreuve du monde pour ne pas se périmer. À l'épreuve de la rugosité du monde, de l'inattendu, de l'inconnu… Des riens. On nous enjoint d'en profiter pour retrouver l'essentiel. *Profiter*, quel vilain mot. Et comment chercher l'essentiel quand d'autres manquent du minimum… Je suis démunie, je n'ai pas de provision de riens. »

FRANÇOIS

— Je pense beaucoup à vous, François, Aristote et la gentille maman. Prenez soin de vous tous, Frédéric.

— Merci beaucoup, cher Frédéric. Nous nous sommes réfugiés à Aix dans la maison que vous connaissez. J'espère que vous allez bien, surtout prenez soin de vous. Amitiés, François.

JOHN

— Cher John, j'espère que tu fais bien attention à toi. Consignes à tes proches. Ce virus est monstrueux. Je t'embrasse fort, F.

— Je suis en pleine forme, émerveillé par les oiseaux qui reprennent possession de Paris. En faisant l'aller-retour pour mon bureau, je passe devant chez toi. Tu veux que je te dépose des courses ? Bises, John.

— Je suis en Normandie avec Jihed. Angoisse terrible pour mon frère en réanimation. Hâte de te voir quand tout ira mieux. Quand ? XXX, F.

JACQUES G.

— Statu quo ce matin. F.

— Ouf, je suis heureux. Tendrement, Jacques.

JEAN-CLAUDE M.

— Statu quo ce matin. F.

— Merci de ton attention cher Frédéric, en union avec toi, attachement. J.-C.M.

Le refrain que tout le monde chante en Espagne : « Resistiré », « Je résisterai », un tube des années quatre-vingt par le duo Dinamico que l'on avait perdu de vue, avouons-le... L'original avec rouflaquettes et pantalons pattes d'eph ou des versions nouvelles, remixées. Mon bien-aimé des Asturies préfèrent la première version. Ici, on devrait essayer Stone et Charden, « Il y a du soleil sur la France ».

Les demandeurs d'asile, les étrangers qui veulent faire renouveler leur carte de séjour, ont de quoi s'affoler. On ne prend plus leurs appels en préfecture, on ne les reçoit plus, ils vont dépasser tous les délais réglementaires et quand on sait à quel point l'administration est bonne fille, ils ont raison de se faire du souci. « Douce France », chantait Trenet. Oui, c'était avant, bien avant. Et de toute façon, ça n'a jamais été vrai.

Rushes sur les pâtes, le riz, le sucre aux rayons des grandes surfaces. Le papier hygiénique est aussi l'objet de ces assauts de convoitise généralisée. Un quotidien canadien a trouvé la solution : il publie à chaque édition quatre pages vierges que les lecteurs sont invités à découper pour l'usage qu'on imagine.

Les reportages de Jean-Paul Mari dans *Libération.* Aujourd'hui : « Cette vieille dame en détresse respiratoire aiguë, le temps de décrocher l'appel et d'envoyer l'ambulance, c'est trop tard. À quatre-vingts ans, plus question de prendre en réa. Nos anciens meurent chez eux. »

Le mari confiné d'une soignante : « Tu vas me ramener le virus et on dort dans le même lit. » (Propos rapporté par Florence Aubenas.)

ALICE
— Courage, mon Alice, chaque jour qui passe est un jour de gagné pour la suite. F.
— Oui, tu as raison.

DANIÈLE T.
— Statu quo ce matin, F.
— XXX, D.
— Je pense aussi beaucoup à Tonie qui a beaucoup compté pour moi. Merci pour notre échange, hier soir. Je te tiens informée. XXX, F.
— Je croise les doigts. Baisers tendres, D.

MATHIEU G.
— Statu quo ce matin. F.

DORA
— J'espère que ton frère va mieux. D.
— Stable toujours ! Inquiétude. F.

ÉDOUARD
— Mon Doudou, chaque jour qui passe apporte un peu d'espoir. XXX, F.
— Un jour après l'autre. Je pense bien à vous deux. XXX, E.

ÉLISABETH Q.
— Cher Frédéric, ici Élisabeth. Comment va ton frère Jean-Gabriel que j'aime beaucoup ?
— Réanimation depuis huit jours, angoisse infernale, merci pour ton SMS, Frédéric.
— Immense tendresse pour lui. Tiens-moi au courant. Merci Frédéric, Élisabeth.
— Statu quo, ce matin. F.

« Ils ne mouraient pas tous, mais tous étaient frappés. » *Les Animaux malades de la peste,* 1678, génie de La Fontaine.

Patrice Bordelais, du CNRS : « Le progrès des connaissances dans la compréhension du vivant conduit à penser que l'éradication des maladies infectieuses est tout simplement impossible et qu'il faut tenter de contrôler au mieux l'extension des nouvelles épidémies. »

Mort d'Uderzo. Après Tintin et Spirou, le socle de ma modeste culture, et Corto Maltese pour la poésie des voyages et des aventures, je n'ai pas réussi à m'intéresser vraiment aux bandes dessinées et Astérix m'a toujours ennuyé. Enfin, c'est un peu du latin qui s'éloigne encore.

Dans un camp de prisonniers au Kurdistan : « Les djihadistes profitent de la situation de panique causée par le Covid-19 et de la fermeture des frontières avec l'Irak pour demander la reprise des contacts avec leur pays d'origine, et surtout leur rapatriement, ainsi que celui des familles et des enfants. » (Relaté par Georges Malbrunot.)

Le rappel obsédant des précautions sanitaires. Nous prendrait-on pour des enfants qu'il faut sermonner en permanence ? Je suis saisi parfois d'une furieuse envie de tousser à la figure du premier venu.

JEAN DE B. ET MURIEL
— Comment ça va ?
— Statu quo. Huitième jour. Inquiétude persistante. Je pense beaucoup à vous. J'espère que vous supportez votre confinement. À la campagne, pour moi, ce n'est pas le pire. Mais je vis dans une telle angoisse pour mon frère. Olivier, resté à Paris, obtient des nouvelles chaque jour. Je vous embrasse, Frédéric.

FRANÇOIS S.
— Statu quo ce matin. XXX, F.
— Merci Frédéric de me tenir au courant. Je vous embrasse tous, F. S.

CATHERINE C.
— Des nouvelles aujourd'hui ? XXX, C.
— Stable, angoisse horrible. F.

DOMINIQUE & S.
— Bonjour cousin, Danièle m'a fait part des nouvelles au sujet de Jean-Gabriel, nous pensons bien à vous. Je te joins cette vidéo de notre pape, comme réconfort en ces temps difficiles. Je t'embrasse, Dominique. (*YouTube – Les mots du pape François pour consoler un petit garçon.*)
— Merci pour ton message, notre inquiétude est si grande, huitième jour de réanimation. Je regarderai bien sûr la vidéo du bon François. Tendresses, Frédéric.

Un spécialiste allemand : « Soixante pour cent des malades intubés ne survivent pas. » Froid dans le dos.

Jair Bolsonaro : « C'est bien triste tous ces vieux qui meurent, mais enfin il faut bien qu'on meure de quelque chose. »

Au Liban, le Hezbollah est en première ligne pour mener la guerre contre le virus. Il diffuse des images martiales de combattants barbus, qui défilent en uniforme et en brandissant des mitraillettes. Il y a eu un loupé quelque part la formation scientifique de la milice islamique. La kalachnikov est parfaite pour occire aussi bien les vivants que les malades, mais son tir n'est pas assez précis pour occire le virus.

Lourdes : pèlerinage virtuel prévu pour cette année. Ça ne change pas grand-chose pour quelqu'un comme moi qui a toujours pensé que les apparitions de la Vierge relevaient précisément du virtuel.

Note des pompes funèbres sur les types de cercueils autorisés pendant la pandémie : « L'hermétique, qui permet un enterrement classique, mais il n'y en aura pas forcément assez vu la demande. Le modèle simple, destiné à la crémation. » Rien sur les cercueils en carton appréciés par les familles pauvres ou un peu regardantes.

PAUL HENRI

— Coucou Frederico, comment se passe ton confinement? Et surtout, quelles sont les nouvelles de Jean-Gab? *Abrazos grandes.* Pauli.

— Très difficile. Angoisse. xxx, F.

CORINNE R.

— Cher Frédéric. Comment allez-vous? Votre moral? Et notre Jean-Gab chéri? Je vous embrasse. C.R.

— *No news*, hier panique totale, un peu mieux vers le soir. Je reviens vers vous dès que je sais quelque chose. F.

— Merci. xxx.

— Statu quo ce matin. F.

FRANÇOISE D.

— Statu quo ce matin. F.

— C'est déjà bien. Merci de m'avoir prévenu. F. et T.

BETTY

— Statu quo ce matin. F.

— Courage encore! J'ai rêvé de toi toute la nuit. Tu faisais un beau mariage... Rien compris.

— Qui était le promis?

— Connais pas. C'est ce qui m'a réveillée! Où sont les garçons?

— Jihed ici avec sa copine, Saïd à Paris avec la sienne, Mathieu à Dubaï avec sa petite famille, Sasha, mon petit-fils, en Floride. Ceux qui ne sont pas avec moi me manquent beaucoup. F.

— Photos de ma maison, on ne peut pas se plaindre.

— Léger mieux. xxx, F.

« C'est vraiment le moment d'être doux, gentil et bienveillant. La clé d'un confinement efficace se trouve dans l'empathie, la bienveillance et le soutien et non dans des méthodes punitives. » Ainsi s'exprime Bonnie Henry, la plus haute autorité médicale de la Colombie-Britannique, après avoir mis en œuvre l'arsenal des mesures de restrictions nécessaires en expliquant sans cesse et précisément ses motivations et le but à atteindre. Elle fut longtemps médecin à bord d'un navire de guerre, seule femme au milieu d'un millier de marins qui la regardaient d'un drôle d'air en réclamant des préservatifs pour leurs escales, et elle a fait partie de plusieurs missions diligentées en Ouganda pour lutter contre le virus Ebola parmi des populations violemment hostiles. Aujourd'hui, l'épidémie a été jugulée en Colombie-Britannique, mais elle travaille à réparer les dégâts pour les années à venir. La cinquantaine, unanimement appréciée et de surcroît belle comme le jour.

J'ai peur d'entrer dans un commissariat, peur d'avoir affaire avec un juge, peur d'affronter un fonctionnaire pour une démarche administrative, peur de refuser à un commerçant un produit qu'il veut absolument me vendre et qui ne me convient pas. Je n'ai pas peur de marcher dans une rue malfamée et réputée dangereuse, je n'ai pas peur de me retrouver chez moi avec un cambrioleur qui me menace de son flingue, je n'ai pas peur du virus. Allez comprendre.

ANTOINE P.
— Tout va bien, mon cher F. ? Où est ton frère ? Je t'embrasse. Prends soin de toi et de tes garçons. A.
— Réanimation neuf jours. Je pense fort à toi, ici. J'espère que tu vas bien. Ici toujours l'angoisse infernale pour mon frère.
— Mon Dieu ! Je pense fort à toi. Toutes mes pensées. Espère te voir très vite. On t'embrasse, A.

FRANCIS
— Statu quo ce matin. Huit jours. F.
— Bon signe, donc il résiste. XXX, F.

GEORGES-FRANÇOIS
— Statu quo ce matin. F.
— C'est bon signe ? As-tu le numéro de Gardel ? Comment va-t-il ?

JEAN-PIERRE
— Statu quo ce matin. XXX, F.
— Merci, mon Fredo.

GARDEL
— Je pense fort à toi. F.
— Dans quel hôpital est notre Jean-Gabriel bien-aimé ? J'étais tellement mal et paniqué, j'ai oublié. Dans le 10e arrondissement seulement. Dis-moi. Merci. Ça va en Normandie ? XXX, G.

SAÏD
— Des nouvelles ? T'embrasse.
— *No news*. F.

Mon ami Jean-Marc m'appelle tous les jours pour avoir des nouvelles. Comme toujours, intelligence aiguë et humour quand même. Il arrive même à me faire rire. L'autre frère.

Les cinémas disparus que nous écumions ensemble : le Studio Bertrand (*Sur les quais*), les Acacias (*La Prisonnière du désert*), le Napoléon (*La Rivière sans retour*), le Studio Obligado (*La Chose d'un autre monde*), le Raspail (*Sourires d'une nuit d'été*), le Passy (*L'Ange des maudits*), le Reflet (*Les Nuits de Cabiria*), le Victor-Hugo (*Casque d'or*), le Saint-Didier (*La Comtesse aux pieds nus*), la Pagode (*Bellissima*), le Bonaparte (*Moderato cantabile*), le Hollywood (*Certains l'aiment chaud*).

Mamie n'a jamais pu tenir sur une bicyclette, elle a obtenu son permis de conduire pendant la guerre et était incapable de maîtriser une voiture. Comme moi qui ai toutes les peines du monde à me servir convenablement de mon ordinateur. Elle a pourtant triomphé de toutes les embûches d'une existence à travers l'exode et l'Occupation allemande. L'illettré que je suis traversera-t-il aussi bien qu'elle la catastrophe du virus ?

DORIS

— Statu quo ce matin.

— Le ciel est bleu toujours… eux savent ce qu'il faut faire et qui est le mieux pour lui. XXX, D.

— Tu as raison. *No news.*

SERGE

— Statu quo.

— Merci, on pense fort à lui. XXX, S.

CLOTILDE ET E.P.

— Je pense beaucoup à vous quatre. J'espère que vous faites bien attention et que le Ragazzo n'est pas bloqué quelque part. Toute ma tendresse, F.

— Le Ragazzo est bien sage. On pense tout le temps à toi, à vous. Clotilde.

MARIE-ANNICK ET ROSE

— Nous pensons fort à toi. Comment va ton frère ? Nous t'embrassons bien affectueusement, Rose et M.A.

— Huitième jour de réanimation. Inquiétude constante. Je pense bien fort à Marie-Annick et la petite Rose. *Baci.*

HUBERT

— Statu quo ce matin.

NAZANINE

— Norouz avec un peu de retard… *No news* ce matin. F.

— Toutes mes pensées pour Jean-Gabriel et vous, bien sûr. Avec la tendre amie, je vous embrasse, N.

Maman aimait ses trois fils infiniment et sans préférence. Moi comme un enfant malade, perpétuellement anxieux et cachotier, qu'on protège sans le comprendre. Olivier comme un homme, le seul de sa famille et le seul d'entre tous les autres (maris, amants, amis) sur qui elle pouvait vraiment compter. Lui comme le prince charmant pour son âme de perpétuelle jeune fille. Il est vrai qu'elle avait failli mourir en le mettant au monde. Je n'ose pas imaginer comment elle aurait vécu l'épreuve actuelle. Il lui arrivait parfois d'être désarmée et de céder à la panique.

Elle était la séduction même, jusque dans son grand âge. Le dire, c'est encore la meilleure manière de résumer. Tous ceux qui la connurent peuvent en témoigner. Il y a toujours un surcroît de vie quand on me parle d'elle. Olivier s'en amusait, moi j'étais fou d'elle et je savais que c'était dangereux, car cela m'empêchait de lui dire ce que j'aurais dû lui dire. D'ailleurs, elle n'aurait pas compris, elle se serait embrouillée et cela n'aurait pas changé grand-chose. Lui n'était qu'indulgence à son égard, les amours, les divorces, les absences, les caprices, car il y en eut aussi, jamais un reproche de sa part. Une indulgence un peu navrée parfois, mais vaillante en toute circonstance. Il s'est toujours tenu au plus près d'elle, et s'il a des éclairs de lucidité dans son coma, c'est elle qu'il appelle et qui lui manque le plus, puisqu'il sait aussi que nous sommes là.

ARLETTE
— Statu quo ce matin. F.
— Merci pour les nouvelles du jour. Ça laisse de l'espoir. J'y pense tout le temps. J'espère qu'il domine petit à petit les difficultés. Baisers.

M. ET M.
— Statu quo ce matin. F.
— Optimisme, espoir, lumière, j'y crois beaucoup. Prions pour Jean-Gabriel tout le temps. xxx, M.

LIRIA
— Plein d'amour pour toi, pour lui.
— xxx, F.

JANINE
— Il a en lui une grâce qui le protège. Tu as bien fait de quitter Paris. Nous pensons tous à lui. Tendresses, Janine.
— Statu quo ce matin. F.

*Jeudi 26 mars*

Jean-Jacques Razafindranazy, le médecin qui est sorti de sa retraite pour soigner des malades au début de l'épidémie, est le premier d'une longue liste de soignants qui sont morts. Le maire de Compiègne a organisé une émouvante cérémonie à sa mémoire. Maintenant, ce serait sans doute impossible, trop de morts un jour après l'autre.

Mort de la sympathique Marie-Thérèse de Bourbon-Parme, quatre-vingt-six ans. Elle ne se sentait pas bien et avait reconnu les symptômes. Emportée dans le taxi qui l'emmenait à l'hôpital. Très aimée par tous ses amis qui, selon l'étrange talent des Bourbon-Parme, regroupaient des gens aussi divers que des royalistes et feu Yasser Arafat. Petite-fille de l'impératrice Zita, on la surnommait par facilité, « la princesse rouge ».

On vole des masques sur le tarmac. Des arsouilles à la nationalité imprécise font de la surenchère, emportent des cargaisons entières que l'on vient de décharger dans des avions-cargos mystérieux qui décollent aussitôt. C'est si bien ficelé qu'on a l'impression d'apercevoir Super Donald dans un coin sombre, à la manœuvre avec son portable.

Aux Cortes, le Parlement d'une Espagne déchirée par le conflit séparatiste catalan et bien d'autres malheurs de la démocratie, l'héroïne qui fait l'unanimité de l'Assemblée s'appelle Valentina Cepeda. C'est la femme de ménage qui nettoie les micros et les maroquins de tous ces messieurs-dames.

CHARLES

— Mon cher Frédéric, F.G. m'a dit que votre frère était hospitalisé. Je pense à vous. Où êtes-vous ? Que faites-vous pendant cette période horrible ? Je vous embrasse, Charles.

— Angoisse infernale pour mon frère. Je suis en Normandie. F.

AMEL

— Comment ça va, mon chéri ? Je pense à toi et t'embrasse très fort. Donne-nous des nouvelles quand tu peux, garde le moral. Je t'aime. Amel.

— Un très léger mieux. Neuf jours. F.

— Bien, bien, on s'accroche. Tout ira bien. Bises, Amel et les Smaoui.

FRANÇOIS S.

— Léger mieux persiste. XXX, F.

— Bien, il va s'en sortir. F.

JEAN-CLAUDE M.

— Léger mieux. XXX, F.

— Ah quelle bonne nouvelle, cher Frédéric. Merci de m'en avoir fait part. Pauvre J.G. Comme il doit souffrir. Affection grande pour toi. J.-C.M.

— En fait on ne sait pas grand-chose. F.

Antoine Compagnon, professeur au Collège de France : « Montaigne nous rappelle que la mélancolie du confinement peut être domestiquée par la lecture. » Il note aussi un propos de Proust, dont il recommande à juste titre la lecture et qui continuait à écrire *La Recherche* durant la Grande Guerre : « Ceux qui se sont fait une vie intérieure ambiante ont peu égard à l'importance des événements. »

Une affiche dans le quartier de Méa Shéarim, à Jérusalem : « C'est la volonté de Dieu qu'en temps de peste, le rassemblement des étudiants pour l'apprentissage de la Torah ne cesse pas et ce seront les jours qui mèneront à la venue du Messie. »

Dialogue dans un Ehpad :

— Vous avez vu la tenue des employés ? On dirait des cosmonautes.

— J'ai l'impression de ne rien reconnaître, comme si on était maintenant dans un pays étranger.

On charge un cercueil sur un corbillard.

— Moi, j'ai quatre-vingt-sept ans. Je m'en fiche de mourir du corona ou d'autre chose. Et vous ?

— Je voudrais être enterrée dans le Jura, mais est-ce que j'aurai le droit, avec cette histoire-là ? Dans le doute, je préfère attendre un peu.

Le convoi démarre.

— Regardez, elle s'en va. Ça me fait quelque chose, quand même.

— Au revoir, madame. (Relaté par Florence Aubenas.)

CATHERINE

— Léger mieux.

— Ouf ! On ne peut que penser, penser à lui le plus fort possible. Catherine.

MARIE

— Je suis les choses comme toi avec Olivier, c'est vraiment une terrible épreuve. Marie. (*Photo de famille.*)

— Léger mieux. Ton père admirable à la tour de contrôle. F.

— Ah, merveilleux ! Jean-Gabriel est vraiment héroïque et son corps se bat. Oui, Olivier garde son sang-froid comme toujours, mais il bouillonne émotionnellement. Je t'embrasse, Marie.

— Merci pour les photos de famille avec Jean-Gabriel. 1958 ? xxx, F.

FRANÇOIS

— Cher François. Mon frère en réanimation. Neuf jours. Angoisse infernale, léger mieux espéré ce soir. F.

— Je croise les doigts pour lui mais il faut rester optimiste. Et j'espère pouvoir le voir dans ces prochains mois dans le Sud. Nous avons des gros soucis au Grand Pré, les travaux sont plus importants que prévu. Je vous expliquerai tout ça. Amitiés, François.

— Je pense à vous quatre mais j'ai beaucoup de mal à penser à autre chose qu'à mon frère. F.

— Bien sûr, bien sûr. On parlera plus tard du Grand Pré et d'un repas ensemble. Tous nos vœux pour votre frère. Prenez soin de vous. Amitiés, François.

Viktor Orbán, plus *borderline* que jamais, veut augmenter encore ses pouvoirs en vertu de l'«état de danger» décrété en Hongrie. La Commission européenne lui fait les gros yeux. Prudent tout de même, il hésite et rétrocède un peu.

Image de drones de surveillance au-dessus des rues de Bruxelles.

Jean d'Haussonville, le directeur général charismatique du domaine de Chambord : «Je ne ressens pour l'instant ni l'isolement ni l'enfermement. Pourtant, au milieu de tant de beauté, tout s'installe à la manière d'un roman de Julien Gracq, comme si le bourdonnement rassurant et trompeur des insectes marquait, dans un décalage surréaliste, l'imminence d'une catastrophe.»

*Contagion*, le film par Steven Soderbergh en 2010 avec Matt Damon, Kate Winslet, Marion Cotillard et Gwyneth Paltrow (qui meurt presque dès le début), avait connu un succès moyen lors de sa sortie. Le scénario imaginé avec le concours d'un épidémiologiste chevronné, Larry Brillant, annonçait d'une manière stupéfiante ce qui se passe actuellement. Mais bon, c'était de la science-fiction réaliste et, dans ce registre, le public préfère les monstres surgis d'une autre planète. En revanche, depuis le début de l'épidémie, ça télécharge furieusement sur internet.

«Pour votre cancer, votre infarctus et votre AVC, repassez plus tard, mettons dans deux ou trois mois, vous voyez bien qu'on est occupés.»

HOSNI
— Cher Hosni, léger mieux. F.
— Je t'embrasse, garde espoir. Hosni.

GUILLAUME
— Salut mon Fredo, on m'a dit que tu étais en Normandie, j'espère que tu vas bien et que tu fais très attention. Je pense à toi. Je t'embrasse, Guillaume.
— Tu es gentil comme toujours. Une terrible angoisse pour Jean-Gabriel. Prends soin de toi. Je t'embrasse. Léger mieux, dix jours. F.
— J'espère que c'est la sortie de cet affreux tunnel. Merci de me donner des nouvelles. G.

JACQUES G.
— Cher Jacques, léger mieux. F.
— Quel bonheur. Tendresse. Tiens-moi au courant. Jacques.
— Oui. F.
— Merci.

ALICE
— Léger mieux donc. F.
— Oui ! XXX, Alice.

ÉRIC J.
— Cher Éric, léger mieux, neuf jours.
— Ah, quel soulagement ! Merci pour cette bonne nouvelle et gardons confiance. Je vous embrasse.

Les librairies sont fermées contrairement aux magasins d'alimentation. Peu de cas habituel des politiques pour les nourritures intellectuelles malgré leurs benoîtes déclarations sur les bienfaits de la lecture en période de confinement. Mais les libraires, eux-mêmes, voulaient-ils vraiment rouvrir ?

« Nous serons prêts à temps en cas d'épidémie. » Propos tenu par le directeur général de l'Agence régionale de la Santé d'Île-de-France, le 29 février : « Il ne nous manque pas un bouton de guêtre. » Propos tenu par le maréchal Lebœuf à Napoléon III, lors de la déclaration de guerre à la Prusse en 1870.

Christiane Taubira sur France Inter : « Ce qui fait tenir la société, c'est d'abord une bande de femmes. »

Le virus informatique. Aussi insaisissable et vicieux que l'autre. Il ne tue personne, et encore je n'en suis pas si sûr, puisqu'il détruit la mémoire, brouille les contacts, diffuse des mensonges. Ses dégâts sont terribles. Il m'a chopé une fois, alors que j'avais eu la faiblesse de m'aventurer bêtement sur un site porno et j'ai eu toutes les peines du monde à m'en guérir. On sait que des salopards le balancent d'un peu partout sur les réseaux et qu'il frappe aveuglément des millions de gens. Mais où sont-ils, qui sont-ils, que veulent-ils exactement ? La comparaison s'arrête là, dès lors qu'on refuse d'écouter leurs sinistres alliés, les complotistes en tout genre.

DAVID
— Léger mieux. F.
— Pourvu que ce soit le début de la guérison…

DANIÈLE T.
— Léger mieux, ce matin. F.
— Quel bonheur. XXX, D.

MATHIEU G.
— Léger mieux. F.
— Merci pour cette relative bonne nouvelle. XX, M.

DORA
— Léger mieux. F.
— Ouf! Heureusement. Fais attention à toi, tu sais que je t'aime. XX, D.

ÉDOUARD
— Léger mieux, donc. F.
— Oui. XXX, E.

ROBERTA
— Léger mieux, ce matin.

ÉLISABETH Q.
— Léger mieux. F.
— Tant mieux. Je t'embrasse, Élisabeth.

Dans la feuille de chou locale, photo craquante d'un jeune chien proposé à l'adoption. Un croisé Malinois avec partenaire mal identifié, un an, décrit comme sage et intelligent. Castré ! Mais qu'est-ce qui prend aux gens d'infliger une telle mutilation à un brave toutou qui n'a rien demandé à personne ? Ça me démange de téléphoner au numéro qui est indiqué. Cela ferait de la compagnie pour Anita, mais elle ne comprendrait certainement pas que j'additionne mes affections canines, elle en serait peut-être malheureuse et jalouse. Et puis, je n'ai pas vocation à rester à la campagne. Au fond, ce serait parfaitement égoïste de céder à ce caprice. Quelle étrange carence affective me pousse à vouloir me faire aimer par un clébard dont on ne veut plus ? Et maintenant encore plus que d'habitude.

J. ET M.
— Léger mieux ce matin. F.
— Mille mercis cher Frédéric, je suis heureux pour toi, pour ton frère et toute votre famille. Nous t'embrassons, M. et moi.

STÉPHANE B.
— Léger mieux ce matin. Neuf jours. F.
— xxx, S.

ANNE F.
— Léger mieux. F.
— Ouf ! Je vous embrasse fort, A.

JEAN DE B. ET MURIEL
— Léger mieux. F.
— Chaque jour passé est une victoire. Que ça continue ! Jean.

FRANÇOIS S.
— Léger mieux. F.
— Tant mieux. MERCI. Je suis désolé pour cette réaction tardive mais j'étais en réunion pour la journée. F.S.

« Aussi bien, avons-nous jamais, durant toute la campagne, su où était l'ennemi ? » (Marc Bloch, *L'Étrange Défaite.*)

Idir, merveilleux poète de la culture et de la musique d'inspiration kabyle : « J'ai baigné dans l'atmosphère magique des veillées où l'on racontait des contes et des énigmes. Dans une culture orale, la valeur d'un mot est immense. » Fibrose pulmonaire propice aux ravages du virus.

Jihed est extrêmement intelligent et pas du tout intellectuel. Je le compare à Reagan qui avait trois livres qu'il n'avait pas fini de colorier, et ça le fait rire. Il ne dit jamais de bêtises, il a un jugement très juste sur les gens et les choses. D'où vient qu'il sache tant de choses ?

Jihed m'explique pour la énième fois les règles du foot et les raisons de la suprématie du PSG. Je n'y comprends rien, mais cette faiblesse n'entache en rien la tendresse qu'il me porte.

CHANTAL ET F.X.
— Cher Frédéric. Comment vas-tu ? Quelles sont les nouvelles de ton frère ? Roselyne nous a informés de cette nouvelle inquiétante. Nous t'avions laissé un message en début de semaine. Nous sommes restés à Paris et en forme, super ! Affection fidèle, C.H. et F.X.
— Neuvième jour de réanimation pour Jean-Gabriel. Un très léger mieux depuis ce matin. Mais inquiétude infernale. Merci pour votre message qui me touche beaucoup. Je vous donnerai des nouvelles. Prenez bien soin de vous. Ce virus est diabolique et choisit aveuglément ses victimes. Mille pensées bien affectueuses et fidèles, Frédéric.

CATHERINE C.
— Léger mieux. F.
— Bon, c'est positif, enfin. XXX, C.

DOMINIQUE ET SOPHIE
— Léger mieux. F.
— Merci pour ces bonnes nouvelles. Bien avec vous. Dominique et Sophie.

CORINNE R.
— Cher Frédéric, comment allez-vous ? Votre moral ? Comment est Jean-Gab aujourd'hui ? Je vous embrasse, C.
— *No news* ce matin.
— Un très léger mieux ce soir.
— Merci, cher Frédéric.

Les enfants jouent dans le jardin. Jihed et ses amis l'ont rejoint. Ils ont plus de vingt ans, mais ce sont mes enfants quand même. Ils font des barbecues au soleil, jouent au foot, regardent des séries. Je reste dans mon coin mais leur présence me réconforte. Ils n'ont pas l'habitude des désastres. Ils sont discrets, attentifs et gentils, je leur demande seulement d'éviter de balancer sur Facebook des photos du joyeux confinement. Je sais bien qu'ils partagent mon angoisse, à leur manière. Saïd est à Paris avec sa fiancée, Mathieu à Dubaï avec sa femme et ses enfants, Sacha, mon petit-fils, tout seul en Floride. Tous bloqués sur place. On se parle régulièrement, découverte de Zoom. J'aurai au moins tenu cela dans ma vie. Une famille soudée, bien plus que beaucoup d'autres.

« Notre vie était triste. Puis ma fille, son mari et ses enfants sont venus s'installer à la maison. » Ainsi commence le récit réjouissant dans le *New York Times* d'un confinement familial dans un appartement modeste d'une grande ville américaine. Une leçon de gaieté, de tendresse et d'optimisme. Malgré l'exiguïté, l'inconfort, les agacements inévitables, ils se sont retrouvés et leur vie future, leurs relations seront différentes et plus heureuses. La fin du récit est mélancolique avec le confinement qui s'est achevé et le départ des squatteurs bien-aimés : « Notre maison est calme et sans âme, trois générations résumées à une seule, et nous restons à nous demander, ma femme et moi, comment tant de gens peuvent vivre ainsi. »

MOÏSE
— Le vieil Oncle Fredo pense toujours à toi et ta petite famille.
— Merci, mon Oncle, c'est vraiment gentil de ta part, nous n'allons pas trop mal et pensons beaucoup à notre cher Jean-Gabriel. À très vite en chair et en os. xxx, Moïse.

JEAN-PAUL E.
— Léger mieux. F.
— Ah ! Joie, joie, merci.

FRANCIS
— Léger mieux. F.
— Bon signe, pensées positives. Je viens de parler avec Javier. xxx, F.
— xxx, F.

GEORGES-FRANÇOIS
— Léger mieux. F.
— C'est le signe de l'inversion de la pente. Croisons les doigts et pensons fort à lui. G.-F.H.
— xxx, F.

JEAN-PIERRE
— Très léger mieux. F.
— Ah ! C'est bon signe.

SAÏD
— Des nouvelles ?
— Non, pas encore.
— Olivier ça va ? T'embrasse.
— Un léger mieux.

Que pense le merveilleux Alain Souchon du temps présent ? En fera-t-il une autre de ses chansons qu'on ne peut oublier ? Un monde sans lui et sans tous ses camarades chanteurs, compositeurs serait infiniment triste. Et sans Marianne Faithfull, pareil.

Les lieux, les marques, les magasins disparus de notre jeunesse : Thominet (cadres, petit bricolage), Jones (pour la maison, style anglais), Corcellet (épicerie fine, il en reste un près de l'Opéra), Le Gant d'or (lingerie, Viviane Forrester en parle dans un de ses livres), Janine de Cancale (restaurant réputé, produits de la mer, on n'y allait jamais, je ne sais pas pourquoi), Manby (vêtements pour enfants sages), Dominique (vêtements pour adolescents sages), Anam (robes de chambre en soie pour messieurs distingués), le manège Montevidéo (un capitaine fort en gueule pour les leçons d'équitation), la patinoire Molitor (devenue un hôtel de semi-luxe avec piscine), le Pam-Pam (bar des Champs-Élysées où notre père ne voulait pas qu'on traîne), Le Relais de Chaillot (boîte pour adolescents sur les Champs-Élysées, bondée le dimanche après-midi), le studio Delorme (photographe quasi officiel des rallyes), Skira (photographe genre Harcourt, la photo de Clara Saint et celle de Bokassa en devanture !), Doisouple (un petit garçon tout nu avec de jolis souliers : « Je ne m'habille que chez Doisouple »), Natkin (photographe pour familles), le Petit Car du Racing (vite vite, on va le rater). La carte du Tendre de la jeunesse dorée du 16ᵉ.

— Il y a trop de contamination à Paris. C'est flippant. Je n'ai pas vécu la guerre, mais ça y ressemble. Fais attention à toi. T'embrasse.
— xxx, F.

DORIS
— Léger mieux, je t'appelle ce soir. F.
— Quelle belle journée tu me donnes. Merci. xxx, D.
— Ça ne marche pas, problème de connexion. F.

SERGE
— Léger mieux. F.
— Bonne nouvelle. Il va s'en sortir. xxx.

RIMA
— Léger mieux. xxx, F.
— Pour votre frère ?
— Oui, mais hélas il y en a tant d'autres…
— J'apprends de nouveaux cas chaque jour.
— Courage, avant la vague des artistes et des organismes culturels !

CLOTILDE ET E.P.
— Cher Frédéric, une pensée douce, pleine de tendresse et d'affection en ces moments si délicats. Victoria a récupéré très vite. Ce soir, elle était de nouveau sans fièvre et pleine de vie. Je t'embrasse. C.
— Léger mieux. xxx, F.

« Les films, le football, la bière et surtout le jeu formaient tout leur horizon et combleraient leurs esprits. Les garder sous contrôle n'était pas difficile. » (George Orwell, *1984*.)

On tombe à bras raccourcis sur le pasteur qui a organisé la grande réunion de son Église évangélique à Mulhouse, d'où les fidèles sont repartis ensuite chez eux dans toute la France après plusieurs jours d'embrassades, de vitupérations contre l'islam et de transes collectives, véritables bombes ambulantes disséminant le virus avant d'y succomber. C'était au tout début, il n'était pas au courant, personne ne l'avait informé. D'autres sectes évangéliques ne l'aident pas beaucoup dans sa défense, en continuant à organiser des réunions publiques à travers le monde. S'il n'y avait que les évangéliques…

STÉPHANE
— Bonjour Frédéric. On pense fort à vous, R. et moi. xxx, St.
— Je vous embrasse très fort, tous les deux, vaillants protecteur de la villa. J'attends des *news* pour mon frère. xxx, F.

JEAN-PAUL E.
— Léger mieux. F.
— Ah ! Joie, joie, merci.

FEREYDOUN
— Léger mieux. F.
— Courage pour la suite. Il sera sûrement très fatigué. On t'embrasse.

HUBERT
— Léger mieux. F.
— Tant mieux.

NAZANINE
— Léger mieux. F.
Enfin une nouvelle rassurante. Merci. N.

ARLETTE
— Léger mieux.
— Ah ! Quelle chance. Merci mon Dieu ! On va le retrouver, j'en étais sûre mais repos total, total. Baisers. A.

Acrimonie des Italiens laissés seuls une fois de plus et en butte aux moqueries des Français, acrimonie des Français contre les Italiens jugés incapables de réagir assez vite et très vite acrimonie générale partout contre les gouvernements qui auraient trop tardé à réagir en Espagne, au Royaume-Uni, et ailleurs en Europe. Moi, petit lambda dans mon coin, je ne jette la pierre à personne, les autorités dans les pays démocratiques me semblent avoir bougé au contraire plutôt rapidement devant un phénomène si difficile à comprendre. Et notre gouvernement n'est peut-être pas le plus à blâmer.

Tandis que Super Donald patauge dans ses soustractions de milliers de morts, une femme l'apostrophe : «Vous n'entendez pas qu'on crie par la fenêtre : "Hey mec, ce truc est complètement hors-contrôle ! "»

ÉRIC DE R.
— Léger mieux. XXX, F.
— OK. Si tu as un contact, dis-lui qu'on pense à lui. Et toi, sois super prudent : tu es jeune mais on t'aime beaucoup.
— *Baci*, Éric.

ROSELYNE
— Léger mieux. Neuf jours. XXX, Youki.
— Mon Dieu ! Merci.

M. ET M.
— Léger mieux. XXX.

M.Y.
— Léger mieux ce matin. Je vous embrasse. F.
— Je suis tellement contente. Je vous embrasse. Je suis confiante. M.

CATHERINE D.
— Léger mieux. XXX, F.
— Tant mieux… Catherine.

LIRIA
— Léger mieux.
— C'est long, mon chéri, mais il va tenir.

FEREYDOUN
— Léger mieux. Pensées pour la catastrophe en Iran. XXX, F.
— Content pour Jean-Gabriel. En Iran, les catastrophes se succèdent hélas tant que le pays sera dirigé par des brutes incultes. F.D.

Les autorités chinoises ont encouragé, durant des années, l'élevage d'espèces animales sauvages, telles que le pangolin, la civette, le rat des bambous, vendues sur les marchés et très demandées pour leur chair succulente, leur fourrure, leurs vertus médicinales ; jusqu'à la fabrication des cigares, d'où la civette des marchands de tabac. Le but était de venir en aide à des paysans pauvres qui se sont rués sur cette activité, largement popularisée à coups de vidéos enthousiastes. Ils ont obtenu des résultats formidables et ne savent plus ce qu'ils doivent faire des colonies proliférantes de bêtes soigneusement engraissées. Il leur est désormais strictement interdit de les vendre, ou de les relâcher dans la nature, les contrevenants s'exposant aux peines les plus sévères.

« En dehors du travail, tout sera interdit, marcher dans les rues, se distraire, chanter, danser. » Attribuée à tort à George Orwell, cette citation fausse se propage plus vite que le virus sur les réseaux sociaux.

FRANÇOISE D.
— Léger mieux. F.
— Quel bonheur, à poursuivre ! Merci encore pour le message, cher Frédéric.

CATHERINE P.
— Léger mieux. Dix jours. F.
— xxx, C.

HOSNI
— Cher Hosni, léger mieux persiste. F.
— En espérant le point de non-retour atteint. Hosni.

BOCHRA
— Désolé de parler si peu, mais j'ai si peur pour mon frère que je suis paralysé. Protégez-vous bien, restez confinés, n'allez pas au marché d'Hammamet s'il est encore ouvert. Que le petit Shitan sois bien sage. Je vous embrasse, Frédéric.

GLENN
— Cher Frédéric, en ces jours de confinement, j'espère que tu te portes bien. En ce qui me concerne, j'ai beaucoup de chance d'être à Thil dans cet endroit merveilleux avec beaucoup d'espace. J'en profite d'avancer dans les projets du château. J'ai une pensée pour toutes les personnes vivant en ville, dans un petit espace. Donne-moi de tes nouvelles et prends soin de toi. Bien affectueusement, Glenn.
— Merci pour ton message, je reviens bientôt vers toi. Frédéric.

*Vendredi 27 mars*

Une famille de canards se promène tranquillement devant la Comédie-Française. Ils voulaient peut-être assister à une représentation du *Misanthrope.*

Une solution qui revient régulièrement parmi les docteurs dans l'exposé des mesures sanitaires indispensables. Confiner strictement les vieux, bien après tout le monde et jusqu'à la fin, leur fin en quelque sorte. On s'écharpe un peu sur l'âge : à partir de soixante-cinq ans ? Soixante-dix ans ? On pourrait peut-être proposer au bon docteur Mengele de revenir pour leur faire une petite piqûre, ce serait plus simple. Au fond, qu'est-ce qui ressemble le plus à un médecin normal qu'un médecin fou ?

Mort d'une adolescente de seize ans. À la télé, on ne sait pas trop comment l'annoncer. Avec les vieux, c'est plus facile.

Une infirmière dans un Ehpad : « On voit bien ce qu'ils pensent là-bas : ce sont des vieux, ils ont déjà vécu. » (Relaté par Florence Aubenas.)

La vie, cinglante, comme un trait de plume.

RÉMI
— Fredo, Marie m'apprend l'affolante épreuve face à laquelle vous faites tous front aux côtés de Jean-Gabriel. Je suis de tout cœur avec toi. Rémi (de Sardaigne).
— Processus de réveil, peut-être, on n'est sûr de rien. F.

JULIEN
— Cher Julien, ils parlent d'un très léger mieux et peut-être d'un processus réveil pour bientôt. F.
— Bonsoir mon Fredo, je pense très fort à toi et à ton frère, de tout cœur près de vous tous dans cette si difficile épreuve. Avec mon affection renouvelée, Julien.
— xxx, F.

JACQUES G.
— Cher Jacques, léger mieux. Dix jours. F.
— Que cela continue, ouf.

DANIÈLE T.
— Le léger mieux persiste. Dix jours. F.
— Il va aller bien, j'en suis sûre, il est fort. xxx, D.
— xxx, F.

MATHIEU G.
— Bonjour Frédéric. Quelles sont les nouvelles? xx, M.
— Léger mieux persiste. F.

« Les travailleurs du sexe », partout où il y en a (ça fait beaucoup de monde), ne peuvent plus exercer et ils sont les derniers dont on se préoccupe. Les plus pauvres pratiquent clandestinement encourant des risques insensés, leurs clients aussi.

Mikhaïl Michoustine, le parfait inconnu que Poutine a choisi comme Premier ministre, a été contaminé. Confiné chez lui, comme son patron qui continue à commander la Russie en visioconférence. Il est à la préparation de son plébiscite pour rester *ad perpetuum*, toutes affaires cessantes.

Rodrigo Duterte, le président des Philippines, aux forces de police peinant à disperser les habitants de Manille qui tardent à regagner leurs bidonvilles où ils sont censés être confinés : « Tirez-leur dessus ! » Un porteur de virus mort, supposé ou avéré, c'est toujours mieux qu'un malade inutile qui encombre les hôpitaux.

L'histoire de l'officier allemand qui tyrannisait la famille italienne dont il avait réquisitionné la maison pendant la guerre et qui a changé de bord, en passant à la Résistance et en fournissant des armes à la famille quand il a appris que sa femme et ses enfants avaient péri dans un bombardement à Berlin.

En Chine, l'Orient est rouge mais Xi Jinping porte des masques bleus.

DORA
— Léger mieux persiste. Dire à Opa que je pense beaucoup à lui. Il a tant de choses à gérer. F.
— Tant mieux pour ton frère. Il va s'en sortir. Oui, je lui transmettrai. Courage, je t'embrasse fort. XX, Dora.
— xxx, F.

ÉDOUARD
— Léger mieux persiste, je sais que tu le sais, mais ça fait du bien de se le redire. F.
— Oui, j'ose presque me réjouir. xxx, E.

ÉLISABETH Q.
— Léger mieux, dix jours. F.
— Merci pour ces nouvelles ! Embrasse-le pour moi à bonne distance. Élisabeth.
— xxx, F.

JEAN DE B. ET MURIEL
— Léger mieux, dix jours. Prenez soin de vous. F.
— Merci pour ces nouvelles rassurantes. xxx, J. et M.

STÉPHANE B.
— Léger mieux persiste. Dix jours. Protège-toi bien. xxx, F.
— Ouf ! Merci. xxx. Je t'embrasse, S.

Les employés des pompes funèbres ne font plus la toilette des morts. Ils ferment tout de suite les housses et le couvercle du cercueil. On ne compte plus ceux qui ont été contaminés.

Roberto Saviano considère que les cercles industriels et politiques de Lombardie ont été contaminés depuis longtemps par la mafia. Elle aurait fait pression sur eux pour que l'activité économique ne s'arrête pas, entraînant une mortalité sans frein. En Vénétie, également dirigée par la Ligue du Nord, la sociologie du pouvoir serait différente, ce qui expliquerait que les précautions sanitaires y auraient été plus efficaces.

À la trattoria Otello alla Concordia de Rome en 1967, par une belle journée d'été, j'ai vu entrer Annie Girardot et Renato Salvatori. Si vous me prenez, monsieur le virus, vous ne pourrez quand même pas me retirer ce souvenir et puis arrêtez de faire le malin à essayer de nous terroriser, j'ai bel et bien promis à mon frère que je l'attendrai avec Zsa Zsa Gabor et un bouquet de fleurs quand il sortira de l'hôpital.

De Taroudant, adorable message du jardinier marocain que j'avais aidé à obtenir un visa, alors qu'il voulait visiter la France avec sa famille.

FRANÇOISE D.
— Léger mieux persiste. XXX, F.
— Chaque jour de gagné est bon à prendre pour justifier l'espoir ! Merci Frédéric.
— XXX, F.
— XXX moi aussi.

CATHERINE C.
— Tu as des nouvelles ? C.
— *No news* ce soir. Olivier se démène comme un fou pour en avoir. XXX, F.
— Merci. XXX, C.
— Processus réveil.

BETTY
— François, notre représentant de Marseille sort aujourd'hui de la Timone, service de Raoult, alors qu'il a eu une forme très sévère. Plusieurs amis des enfants qui s'en sont déjà sortis. Aucun drame pour l'instant. Touchons du bois. XXX, B.
— Continue à te protéger. F.

SYLVIE F.
— Ça s'accélère partout et ça fait peur. Des nouvelles de Jean-Gabriel ? XXX.
— Léger mieux, mais toujours en réanimation. Dix jours… F.
— Espérons qu'il passe le cap.

La classe politique française a été largement contaminée. Deux autres ministres après Franck Riester qui a été sérieusement atteint, beaucoup de députés et de maires. Plusieurs en sont morts.

Bruno Le Maire, de libéral à social-démocrate, l'homme de la situation pour épauler le président auprès des Allemands, de la Commission européenne et de Christine Lagarde, présidente de la Banque centrale européenne. En première ligne pour faire redémarrer l'économie française.

Cioran dans son *Précis de décomposition* : « Je connais une vieille folle qui, attendant d'un instant à l'autre l'écroulement de sa maison passe ses nuits et jours aux aguets ; circulant dans sa chambre, épiant les craquements, elle s'irrite que l'événement tarde à s'accomplir. Dans un cadre plus vaste, le comportement de cette vieille est le nôtre. »

Luc Bronner, à propos des éditions quotidiennes du *Monde* : « Traiter de l'actualité probablement la plus forte depuis 1945, tout en mettant cinq cents journalistes en télétravail en moins de vingt-quatre heures, c'était un saut dans le vide ; une équipe suit la bataille au jour le jour. L'autre surmonte la vie confinée des Français. »

ANNE F.
— Chère Anne, léger mieux persiste. F.
— Tant mieux ! XXX, A.

FRANÇOIS S.
— Léger mieux. Dix jours. F.
— Formidable. Merci Frédéric. On fêtera cela à la maison dans le jardin dès que possible.

CHANTAL ET F.X.
— Léger mieux. F.
— *Yala !* Et prends soin de toi. C. et F.X.

DOMINIQUE ET SOPHIE
— Léger mieux persiste.

CORINNE R.
— Léger mieux ce matin, dix jours. F.
— L'espoir revient. XXX, C.

MOÏSE
— Léger mieux, pensées tendres. F.
— Merci de m'avoir informé, soulagement prudent. Je t'embrasse, M.

Charlesworth dans *Les Routes et le trafic commercial dans l'Empire romain* : « Les Hommes doivent aujourd'hui prendre leurs résolutions avec une promptitude qui eût stupéfait nos aïeux. » Au début de la catastrophe, cette promptitude a manqué.

Accordéon des mesures sanitaires en Australie. Les États s'ouvrent et se ferment au rythme des progrès et des reculs de l'épidémie. Un jour, c'est Victoria, un autre, c'est la Nouvelle-Galles du Sud. De véritables frontières avec contrôles de police et refus d'admission s'érigent sans prévenir. Les migrants clandestins, que les autorités de Canberra enferment durant des années dans des îles de Papouasie comme autant de camps de concentration, sont les seuls à ne pas s'étonner de cette soudaine brutalité. Ça les console peut-être...

Au Mexique, les malades du virus freinent des quatre fers à la perspective de se rendre dans les hôpitaux totalement délabrés où la mortalité est effroyable et devant lesquels stationnent les camions frigorifiques où l'on entasse les cadavres. Ils préfèrent mourir chez eux d'une pseudo-pneumonie, ce qui est bon pour les statistiques pourtant épouvantables, et pour le président, sur la même ligne que le tueur brésilien.

Aux États-Unis, les mères de famille figurent parmi les premières à être licenciées dans les entreprises affectées par la crise économique. Beaucoup y perdent de surcroît leur mutuelle qui couvrait les risques de leurs enfants.

JEAN-PAUL E.
— Léger mieux persiste. Dix jours…
— Merci, Ange des bonnes nouvelles !

JIN DONG ET CAROLINE
— Jean-Gabriel très léger mieux. *Love*, F.
— Super nouvelle. Merci. Jin Dong et Caroline.

FRANCIS
— Léger mieux, Dix jours.
— Merci, bon signe.

GEORGES-FRANÇOIS
— Léger mieux persiste. F.
— Formidable, je suis heureux. Biz, G.-F.H.

JEAN-PIERRE
— Léger mieux persiste. F.
— Formidable ! Tu dois commencer à respirer. XXX, J.-P.

SAÏD
— Léger mieux. Dix jours. XXX, F.

SERGE
— Léger mieux ce matin. Protège-toi et Alexandre qui est si fragile. XXX.
— Et toi ? Tout va bien en Normandie ?

Sur le blog d'Anne-Marie, le témoignage d'une bénévole aux Restos du cœur, antenne de Lyon, « écœurée et scandalisée par cette expérience ». Selon elle, des migrants venus d'un peu partout rackettent littéralement le centre dont ils sont les bénéficiaires, se battent pour l'attribution des colis, trafiquent à tout-va, terrorisent les bénévoles. « Ils sont à l'affût de tout, au courant de leurs moindres droits et de toutes les opportunités. Ce sont de véritables roublards qui n'hésitent pas à nous déclarer sans vergogne qu'ils vont aussi au Secours populaire, au Secours catholique, à l'Armée du Salut. Ils nous détestent, nous crachent à la figure, viennent profiter de façon inouïe d'un système à bout de souffle. » Suivent quelques exemples précis de comportements susceptibles de refroidir les âmes angéliques les mieux trempées. À vérifier, et qui croire ?

Avalanche de plaintes et de recours contre les mesures sanitaires au Conseil d'État. La digne assemblée les étudie doctement avant de les rejeter. Ça peut se comprendre. Mais je ne peux jamais m'empêcher de penser que le même Conseil d'État a validé sans sourciller le statut des Juifs sous Vichy. Oui, je sais, on ne peut ni ne doit comparer, mais que voulez-vous, je n'y peux rien, j'ai tellement mauvais esprit.

SOPHIE
— Léger mieux. XXX, F.

STÉPHANE
— Ça progresse un tout petit peu. *Baci*, F.
— Vous nous rassurez.

RENATO
— Est-ce que ça s'est amélioré pour ton frère ? *Baci.*
— Léger mieux.

LAURENT PG.
— Léger mieux mais inquiétude constante. F.
— Tant mieux ! Reste bien confiné.

FEREYDOUN
— Léger mieux persiste. *Take care.* XXX, F.

NAZANINE
— Léger mieux persiste. Pensées pour le drame en Iran. F.
— Génial. Merci pour vos pensées. La situation y est vraiment dramatique. Je vous embrasse, N.

ARLETTE
— Léger mieux persiste. F.
— Ah quel bonheur ! Il a fait le traitement discuté ? Grand espoir peut-être ? Ah je suis vraiment contente. Je respire mieux. Baisers.

Amel, Sihem, Dora, mes chéries de Tunis me manquent infiniment. Quand sera-t-il possible d'y retourner, là-bas, chez moi, le seul vrai chez-moi, la maison d'Hammamet ? La mer, les orages, les enfants qui sautent dans les vagues, la pluie qui passe par les fenêtres, Habib affairé à la cuisine, Médor le petit chien qui vient dormir avec moi.

M.Y.
— Léger mieux persiste. F.
— Aujourd'hui, je suis encore plus contente. Tout va se rétablir petit à petit. Je vous embrasse. Attention ! M.Y.

LIRIA
— Léger mieux persiste. F.
— Tiens bon, on va s'en sortir.

ADRIEN G.
— Léger mieux persiste. F.
— Ayons confiance.

HOSNI
— Cher Hosni, processus de réveil. F.
— Oué ! Hosni.

JACQUELINE D.
— Chère Jacqueline, je pense bien à vous, j'espère que tout va bien et que l'on vous protège bien. Je vous embrasse, Frédéric.

CATHERINE P.
— Processus de réveil. F.
— xxx, C.P.

O.
— Cher O. Processus de réveil.
— Tiens-moi au courant, je t'envoie toute mon affection. O., le prince charmant, inquiet pour vous.

*Samedi 28 mars*

Les spots publicitaires se sont adaptés très vite. Pour les banques, les compagnies d'assurances, les diffuseurs sur internet, floraison de messages solidaristes : on est tous ensemble, on est à votre service, on vous écoute, on est comme vous. Pour les voitures : on est tout propre, on est électrique, on vous aidera à redécouvrir la liberté, on attendra l'an prochain pour les mensualités. Pour le reste : tout est bio, naturel, préparé selon les traditions des temps bénis d'avant le désastre. Le camembert citoyen et la lessive responsable ne vont pas tarder. Trafic de sentiments à vous faire aimer les pesticides. La générosité, la solidarité, l'entraide sont ailleurs, dans les salles de réanimation.

Un économiste, Benjamin Coriat : « Les grandes entreprises vont être aidées, c'est certain. Mais qui peut croire qu'on va vraiment sauver la PME du coin ? »

Grand placard publicitaire d'une page dans les journaux de la part d'Alliance de la presse d'infos générales : « La Poste nous abandonne. » Les abonnements ne sont plus livrés, on se replie sur les kiosques quand ils sont encore ouverts. On n'est pas en guerre…

Loi du 23 mars en France, la liberté sous un masque. Olivia Venet, présidente de la Ligue des droits humains : « Le risque, avec des mesures adoptées dans l'urgence, c'est qu'on oublie de les supprimer une fois la crise passée, ce à quoi on a parfois assisté avec les attentats. »

FRANÇOISE D.
— Chère F. Processus réveil ! F.
— Super, vous devez être rassurés. Je vous embrasse. Françoise.

AMEL
— Processus réveil. F.
— Oh ! Merci d'égayer notre samedi soir. Nous sautons de joie à Tunis. A.

J.-C.M.
— Cher J.-C.M., processus réveil ! F.
— Mes prières, mes pensées, mon affection. J.-C.M.

FRANCIS
— Processus réveil !
— Alléluia ! XXX, F.

JACQUES G.
— Cher Jacques, processus réveil. F.
— Donc, c'est très encourageant. Merci de me prévenir. J'en suis très heureux. Jacques.

CHARLES
— Cher Charles, processus réveil. F.
— Formidable.

Le vieux monsieur très doux et très gentil qui habite en Argentine et que j'aime tendrement me demande régulièrement des nouvelles de mon frère. J'évite de laisser la conversation dériver. C'est peut-être un adepte de David Icke, l'ex-footballeur anglais qui anime un site conspirationniste très suivi par des millions de *followers*. Un spécialiste du genre : depuis les tours de Manhattan et les flambées terroristes, il n'a pas eu le temps de chômer. Il n'allait pas louper une aussi belle occasion avec le coronavirus. Mon ami n'est pas totalement convaincu par David Icke et consorts, mais il hésite à ne pas le croire. En gros, l'épidémie est le résultat d'un complot, ourdi par George Soros et les Rothschild pour prendre le contrôle de la planète et permettre aux Juifs d'arriver enfin au but en dominant le monde. Il y a d'autres théories et un nombre impressionnant de célébrités pour nourrir les thèses complotistes qui ont le vent en poupe, un point commun à tous les scénarios : l'antisémitisme. J'aime trop mon vieux monsieur pour discuter, ça ne servirait à rien et d'ailleurs, il se doute qu'il n'arrivera pas à me convaincre et évite d'insister.

Yuval Noah Harari dans le *Financial Times* : « Des décisions qui en temps normal prendraient des années de tergiversations sont actées en quelques heures. Des technologies immatures, et même dangereuses sont utilisées, car les risques de ne rien faire sont plus grands. »

JOHN
— *Live* avec Franck Riester, guéri, comme ton frère bientôt, je l'espère. Sans séquelles. Pas une souris rue de Valois. Essaie de profiter quand même du printemps en Normandie. Sorti de réa ? Je t'embrasse fort, John.
— Oui. Processus réveil. F.
— Que tout aille bien ! Je t'embrasse fort, John.

ALICE
— Léger mieux possible mon Alice, mille pensées tendres, l'espoir renaît. XXX, F.
— Oh oui, joie. Merci, mon Fredo.
— XXX, F.

ÉRIC J.
— Processus réveil. XXX, F.
— Oui, Xavier m'a dit ! On respire un peu. J'espère que vous tenez bon. Et vous en Normandie ?
— Oui. F.

DAVID
— Processus réveil. F.
— Ah, c'est enfin une bonne nouvelle ! D.

DANIÈLE T.
— Ça va ? D.
— Nerveux ce matin, l'interne a changé, on ne sait plus rien. F.
— C'est dur.
— Processus réveil. F.
— Si heureuse.

En somme, pandémie, c'est comme épidémie mais en plus fort. Comme stade 2, stade 3. Le foot de la contagion et de la mort.

Le vaccin ? Mais on y est presque, affirme Super Donald, il faudrait seulement que tous ces chercheurs qui votent démocrate se grouillent un peu. Les élections présidentielles sont en novembre, ils pourraient quand même faire un effort pour que l'on soit dans les dates.

Joe Biden a obtenu le plus de voix pour la désignation du candidat démocrate à la Maison-Blanche, mais sa campagne patine depuis qu'il est obligé de rester enfermé dans un sous-sol et de refuser les meetings à grand spectacle.

Le vice-président de l'Équateur, Otto Sonnenholzner : « Nous avons subi une forte détérioration de notre image internationale, nous avons vu des images qui n'auraient pas dû exister. Je vous présente des excuses. »

La Guyane a toujours été le dépotoir de la République. On y a mis les bagnes, puis les fusées sur des kilomètres de littoral, en méprisant aveuglément les beautés de la nature et sans se préoccuper vraiment des protestations des petits peuples plus ou moins autochtones. Rien d'étonnant si le virus y prospère, autre cadeau de la métropole et du Brésil voisin de Jair Bolsonaro.

MATHIEU G.
— Processus réveil, F.
— xxx, M.

DORA
— Processus réveil. F.
— *Hamdoulah!*

ÉDOUARD
— Je t'aime mon Doudou, processus réveil. xxx, F.
— Je t'aime aussi Fredo et lui me manque tant.
— Il va revenir très vite. F.

ROBERTA
— Processus réveil ! F.
— ! xxx, Roberta.

ÉLISABETH Q.
— Processus réveil. F.
— Mais c'est formidable ! Je suis heureuse pour vous. Embrasse-le fort. Élisabeth.

J. ET M.
— Processus réveil. F.
— xxx, J. et M.

STÉPHANE B.
— Processus réveil. F.
— Ouf ! Que tout aille bien. xxx, S.

Du bruit, du silence, on se parle en salle de réanimation ? Mon frère, dans son coma, mon frère fait-il des rêves ? Entend-il quelque chose ?

Les familles seront-elles obligées de faire la queue pour recueillir les cendres de leurs parents ?

Ne cherchez pas le registre des condoléances. Il n'y en a plus. On n'en a pas besoin.

Dans un film d'Ophüls : « Passe encore que je me fasse tuer en duel par cet imbécile, mais m'obliger à me lever à 5 heures du matin, voilà qui est vraiment insupportable ! »

Les dessins du génial Willem sont souvent scatologiques. Un truc de Hollandais ou une bizarrerie personnelle ?

ANNE F.
— Processus réveil. F.
— Je vous embrasse. XXX, A.

JEAN DE B. ET MURIEL
— Processus réveil ! F.
— Bravo ! L'amour soulève des montagnes ! Jean.

FRANÇOIS S.
— Processus réveil. F.
— Edward vient de nous le dire. Formidable ! Les bons gènes de la famille M. XXX, F.S.

OLIVIER P.-A.
— Processus réveil. F.
— Merci de nous donner des nouvelles de ton frère et encore plus de nous en donner des rassurantes ? On t'embrasse, O.

CHANTAL ET F.X.
— Processus réveil ! F.
— Demain nous brûlerons un cierge à l'église. Bises, C. et X.
— Extubé !!! XXX, F.
— Bravo !

DOMINIQUE ET SOPHIE
— Processus réveil. F.
— Merveilleux, de tout cœur avec vous. D. et S.

Marcia, sa première femme que j'aimais tellement. Elle marche sur les planches à Deauville en hiver, dans un de ces longs manteaux descendant jusqu'au sol qui étaient alors à la mode. Devant elle, Édouard, mon neveu chéri, trois ans tout au plus, qui marche fièrement, comme un petit homme sûr de la protection de sa mère et fier de lui montrer le chemin. La photo est toujours sur son bureau. Est-ce qu'elle remonte jusqu'à lui, par instants, dans sa nuit ?

Il m'a envoyé un jour une photo de Mamie. D'ailleurs, nous avons des centaines de photos d'elle, à tous les âges. Mais sur celle-ci, il avait seulement écrit : « Notre bien-aimée, celle dont on ne se consolera jamais de l'avoir perdue. »

Quand Thierry n'a plus été, détruit par la leucémie, je suis entré dans le Temps de la mort et je n'en suis plus ressorti. C'était au début du mois de novembre 1963, je ne sais plus le jour exact, j'avais seize ans.

CORINNE R.
— Cher Frédéric, comment êtes-vous? Je vous embrasse, C.R.
— *No news* ce matin, l'interne qui nous renseignait a changé. Je vous dis dès que je sais quelque chose. XXX, F.
— Processus réveil.
— Quelle belle nouvelle! C'est magnifique. Je vous embrasse très fort. XXX, C.

MOÏSE
— Processus réveil.

FRANÇOISE D.
— Processus réveil.
— La partie semble gagnée... Quelle merveilleuse nouvelle!! Il aura fallu un soutien exceptionnel qui a sûrement compté. Croisons encore les doigts. XXX.

SYLVIE F.
— Processus réveil, XXX.
— Lumière au bout du tunnel. Quelle saleté ce virus. De tout cœur avec lui, toi, tous. XXX.

JEAN-PAUL E.
— Processus réveil. F.
— Magnifique, il faut qu'il voit de belles choses en ouvrant les yeux.

En Iran, les Gardiens de la révolution sont à l'avant-garde du combat sanitaire. On les voit chanter à la télévision dans des clips surréalistes à la gloire de leur mobilisation qui contraste avec le laisser-aller des soignants occidentaux. D'ailleurs, les mauvais esprits qui s'obstinent à mourir succombent surtout à des rhumes dégénérant en bronchites. Air connu.

Une dame belge à la télévision, la voix tremblante d'indignation : « Votre ministre de la Santé était au courant, et elle quitte son poste dès que votre président la siffle pour se présenter à la mairie de Paris. Mais enfin comment est-ce possible ? C'est pathétique… »

Jean-François Delfraissy, président du Conseil scientifique : « Chacun son rôle, ce sont les politiques qui décident et nous sommes là pour les éclairer. Cela ne peut pas marcher autrement. »

Il y a eu beaucoup de monde pour assister à mon installation à l'Académie des beaux-arts. Des amis proches, des relations venues d'un peu partout. J'en ai été heureux et flatté, ambiance euphorique. C'était le 5 février. Le virus circulait déjà certainement mais personne n'en avait conscience, personne n'en parlait. Un vrai *cluster*. Épouvante rétrospective, même s'il semble qu'il n'y a pas eu de victimes.

La seule distraction que je m'accorde pour ne pas rester trop longtemps loin de mon ordinateur, dont la connexion est d'ailleurs intermittente : la visite au grand magasin Carrefour de Touques. Un somnambule égaré parmi les *supermarket families* en plastique de Duane Hanson.

ANTOINE P..
— Processus réveil. F.
— Espérons, je t'embrasse, A.

FRANCIS
— Processus réveil. F.
— Donc il est sorti d'affaire ?
— *No yet, but stronger.* XXX, F.

GEORGES-FRANÇOIS
— Processus réveil. F.
— Formidable, formidable. Biz, Georges.

JEAN-PIERRE
— Processus réveil !
— *Hallelujah !*
— XXX, F.

SAÏD
— Tiens bon, je pense fort à toi et à ta fiancée. Je te rappelle ce soir à 21 heures. F.
— T'embrasse fort.

PIERRE ET J.M.
— Processus réveil.
— Très bonne nouvelle. Nous sommes un peu rassurés. Biz.

DORIS
— Pas encore de nouvelles ce matin. F.
— Dis-moi. XXX, D.
— Processus réveil !
— Formidable ! XXX, D.

Fin avril 1959. Nous revenons tous les deux du Maroc. Où est passé Olivier ? Il a sans doute dû repartir avant nous, car il prépare déjà le concours de Polytechnique. On ne sait pas encore que Maman et mon beau-père vont se séparer et qu'elle va regagner la France bientôt en le laissant derrière elle. Un seul avantage tangible, il a été décidé que la gouvernante redoutée ne reviendra pas à Paris et restera pour travailler à la clinique de L'Oasis. Le bref séjour enchanté des trois frères à Casablanca n'aura pas de suite, mais il flotte encore comme un air de vacances dans l'avion militaire à hélices qui nous emmène et l'illusion du Maroc des Français ne s'est pas vraiment dissipée. Par le hublot, l'hôtesse nous montre Port-Lyautey qui ne s'appelle pas encore Kénitra. À l'arrivée à Paris, il fait aussi beau qu'au départ, le printemps a déployé les marronniers comme des éventails, c'est déjà le pont du 1er mai, on se sent heureux et libres. Il s'est occupé de moi comme il l'avait promis à Maman, mais sa férule a été légère. Au fond, c'est la première fois que nous venons de faire un voyage tous les deux ensemble.

SERGE

— Processus réveil.

— C'est donc gagné. Ouf.

SOPHIE

— Processus réveil. xxx, F.

SELMA

— Mon Fredo, es-tu en lieu sûr ? Rassure-moi et prends soin de toi. Selma.

— En lieu sûr, Normandie, et toi aussi j'espère de tout cœur. Mais angoisse infernale pour mon frère en réanimation depuis dix jours. L'horreur et isolement avec trois minutes par jour avec un interne gentil qui renseigne mon autre frère Olivier. Il ne prend son service que le soir.

— Protégez-vous bien. F.

— Bon courage mon chéri et *inch'Allah* pour ton frère. Quel cauchemar ! Je fais le tour téléphonique matinal de mes sœurs aînées, toutes dispersées à travers le monde. À Rambouillet depuis un mois sur injonction de notre fille, qui a finalement accepté de s'éloigner avec sa famille dans le Sud-Ouest. Je brave les interdits et t'embrasse affectueusement, mon Fredo bien-aimé.

— xxx, F.

— Processus réveil !

— La bonne nouvelle. Reste confiant, mon Fredo. Ça va aller mieux. *Inch'Allah.* Et rassure-moi quand tu peux. Mes pensées affectueuses t'accompagnent, mon tendre ami. Selma.

Lorsque nous habitions tous les trois chez Papa, je ne sais plus bien pourquoi, je devais avoir dans les treize ans et ça n'a pas duré très longtemps, il leur arrivait parfois de se disputer très violemment. J'étais dans ma chambre, j'entendais des cris de colère, les portes qui claquaient, ça me faisait peur comme si le pacte était en train de se rompre entre les deux frères. Et puis ça se calmait aussi brusquement que c'était monté. Et heureusement, ils redevenaient complices comme avant, comme s'il ne s'était rien passé.

CLOTILDE ET E.P.
— Processus réveil. Surveille le Ragazzo, qu'il fasse bien attention !
— On pense fort à toi et à ta famille. Le Ragazzo est sérieux et je fais attention à lui. Plein d'amour.
— XXX, F.
— Tiens-moi au courant pour ton frère.

STÉPHANE
— Processus réveil.
— Enfin une bonne nouvelle. XXX. Le soleil revient à la villa !

RENATO
— Processus réveil. XXX, F.
— Ça, c'est une bonne nouvelle ! C'est une personne forte et courageuse ! *Andra tutto bene. Baci.*

LAURENT PG.
— De meilleures nouvelles ?
— Processus réveil !
— Chouette !

MARIE-ANNICK ET ROSE
— Processus réveil !
— Tu dois être tellement soulagé ! Merci de m'avoir donné des nouvelles. Nous pensons énormément à vous tous et t'embrassons très fort. Rose et M.-A.

FEREYDOUN
— Processus réveil !
— Soulagement. Bonne nuit à toi.

J'étais le plus jeune des trois, mignon et gentil, un enfant quand ils atteignaient l'âge d'homme. Je leur servais d'appât pour attirer les filles qui aiment les petits frères à l'air innocent. Ils ne me récompensaient pas beaucoup, ils pouvaient même se montrer durs avec moi, je prenais trop de place, j'encombrais le paysage après avoir été utile. Ça a changé plus tard, évidemment, mais au fond je suis toujours le petit frère, celui qui ne paye pas au restaurant.

HUBERT

— Processus réveil après treize jours d'angoisse infernale, de souffrance pour lui. Je vous embrasse, F.

— Merci pour ces nouvelles. Cela a dû être horrible et vous devez être soulagé d'un grand poids. Dites-lui notre amitié et notre soutien dès que vous pourrez. À vite. On vous embrasse. Hubert et Michelle.

NAZANINE

— Processus réveil ! XXX, F.

ARLETTE

— Quelles nouvelles ?

— Processus réveil. On n'en sait pas plus. À demain. Prenez soin de vous. XXX, F.

ÉRIC DE R.

— Processus réveil !

— Bravo nos bons docteurs et infirmières ! Il doit être très faible après un si long traitement. Je t'embrasse et participe à ton soulagement. *Tibi.* Éric.

— Très faible. Tendresses, F.

CARLOS

— Processus réveil ! Je pense à Anne Hoang.

— Vive la vie. Carlos.

ROSELYNE

— Processus réveil. XXX, *Ti amo !*

— Super, mes prières de Pâques seront pour lui. R.

L'alliance des trois frères? C'est une histoire étrange. Nos caractères sont très différents, nos avis divergent souvent, nos intentions ne se recoupent pas toujours, nous avons des désaccords, nos vies n'ont pas suivi le même cours. Et pourtant, c'est un socle solide qui nous tient étroitement ensemble. Il a été cimenté par notre grand-mère et notre mère, passionnément attachées l'une à l'autre quoique également très différentes. Les hommes n'ont pas joué le même rôle, malgré leurs qualités. Elles nous ont assuré la régularité de la vie familiale et de ses rituels en dépit de quelques accidents, elles nous ont prodigué une confiance quasi militante, elles ambitionnaient pour nous des réussites, à vrai dire plutôt confuses, mais qui récompenseraient leurs propres efforts. Avec cela, un style de vie policé et gracieux associé à de grandes vertus domestiques, un sens moral robuste, plus ou moins catholique, laissant une grande place à la bienveillance, à la fantaisie et à la curiosité d'esprit. Et jusqu'aux lettres abondantes, si bien écrites dans un français parfait, clair, vivant et imagé, d'autant plus remarquables si l'on songe qu'elles n'étaient pas allées bien loin dans leurs études, conformément aux usages absurdes de leur milieu. Cet héritage nous imprègne, sa force nous tient serrés. Et aujourd'hui plus encore lorsque se pose la question jamais formulée entre nous, obsédante, lancinante et insupportable, de savoir lequel des trois partira le premier.

M. ET M.
— Processus réveil. Nous vous aimons infiniment. Frédéric.
— Mon Frédéric chéri, je sais que le processus est long. Nous prions pour qu'il émerge au bon moment. Notre Jean-Gabriel adoré, égal à lui-même. Plein d'amour, M. et M.

M.Y.
— Processus réveil !
— Bravo ça progresse. Il faut encore et toujours envoyer vers Jean-Gabriel notre force et nos prières. Cher Frédéric, mes affectueuses pensées, M.Y.

CATHERINE D.
— Processus réveil. Vous étiez près de nous comme nous étions près de vous : merci pour vos messages ! xxx, F.
— Je suis heureuse pour vous deux. C'est si dur ici, les miens toujours présents… Vous embrasse, Catherine D.
— Il progresse et recommence à respirer. Mille pensées tendres et fidèles, F.
— Tant mieux. Il reprend. Amitiés, Catherine D.

LIRIA
— Je pense fort à toi.
— Moi aussi. Plein de baisers et de force pour la journée. Processus réveil ! xxx, F.

JANINE
— Je relis tes livres. Tenir oui !
— Processus réveil.
— Génial, je suis si contente ! Janine.

*Dimanche 29 mars*

Mort de Patrick Devedjian. Il confiait qu'il allait s'en sortir, il y a quelques jours encore. Soixante-quinze ans, l'âge critique, il semblerait que son cœur n'ait pas tenu, ravagé par le virus – on meurt parfois d'autre chose. Il était chic, brillant, drôle, habile et dur. Nous avions eu des conflits ordinaires, des échanges stimulants, des moments charmants. Je l'admirais sans réserve et je le plaçais très haut, vraiment très haut parmi les politiques. Nous avions récemment prévu de nous revoir. De bons articles dans la presse pour le saluer, pas assez quand même, on n'a plus le temps, il y a trop de morts ces jours-ci.

Le carnet du *Figaro*, refuge quotidien d'une récréation macabre à laquelle je ne résiste pas. Les défunts y font leur dernier tour de piste avec leurs titres nobiliaires, un usage qui s'évapore de plus en plus. Fascination devant certains noms à rallonge qui n'en finissent pas. De très longues vies aussi dont j'essaye d'imaginer les biographies à partir des noms de lieux, des décorations, des adresses des familles. Ça peut se lire comme un roman avec une symphonie de personnages. Des châteaux dans le Berry, l'avenue Mozart, New York, les ex-colonies. Je voyage avec des vieilles comtesses qui ont peut-être été belles, des colonels décorés dans des guerres perdues, des saintes qui ne l'étaient sans doute pas tellement et des héros que j'aurais peut-être pris pour des imbéciles.

AZOUZ

— Bonsoir Frédéric, j'espère que ça va. N'hésite pas si tu as besoin de quelque chose. Azouz.

— Merci, ça va, prends soin de toi. F.

LAURE

— Cher Frédéric, Serge me tient quotidiennement au courant pour Jean-Gabriel et je t'embrasse ce matin, après les nouvelles rassurantes d'hier. Baisers de la rue d'Astorg. Laure.

— Hélas les nouvelles ne sont guère rassurantes. Merci pour ton message. Je pense tout le temps à nous tous. xxx, F.

GARDEL

— Processus réveil ! xxx, F.

— Merci, enfin des bonnes nouvelles. G.

JULIEN

— Des nouvelles plus rassurantes ? Je t'embrasse, Julien.

— Exténué. Progrès fragiles. F.

— Nouvelle bien encourageante. Toutes mes pensées pour toi et tes proches dans cette insoutenable attente. Julien.

— xxx, F.

J. ET F.

— Il est réveillé ? Tout va bien ?

— A priori mieux, en tout cas. F.

Entendu dans un Ehpad : « Ma mère était en bout de course, on savait qu'elle pouvait mourir d'un moment à l'autre. Mais dans ces conditions-là... Ce qu'elle souhaiterait surtout, c'est qu'on soit près d'elle dans ses derniers moments. Il lui est arrivé ce qu'elle craignait le plus. » (Propos recueillis par Yann Bouchez.)

Sur l'empathie nécessaire : pendant la guerre, les rares personnes qui ramassaient le long des voies ferrées les messages lancés depuis la fente des wagons à bestiaux qui transportaient les déportés juifs vers les camps. « Nous partons travailler en Allemagne... »

Le virus peut se passer des postillons pour circuler tout seul, comme un grand, à travers les circuits de climatisation, les tuyaux de chauffage, l'eau courante jusque dans la cuvette des chiottes. Rassurante perspective...

« Par leur durée même, les grands malheurs sont monotones. » (Albert Camus, *La Peste*.)

DIANE

— Comme tous les malheureux confinés, je trie mes photos ! Où es-tu ? Comment vas-tu ? Plein de bisous en attendant réponse. Diane.

— Moi, photos de Tonie Marshall, Antoine Perset. Pas consolé de la mort de Tonie. Concernant ces derniers jours avec mon frère Jean-Gabriel en réanimation : processus réveil engagé. Tu imagines l'angoisse. Je pense fort à toi, F.

— Aïe ! J'espère que tu ne galères pas trop pour avoir des nouvelles. Tu es confiné tout seul ? Diane.

— Mon frère Olivier est génial. Il obtient des nouvelles chaque soir. Je suis en Normandie avec Jihed et sa copine. F.

— Moi à Paris. Je suis contente de te savoir entouré. Tiens-moi au courant pour ton grand frère. Je t'embrasse, Diane.

CATHERINE C.

— *News* du réveil ? XXX, C.

— Pas encore. F.

ÉDOUARD

— Mille pensées tendres, louanges à Olivier, ton oncle qui a tenu la tour de contrôle avec l'hôpital. XXX, ton vieil oncle, l'autre ! F.

— Merci, mon Fredo. Eh oui, merci à Olivier qui doit supporter notre pression supplémentaire. Croisons les doigts, maintenant que Dad supporte bien son réveil ! XXX, E.

Le Covid-19 émane de la famille des coronavirus. On emploie l'un ou l'autre terme; cet assassin a une double identité comme tous les «serial killers». Je m'en tiens au terme de virus comme pour mieux le regarder en face.

Anastasia Vassilieva, le médecin russe qui dénonce l'état désastreux des hôpitaux, voit tout de même une lueur d'espoir dans la pauvreté et l'isolement des campagnes. Routes défoncées, villages perdus dans l'immensité, même le virus aura du mal à voyager.

L'épidémie a été stoppée net à Taïwan, Singapour et Hong Kong. Commentaire intéressant sur le sens de la discipline des habitants et divagations aigres des autorités de Pékin à l'égard des communautés chinoises qui échappent à leur contrôle.

Mon ami chinois Jin Dong me fait parvenir une centaine de masques depuis Pékin. Je l'avais appelé il y a une semaine. Admiration et gratitude pour sa fidélité et sa célérité. Performance de l'amitié.

CORINNE R.
— Est-il réveillé ? xxx, C.
— Je ne sais pas encore mais je pense que oui. Cela prend au moins quarante-huit heures. F.
— À demain donc cher Frédéric. Essayez de dormir un peu. xxx, C.

GEORGES-FRANÇOIS
— Comment va Jean-Gabriel aujourd'hui ?
— *No news,* tendresse. F.
— À demain, je t'embrasse. G.

AMYN
— Mille pensées tendres. xxx, A.
— Oui... Merci. xxx, F.

SAÏD
— Processus réveil.
— T'embrasse.

PIERRE ET J.M.
— On n'arrive pas à enlever le tube.
— C'est terrible. Biz.
— Oui, si triste. xxx, F.

DORIS
— Tout est OK?
— Des *news* demain matin.
— Merci Fredo. Dors bien. Essaye de faire des beaux rêves. xxx, D.

Avec l'épidémie du sida, au début, pour les bonnes âmes, c'était commode de moraliser : un truc de pédés, de drogués, de gens qui l'avaient bien cherché. Avec le virus, ces arguments marchent moins bien. Mais il ne faut pas s'y fier, l'armée des dingues et complotistes de tout acabit, qui pullulent sur les réseaux sociaux, va bien finir par trouver quelque chose d'approchant.

La mer depuis la terrasse d'Hammamet. Les îles grecques avec Michel et Marina. La maison folle de Durrës. Quand reverrons-nous les refuges du bonheur ?

NAZANINE
— Quelle excellente nouvelle ! Je vous embrasse, N.

ARLETTE
— Il faut de la patience, je sais que c'est difficile. Baisers, A.

LIRIA
— Il a tenu bon. Il a gravi une marche. Avec toi. xxx, L.
— *News* bientôt.
— Déjà deux tentatives pour enlever le tube. Il paraît que c'est normal. Il est conscient. L'horreur.
— C'est une phase très compliquée. On le sait, tenir.

SIHEM
— Processus réveil, *baci.* F.
— Superbe ! Je t'aime très fort. Ici, tout va bien.

*Lundi 30 mars*

Yuval Noah Harari : « Pour le virus il n'y a aucune différence entre des Iraniens, des Chinois, des Français, des Israéliens. Pour le virus, nous sommes tous des proies. Cette vérité toute simple devrait être une évidence pour tous, mais malheureusement elle échappe même à certains personnages parmi les plus importants de la planète... Ces dernières années, des politiciens irresponsables ont délibérément sapé la confiance que l'on portait à la science, envers les autorités publiques et dans la coopération internationale. En conséquence, nous faisons aujourd'hui face à cette crise sans leaders mondiaux susceptibles d'inspirer, d'organiser et de financer une réponse globale coordonnée... Les États-Unis n'ont dorénavant plus de véritables amis, ils n'ont que des intérêts... Accepteriez-vous de suivre un leader dont la devise est “Moi d'abord” ? »

Une infirmière : « J'ai fait douze ans d'études, et je me sens parfaitement à ma place. Je ne sais pas ce qui nous tombera dessus demain matin. Je sais juste qu'on fera face. Ce moment est fou. Mais ce qui se passe chaque jour à l'hôpital a quelque chose de grandiose. » (Propos recueillis par Annick Cojean.)

CAROLE

— Comment vas-tu ? Es-tu tout seul à Paris ? Ce n'est pas drôle du tout à Londres, c'est très dur et ce n'est pas fini. Je pense à toi et je t'embrasse. XXX, C.

— Angoisse infernale, mon frère Jean-Gabriel en soins intensifs depuis quinze jours. Je suis à la campagne, protège-toi bien. F.

— Désolé pour ton frère, j'espère qu'il va guérir. Je vais bien, mon mari est très vulnérable. *Stay well.* XXX, Carole.

ALICE

— Merci de me l'avoir dit. Je préfère tout savoir.

ÉDOUARD

— Je pense fort à toi, cauchemar de ce réveil si délicat. XXX, F.

J. ET M.

— Cher Frédéric, l'information que tu as la gentillesse de me transmettre est réconfortante. Monique et moi pensons beaucoup à toi et à ton frère. Nous t'embrassons, J. et M.

JEAN DE B. ET MURIEL

— Quelles nouvelles ? Ça va vers le mieux ? De beaucoup mieux ? Jean.

— Le mieux, pas plus. On le réveille progressivement mais c'est long et délicat. Il faut qu'il puisse respirer sans tube. On va essayer. Des nouvelles bientôt. XXX, F.

Sur les autoroutes du confinement, à peu près vides, les rares chauffards qui ont placardé leur attestation de déplacement sur leur pare-brise foncent à toute allure dans une illusion de liberté retrouvée. Les quelques radars qui ont échappé aux Gilets jaunes flashent pour rien les bolides qui ont plus d'un tour dans leur sac pour égarer les poursuites. Vague bouffée d'envie alors que je sors à peine de mon troisième stage de récupération de points.

En se garant sur une place de parking réservée : « De toute façon, les handicapés, j'en ai rien à foutre, ils sont tous confinés ! »

Puisqu'on ne peut plus aller au cinéma, des cinéphiles impénitents évoquent la résurrection des *drive-in* comme au temps où les ados américains se bécotaient dans les voitures devant James Dean et Natalie Wood sur grand écran. Hélas, il y a loin de la coupe aux lèvres. Sur des parkings de centre commerciaux dans le 93 où les bandes rivales massacreront les bagnoles à coups de barres de fer ?

Les verbalisations pleuvent sur tous ceux dont les attestations ne sont pas en règle. Autant d'argent pour le Trésor public. Qui parle d'excès ? Circulez, mais avant montrez-moi votre attestation, je suis sûr qu'elle n'est pas en règle…

JEAN DE R.

— Cher Frédéric, par ces quelques signes je voudrais, simplement et du fond du cœur, vous remercier, ainsi que votre neveu Édouard, d'avoir si régulièrement tenu ma mère au courant de « l'évolution » de la santé de votre frère qui lutte encore âprement contre les redoutables méfaits du Covid-19. Vous savez, bien sûr, la profonde amitié qui lie ma mère à votre frère mais de tels sentiments sont partagés par l'ensemble de notre famille et en particulier par l'auteur de ces lignes. Recevez, cher Frédéric, l'assurance de ma plus sincère et fidèle amitié, veuillez également la transmettre à votre neveu Édouard et à votre frère Olivier. J. de R.

— Merci, cher Jean, pour votre message si émouvant. Je sais l'intensité du lien entre votre chère mère et notre merveilleux Jean-Gabriel. Pourvu que s'estompe le cauchemar de ces quinze derniers jours. Je dirai à Olivier et Édouard votre sollicitude. Mille pensées bien affectueuses, Frédéric.

ALBINA

— Cher Frédéric, je viens d'entendre pour ton frère, je pense bien à toi et lui souhaite prompte guérison. Je t'embrasse. Albina.

— Merci pour ton message si gentil, quinze jours de réanimation, processus réveil enclenché, on a eu affreusement peur, normalement cela devrait aller, mais processus long et délicat. Il recommence à pouvoir respirer. Tube et machine *out* demain si progrès persiste. F.

— *Inch'Allah. Beijhimos,* A.

— Il progresse lentement, ce sera long. Mille pensées affectueuses et fidèles. F.

— Je pense à toi et lui ! Plein d'affection. XXX, A.

Un couvent des capucins dans la Drôme : les frères vivaient des existences édifiantes bien tranquilles. Ils étaient aussi très âgés. Le virus les tue, l'un après l'autre. Comme le ferait une bande de terroristes algériens.

Après le virus : toute-puissance des réseaux internet, censure de l'information, oppression généralisée du bien-penser, richesse insensée des nouveaux féodaux de la communication et des clercs qui les serviront au cœur des systèmes financiers, destruction de la moyenne bourgeoisie laminée par la concentration des moyens de production et de commerce, paupérisation accrue des prolétaires, ruine de la culture, fin de l'analyse critique et de la réflexion prospective, abrutissement généralisé sur fond de jeux débiles et de résultats sportifs. Tableau réjouissant de Joel Kotkin, essayiste américain.

CATHERINE C.
— Cela peut prendre quarante-huit heures, la phase de réveil, j'ai lu plein de choses à ce sujet, espoir.
— xxx, F.
— Bientôt, on criera « Hourra ».

CHRISTINE O.
— Cher F. J'apprends que tu as été très inquiet pour ton frère et qu'heureusement il va mieux ! Je t'embrasse très affectueusement. Christine.
— Merci pour ton message qui me touche beaucoup. Quinze jours d'inquiétude infernale avec Jean-Gabriel en réanimation à Lariboisière. Il est en phase de réveil depuis hier, ce qui est une vraie lueur d'espoir. Mais quelle horreur, nous vivons dans l'angoisse avec Olivier et toute la famille au téléphone. Je pense à vous deux et votre fils, très fort. Frédéric.

JIN DONG ET CAROLINE
— Bonne nouvelle. Merci merci, mon Fred. Tu as besoin de masques, encore ? J. et C.

FRANCIS
— Réveil, processus lent et délicat. *News* ce soir. F.
— xxx, F.

GEORGES-FRANÇOIS
— Processus réveil en cours, long et délicat. F.
— Certes mais on va dans le bon sens. Il faut être confiant et patient. Biz. Georges.

« Frotter, frotter, il faut payer », chant des femmes de ménage d'un hôtel Ibis en grève depuis des mois à qui la direction accorde quand même le chômage partiel depuis la fermeture pour confinement.

Forte hausse des violences conjugales durant le confinement, soit. Mais pourquoi ne dit-on pas qu'un tiers des victimes sont des hommes martyrisés par des mégères, harcelés par des pseudo-amoureuses jalouses, battus, voire assassinés par leurs épouses de fort méchante humeur ?

« Je lis, je trie des trucs. Et puis, il y a le temps fort de la semaine : la sortie à la seule épicerie du coin. Alors là, je m'habille un peu mieux… Je mets une veste. » Brice Hortefeux confiné dans son village natal, en Auvergne.

En Normandie, c'est un printemps aussi flamboyant que dans le Midi, mais la végétation n'est pas la même, le bleu du ciel est différent, et puis il n'y a pas de cigales.

Il va avoir quatre-vingts ans, il a toujours pris soin de sa forme physique et il a l'air d'en avoir soixante. Est-ce qu'il retrouvera tout, s'il s'en sort ?

« Et comment était son visage, alors ?
Il fit la nuit dans son âme, se couvrant les yeux avec ses paumes ;
Et il demeura silencieux. » (Gabriele D'Annunzio, *La Léda sans cygne.*)

GARDEL
— G., je pense fort à toi. F.
— xxx, G.

SAÏD
— Des nouvelles ? T'embrasse.
— Réveil : c'est long et délicat, il faut y aller progressivement pour que les poumons recommencent à fonctionner. xxx, F.
— Fais attention à toi. T'embrasse.

DORIS
— Processus réveil, long et délicat. xxx.
— Peu à peu avec la force de tout son être. xxx, D.

H.B.
— Il m'est un véritable frère, tellement généreux, gentil, humain. Toujours prêt à rendre service. Je pense très fort à lui. xxx, H.B.
— Tenir, tenir. F.

SELMA
— Mon Fredo, es-tu rassuré sur ton frère ? Je l'espère. Amitiés affectueuses, Selma.
— Le réveil est lent, délicat, risqué. Angoisse, tenir, tenir, mille pensées tendres. xxx, F.
— Tiens bon, mon Fredo. Il le faut. Je suis à tes côtés.

À dix ans, à quinze ans, à vingt ans, plus tard et à plusieurs reprises, aujourd'hui encore, j'ai le cœur qui flanche et je pleure quand je vois *Amici per la pelle*, «Amis pour la vie», le merveilleux film de Franco Rossi tourné dans la Rome idéale des années cinquante. C'est l'histoire de deux jeunes garçons, pas encore adolescents mais presque, qui s'aiment comme on peut s'aimer à cet âge et qui vont se séparer à la suite d'un malentendu stupide. J'ai retrouvé les deux acteurs, de vieux messieurs maintenant qui ont eu des existences différentes, se sont mariés, ont eu des enfants et habitent à des milliers de kilomètres l'un de l'autre. Mais ils sont restés amis pour la vie comme ils se l'étaient promis dans le film, et j'en ai ressenti une joie formidable lorsqu'ils me l'ont dit comme si c'était la chose la plus naturelle du monde. J'y vois aussi comme un symptôme de ma hantise des ruptures et des séparations, ainsi que de ma peur panique de la mort de l'autre.

CLOTILDE ET E.P.

— Comment vas-tu ? Ton frère ?

— Processus lent et délicat. Tube et machine *out* demain, si progrès persiste. Pensées tendres à toute la *familia*. XXX, F.

— Extubé !

— Magnifique nouvelle. Merci. Une pensée pour toi et ta famille pleine de lumière. XXX, C.

ARLETTE

— On le réveille peu à peu. Progrès. Tube *out* demain, si possible.

— Ah, quelle bonne nouvelle ! Il va y arriver.

— Extubé, ce soir !

M.Y.

— Bonjour, un message amical. La santé de Jean-Gabriel continue à s'améliorer ? Je vous embrasse, M.Y.

— Le réveil est long et délicat. Jean-Gabriel est conscient désormais mais il ne peut pas s'exprimer. Les médecins vont essayer de retirer le tube aujourd'hui, en espérant qu'il aura assez de force pour respirer. XXX, F.

— Merci, Frédéric. M.Y.

*Mardi 31 mars*

C'est affreusement désagréable de porter un masque.

Un bon scénario pour les complotistes (et bientôt pour Netflix ?) : le virus se serait échappé d'un mystérieux laboratoire à usage militaire de Wuhan. Manipulation ratée ou chercheur mordu par une chauve-souris mécontente de servir de cobaye. Pour corser un peu la chose, le laboratoire aurait été construit avec l'aide des Français. Super Donald serait très intéressé par cette hypothèse évoquée dans le *Washington Post* qui pourtant la réfute.

« *White supremacy and State violence are global pandemics.* »

Hausse des suicides dans les maisons de retraite américaines du fait de l'anxiété générale et de la suppression des visites familiales. Et beaucoup de vieux qui allaient encore bien jusque-là ne s'alimentent plus, restent rivés à leur fenêtre et se laissent mourir.

Quand la sonnette sonne dans son sous-sol carrelé, le responsable de la chambre mortuaire monte fissa pour enlever le mort. Il ne sait plus où donner de la tête car la sonnette retentit tout le temps. Chaque hôpital rassemble une centaine de métiers différents en plus des soignants. Pour effectuer le sien, il faut être singulièrement blindé.

JEAN G.
— Je pense bien à toi et à ta femme. Je te raconterai quand on se verra. Le drame que nous traversons, mes deux frères et moi. Je t'embrasse, F.
— Merci de ton message qui m'a fait une grande joie… et une inquiétude pour tes frères et toi. Prends bien soin de toi et sois prudent. Je passe encore devant le Gorgeon et espère qu'on y reprendra nos repas amicaux. Je t'embrasse affectueusement, Jean.
— XXX, F.

ROMAN P.
— Prenez soin de vous, cher Roman, et de toute la petite famille. Pensées très affectueuses et fidèles, Frédéric.
— Nous sommes tous bien. Pourvu que ça dure ! Et comment allez-vous ?
— Moi, ça va, mais mon merveilleux frère Jean-Gabriel sort de quinze jours de réanimation et le réveil est encore très difficile. Pensées bien affectueuses. F.
— En effet, un miracle ! C'est à mon tour de vous dire : prenez soin de vous ! Je vous embrasse, Roman.

CHRISTINE O.
— Cher Frédéric, pardon, tu dois être submergé de SMS, Olivier et moi venons aux nouvelles de Jean-Gabriel. Comment s'est passé le processus de réveil ? On t'embrasse fort. Christine O.
— Pas bien pour l'instant. Ces tentatives pour que ses poumons réagissent favorablement aux soins intensifs ne donnent pas encore assez de résultats. Il est toujours intubé, conscient mais dans une grande détresse morale et incapable de communiquer. On va essayer de le délivrer demain. XXX, F.

« *Silent spread* », la formule est belle, angoissante comme le serait le titre d'un film d'épouvante ou de science-fiction. « Propagation silencieuse », en VF, est pas mal non plus. En Europe, il semblerait que *silent spread* a commencé à Ischgl, au Tyrol, une station de sports d'hiver très chic où les propriétaires des hôtels et des remontées mécaniques ont observé un mutisme absolu, le plus longtemps possible, car ils étaient inquiets de perdre leur élégante clientèle.

Hubert Védrine, pour ceux qui espèrent « le retour à l'avant » – moi, en somme : « Ce n'est plus défendable [...], car la situation n'était pas normale avant. On ne va pas revenir à cette *normalité-là* : impréparation, multidépendance, insécurité financière, fragilité collective, irresponsabilité écologique. »

Une opposante indienne à Narendra Modi qui utilise cyniquement le virus pour renforcer encore ses pouvoirs, taper un peu plus sur les musulmans et renvoyer des centaines de milliers de travailleurs miséreux et clandestins sur les routes où ils errent de manière pathétique : « Ceux qui sont aujourd'hui au pouvoir veulent gagner la bataille de l'opinion, pas la bataille politique. »

À l'Assemblée nationale, préfiguration de ce que seront les salles de cinéma lorsqu'elles rouvriront : assistance volontairement clairsemée pour assister au spectacle.

Les assureurs n'avaient pas prévu le virus dans leurs contrats. Ils se font tirer l'oreille pour indemniser les organisateurs de festivals qui ont dû annuler.

— Comme tout cela est douloureux. Je prie et pense à lui de tout mon cœur. Christine O.

ÉDOUARD

— Mon portable était sans batterie, sans le savoir, je viens d'apprendre par Alice. J'espère qu'Olivier me rappellera. *Love*. E.

— Je viens de parler avec une infirmière genre *Vol au-dessus d'un nid de coucou*. Il est stable, « je vous dis qu'il va bien, il s'exprime, on lui dira que sa famille pense à lui et qu'il a un téléphone près de lui ». C'est tout… F.

— Merci mon Fredo d'être allé au front. E.

— xxx, F.

— Tu l'as eu toi ? Je pense qu'il vaut mieux qu'il ait accès à son propre téléphone le plus tard possible, quand il aura tout à fait repris ses esprits. Pas question de le lui refuser, évidemment, mais tant qu'il est un peu perdu j'ai peur que ça parte dans tous les sens. Plus les appels de la terre entière. *Love*, E.

— Tu as raison, bien sûr. Je ne l'ai pas eu en tout cas. Pas de réponse. F.

— Bon, je pense que ça dépend pas mal de l'infirmière. Et puis le téléphone est sûrement sur silence. Mais Xavier a laissé une carte postale avec nos numéros. Je vous dis évidemment s'il me rappelle. *Love*, E.

DOMINIQUE ET SOPHIE

— Quelles sont les nouvelles de Jean-Gabriel ?

— Le réveil est très difficile. Conscient mais en détresse morale et physique. Les poumons n'arrivent pas encore à remplacer les soins intensifs. On réessaye de retirer le tube demain. F.

— Restons dans l'espérance. xxx, D. et S.

— L'image du pape place Saint-Pierre était magnifique. F.

Paris est une fête, la France des festivals d'été tout aussi bien. Mais c'était avant. On a éteint tous les lampions.

Brigitte Bardot ravie d'être confinée à la Madrague. Plus d'avions qui survolent Saint-Tropez, plus de touristes en bateau pour prendre des photos, toute la petite ménagerie bien contente. On peut dire ce que l'on veut sur elle, moi je l'aime bien et je n'oublie pas ce qu'elle a fait quand j'ai eu recours à elle.

Emmanuel Demarcy-Mota ne se laisse pas abattre. Il multiplie les initiatives pour jouer : visios, plein air, etc. Le théâtre, toute sa vie. Mille pensées admiratives et tendres pour lui. Pour Stanislas Nordey, *idem.*

Tonie Marshall est morte cet hiver d'un cancer qui la serrait depuis cinq ans. Elle était intelligente, talentueuse, droite et fidèle. Elle me manque. Je ne saurai jamais ce qu'elle aurait pensé de toute cette folie qui nous entoure.

On me dit que Marianne Faithfull aurait été attaquée par le virus. Prières, prières pour elle. Artiste et femme merveilleuse.

CORINNE R.
— Cher Frédéric, notre Jean-Gab est-il réveillé ?
— Le réveil est très difficile. Ses poumons n'arrivent pas encore à se passer des soins intensifs (tube), il est conscient, ne peut pas communiquer, il souffre certainement beaucoup, moralement surtout. F.
— Mais quelle horreur ! Je vous remercie d'être si gentil avec moi. Pardon de vous harceler pour avoir des nouvelles. Je lui envoie toute ma force. Je vous embrasse, Corinne.
— xxx, F.

FRANCIS
— ???
— Le réveil est difficile. Ses poumons n'arrivent pas encore à se passer des soins intensifs (tube). Il est conscient, grande souffrance physique et morale. F.
— Est-il tiré d'affaire ? En lente récupération ?
— La phase de réveil est dangereuse, il faut que les poumons redémarrent et on n'y est pas encore. xxx, F.

Le 1er février, le vieux monsieur, débarqué du *Diamond Princess* à Hong Kong pour se soigner d'une mauvaise grippe, voit s'éloigner le méga-navire de croisière avec regret. Il ne sait pas encore qu'il emmène plus de sept cents personnes infectées, une bonne dizaine de futurs morts et trois cents autres passagers qui, enfermés pour plusieurs semaines dans leur cabine, auront tout le loisir de devenir lentement fous d'inquiétude et d'ennui.

Olivier Barrot, confiné sur un bateau où il fait aussi des conférences : « La mer à l'infini comme le ciel bleu, ça lasse. D'autres passagers sont prisonniers sans fenêtre. La mienne ne s'ouvre pas, mais j'ai la chance d'en avoir une, tout ne va pas si mal. Parfois, une mouette. » (Portrait par Caroline de Bodinat, *Libération.*)

Lu dans le journal : « Le moment qui m'a le plus marqué, c'est quand mon cerveau s'est complètement déconnecté. Comme s'il s'était mis en protection, face à la douleur et au stress. »

Lu dans le journal : « Rien à voir avec une grippe. La force et la violence sont sans commune mesure. Jamais de ma vie je n'ai été attaquée comme ça. »

JEAN-PIERRE

— Mon Frédéric, les nouvelles sont toujours bonnes j'espère. XXX, J.P.

— Le réveil est très difficile, on n'arrive pas à le désintuber, il est conscient et souffre énormément, sans doute encore plus moralement. F.

— Souffrance, souffrance, terrible souffrance.

— XXX, F.

SAÏD

— Des nouvelles ?

— Le réveil est très difficile, les poumons n'arrivent pas encore à se passer des soins intensifs. Il est conscient et il souffre surtout moralement. Olivier est génial, il arrive à avoir des nouvelles malgré l'isolement total. Préserve bien ta gentille fiancée. Je t'appelle ce soir. F.

— T'embrasse.

DORIS

— Le réveil est difficile. Il n'a pas encore la force de se passer du respirateur. Éveillé, conscient, mais il ne peut s'exprimer et se trouve en détresse, cela complique les soins. F.

— Merci Fredo, désolée. C'est dur pour Jean-Gabriel mais il va y arriver parce qu'il a envie, il est fort. Et il sait qu'on l'attend. XXX, D.

H.B.

— Nouvelles par Olivier, un peu rassurantes, mon cœur devient moins lourd. Je pense très fort à lui.

— Oui, nouvelles un peu meilleures. F.

Ne pas se plaindre de ceux qui m'auraient fait du tort et défilent dans mon esprit lorsque je suis déprimé, ce qui m'arrive malheureusement assez souvent actuellement. D'abord, ils ne sont pas si nombreux et ce n'est pas le moment de m'apitoyer sur moi-même en invectivant des vilains qui s'en foutent. Ce n'est d'ailleurs jamais le moment. Le temps est venu du pardon, ou mieux de l'oubli des offenses. Et puis l'amertume est toujours mauvaise conseillère. C'est un sentiment négatif qui rend ce qui reste de vie encore plus triste.

Hara et Agnès, mes petites sœurs du bon Dieu, qui consacrez vos vies à porter secours aux déshérités, vous me réconciliez avec la religion, vous me manquez et je pense à vous tout le temps.

ÈVE

— Je suis bouleversée et je partage votre inquiétude. Ma tendresse vous accompagne tous les trois. Je t'embrasse très fort. Ève.

— XXX, F.

J. ET M.

— Le réveil est très difficile car ses poumons sont encore trop faibles pour relayer les appareils. Conscient mais ne pouvant s'exprimer. Détresse physique et morale qui complique les soins. On en saura plus demain. Je pense très fort à vous, Frédéric.

— Mon cher Frédéric, croisons les doigts. Nous pensons beaucoup à toi. Nous t'embrassons très fort. J. et M.

HUBERT

— Quelles nouvelles, cher Frédéric ? H.

— Réveil difficile. Les poumons sont encore trop affaiblis. Le cauchemar continue malgré le progrès. Désorienté, incapable de communiquer. On essaie de le désintuber demain. Merci pour votre attention qui nous touche beaucoup. F.

BECHIR ET DANIÈLE

— Des nouvelles de votre frère ? Bien affectueusement. Danièle.

— Réveil, mais difficile. Ses poumons n'arrivent pas à prendre le relais des soins intensifs. On réessaye demain. Conscient mais souffrance muette et morale. Prenez vraiment soin de vous, même si je sais comme il est difficile de maîtriser Bechir. XXX, F.

« Mon collègue ne croyait pas au virus. Je pensais que les gens ne changeraient pas d'opinion tant que cela n'arriverait pas à l'un de leurs proches. Mon collègue est mort de son déni. » (*New York Times International.*)

Pour ceux qui survivent à la mort d'un proche et qui sont hantés par des sentiments de chagrin, de remords et d'impuissance, le bombardement de nouvelles sur le virus et l'épidémie dans les médias est une torture supplémentaire.

M. ET M.

— Conscient mais ne peut pas parler (tube). On essaie de le libérer demain mais il faut que les poumons aient récupéré la force nécessaire. Un cauchemar. F.

— Tout le courage du monde, mon Frédéric, et de la lumière ; au fond du tunnel. Nous prions tous pour lui, tout le temps. XXX, M.

M.Y.

— On n'arrive pas encore à retirer le tube. Poumons trop faibles. On en saura plus demain. XXX, F.

— Merci Frédéric. Attendons demain avec patience. Je vous embrasse, M.Y.

JANINE

— On le réveille peu à peu. C'est long et difficile. F.

— Courage, c'est un autre moment très difficile. Mais il y parviendra.

— On essaye à nouveau d'enlever le tube demain. F.

*Mercredi 1er avril*

*Écho de Wuhan* : « En Chine, le plus difficile c'est de faire connaître les problèmes. Une fois que le gouvernement a décidé qu'il y a un problème, ça va très vite. » Les Ouïgours apprécieront.

Viktor Orban, décidément en verve : « Le virus a été introduit par les étrangers, il se propage parmi eux. »

Au Maroc, le roi a réagi très vite et a pris les choses en main, le gouvernement a suivi. Les précautions sanitaires sont strictes, la solidarité fonctionne, les classes favorisées n'ont pas été sollicitées en vain. Le banquier Othman Benjelloun a montré l'exemple avec une contribution considérable. On ne peut pas dire la même chose de la plupart des pays arabes.

Les Aborigènes d'Australie, aussi menacés que les Indiens d'Amazonie.

Edgar Morin : « La révélation foudroyante des bouleversements que nous subissons est que tout ce qui semblait séparé est relié. » Soit...

XAVIER D.

— Cher Xavier, je pense beaucoup à toi et à la belle *D-Family* en ces temps de grand malheur. Avec toute ma forte affection, Frédéric.

— Oui ça va, cher Frédéric. Nous sommes confinés dans notre maison où nous nous sommes retirés dès le dimanche de l'absurde premier tour… ce qui est supportable. On travaille à distance et la vénérable institution répond à l'essentiel de ses obligations. Je lis, prends l'air, travaille et on tâche de ne rien lâcher ! Et toi ? On a su pour Jean-Gabriel, j'espère que le pire est derrière lui… Quelle sale période ! On t'embrasse fort, L. et X.

— Jean-Gabriel, réveil très précaire, grande détresse physique et morale. Le pire est sans doute passé, mais le cauchemar continue. Je suis en Normandie. Affection fidèle et toujours, F.

— Embrasse-le pour nous, *tibi.*

MARIE

— Chère Marie, merci pour tes belles chroniques. Amitiés fidèles, Frédéric.

— Merci. Tu vis un bon confinement ? M.L.

— Oui, en Normandie (les salauds en résidence secondaire qui vont contaminer les braves provinciaux innocents…), mais dans un cauchemar, mon frère Jean-Gabriel, quinze jours de réanimation, un réveil miracle mais en pleine détresse morale et physique. Angoisse infernale. F.

— Je savais pour ton frère. Donc, je me suis réjouie de savoir qu'il est revenu à la conscience. M.

— XXX, F.

Le réseau des Visières solidaires diffuse sur internet des fiches qui permettent de confectionner des visières 3D.

Avec les premiers masques qui arrivent enfin, floraison de jolis modèles fantaisie. Avec de belles couleurs, des motifs de fleurs, des inscriptions mutines ou poétiques. Un côté vélos-taxis, jolies jambes peintes pour remplacer les bas, semelles compensées et chapeaux mirobolants; souvenirs et reflexes d'une frivolité résistante. Il est vrai que « nous sommes en guerre », paraît-il.

Sylvie Brunel : « Nos ancêtres subissaient un monde qui reposait sur le travail humain, la pénibilité, la peur de l'obscurité, le froid, les récoltes aléatoires, l'insécurité et les guerres. Comment pouvons-nous regretter le passé ? »

Le préfet Lallement : « Ceux qui sont aujourd'hui hospitalisés, ceux qu'on trouve dans les réanimations, sont ceux qui au début du confinement ne l'ont pas respecté. C'est très simple. » Il s'est excusé.

JACQUES G.

— Cher Frédéric, comment va Jean-Gabriel ? Jacques.

— Réveil difficile, les poumons trop faibles pour relayer la fin des soins intensifs (tube), détresse physique et morale, impossibilité de s'exprimer, mais un peu mieux ce matin. On va essayer d'enlever le tube ce soir. XXX, F. Je te dirai.

— Merci. Jacques.

EMMANUEL D.-M.

— Cher Emmanuel. Juste pour te dire que je pense beaucoup à toi en ces temps de cauchemar et à toutes ces magnifiques mises en scène du Théâtre de la Ville. Ce souvenir me porte. Avec toute ma fidèle tendresse, Frédéric.

LEKA

— Cher Monsieur, cher ami, je pense à vous, confinez bien. J'ai appris pour votre frère, je suis désolé.

— Merci beaucoup, amitiés. Frédéric.

DANIÈLE T.

— Quelles sont les nouvelles ? XXX, D.

— Le réveil est très difficile. Les poumons sont encore trop faibles pour supprimer la fin des soins intensifs (tube). Conscient et ne pouvant s'exprimer. Grave détresse physique et morale, on le fait dormir pour tenter de l'apaiser. On va essayer de retirer le tube aujourd'hui ou demain. Mais il y a déjà eu deux tentatives… Le cauchemar a changé de forme mais continue. Merci pour ton attention qui nous touche beaucoup. XXX, F.

— Quel cauchemar, tiens-moi au courant. XOXO.

XXX, F.

Elle ne nous parlait jamais de ses amants, elle était très discrète à ce sujet et s'il lui arriva de se trahir, ce fut par inadvertance, avant de changer de conversation aussitôt : d'ailleurs, il n'y en a pas eu beaucoup, c'était une amoureuse, pas une gourgandine. Tout à la fin, elle m'a dit avoir connu de beaux hommes, sans préciser, elle s'excusait presque. Par recoupements, j'en ai retrouvé quelques-uns, ils sont tous morts aujourd'hui. Benny Berthet, Jean Bréaud, Bob de Thomasson ; d'autres qui sont encore connus. Des noms à la Modiano.

Durant son agonie, elle a appelé trois hommes à son secours. Robert, notre père à tous les trois dont elle avait divorcé soixante ans plus tôt, son propre père à qui elle reprochait pourtant de l'avoir maltraitée, Jean, son troisième mari, celui qu'elle a le plus aimé et qui la subjuguait par son intelligence. Personne d'autre.

MATHIEU G.
— Bonsoir Frédéric. Quelles sont les nouvelles ? xxx, M.
— Conscient mais ne pouvant s'exprimer. Détresse physique et morale. Après deux tentatives, on va essayer de retirer le tube respiratoire ce soir, en espérant que les poumons ont suffisamment récupéré. Je vous dirai. xxx, F.
— Merci, bon courage à vous tous et à Jean-Gabriel. xx, M.
— xxx, F.

CORINNE R.
— Cher Frédéric, comment est-il aujourd'hui ? Je vous embrasse, C.
— Aujourd'hui, troisième tentative pour enlever le tube. Je saurai tout à l'heure ou demain matin. Je reste près de vous. F.

FRANCIS
— Toujours aussi difficile, grande détresse, il ne peut pas s'exprimer, on essaye d'enlever le tube demain. Je classe tes merveilleuses aquarelles, elles mériteraient d'être exposées, je les encadre aussi.
— Des aquarelles anciennes, j'imagine. Je t'en enverrai d'autres. Je me gorge plein d'espoirs pour Jean-Gabriel à qui je pense tous les jours, lui qui est si délicieusement ironique sur le monde et qui doit subir cette épreuve. Cette photo : vieux souvenir d'Olivier et Milou que tu as déjà, mais je deviens de plus en plus sentimental.
— xxx, F.

La protection de l'enfance est larguée, les services sociaux se débattent, les gosses n'ont plus école et ceux qui n'y retourneront pas partent en vrille.

« Tout ordre social, toute loi avait disparu. Les corps restaient étendus dans les rues, là où ils étaient tombés, sans sépulture. Partout régnaient le meurtre, le vol et l'ivresse... Ce fut un écroulement total, absolu. Dix mille années de culture et de civilisation s'évaporèrent comme l'écume, en un clin d'œil. » (Jack London, *La Peste écarlate*, cité par Camille Laurens.)

Confiné à la campagne, qui a dit qu' « on s'y ennuie le jour et qu'on y a peur la nuit » ? Dans d'autres circonstances, peut-être.

GEORGES-FRANÇOIS

— Pas de nouvelles aujourd'hui ? Biz, G.-F.

— Les poumons sont encore trop faibles pour supprimer les soins intensifs (tube). Il est conscient mais ne peut s'exprimer. Détresse physique et morale. On essaye de le désintuber demain. Cauchemar.

— On continue, ça va aller. Soyons confiants. Biz, G.-F.

— XXX, F.

— Des nouvelles, ce soir ? G.-F.

— Rien de nouveau pour l'instant. Je te dis dès que je sais. F.

— Je suis avec toi.

SAÏD

— Réveil toujours difficile. Grande détresse. F.

— T'embrasse.

— Rappelle-moi. F.

— Dis-moi ce que je dois faire pour t'aider.

— Rien, hélas. F.

DORIS

— Progrès lents, mais réels. F.

— Je pense très fort à vous. XXX, D.

SERGE

— Cher Fredo, quelles nouvelles ?

— Le réveil est difficile. Conscient, mais ne peut s'exprimer (tube). Détresse physique et morale. Après deux tentatives, on essaye d'enlever le tube aujourd'hui mais il faut que les poumons aient récupéré assez de force. Je te dirai. F.

— Merci, le pauvre, ça doit être très pénible. XXX, Serge.

« Klossowski explique qu'au cours des années 1930 le malheur s'est transformé en puissance. » (Michaël Fœssel, *Récidive.*)

« Au fond de la nature pousse une végétation obscure, dans la nuit de la matière fleurissent des fleurs noires. » (Gaston Bachelard.)

« Celui qui contrôle la peur des gens devient le maître de leurs âmes. » (Machiavel.)

ÈVE

— As-tu des nouvelles de Jean-Gabriel ? Je ne cesse de penser à lui. Je t'embrasse, Ève.

— On essaie de retirer le tube respiratoire aujourd'hui en espérant que les poumons seront assez forts pour prendre le relais. Je te dirais. XXX, F.

LIRIA

— Mon Fredo, je suis près de toi.

— Moi, ça va. C'est lui, en détresse. On n'arrive pas à enlever le tube.

— C'est horrible, une torture, mais ils vont y arriver.

FEREYDOUN

— Quelles nouvelles de Jean-Gabriel ? Va-t-il mieux ? Et toi ? Avec toute mon amitié. Notre tendre amie prend des nouvelles tous les jours. F.D.

— Réveil long et difficile. Le cauchemar continue sous une autre forme. Mille pensées bien affectueuses.

*Jeudi 2 avril*

Nouvelle version de *Cyrano de Bergerac* de Jean-Paul Rappeneau avec Gérard Depardieu, façon Raoult. Un long extrait du film mais dont le dialogue a été changé. Doublage irréprochable et imitation parfaite de la voix de Depardieu. Il se lance dans un plaidoyer pour la chloroquine avec toute la fougue de Raoult devant ses mousquetaires médusés. Effet désopilant, tant les deux Cyrano, le vrai et le faux, se ressemblent. Mais lequel choisir ?

À la télévision, les villes livrées aux animaux qui profitent de l'absence des humains enfermés chez eux. Renards dans les rues de Londres, kangourous qui sautent et se poursuivent en bas des immeubles de Melbourne, ours vidant les poubelles à Vancouver, compagnie de sangliers en goguette à Saint-Denis, un rhinocéros mélancolique traîne au Cap, un gracieux petit cerf joue avec les vagues dans une station balnéaire de la Baltique, on ne compte plus les évadés des zoos qui profitent de la liberté : singes, pumas à la découverte de leurs congénères, les rares humains à la dérive, les chiens et chats abandonnés.

HUGUES G.
— Cher Frédéric, je suis bouleversé par les nouvelles qui me viennent de Jean-Gabriel. On me dit qu'il y a de l'espoir ce soir. Je rassemble ce qui reste en moi de foi chrétienne pour lui envoyer des prières ardentes pleines de l'amitié que je lui voue ! Je vous embrasse, cher Frédéric, très tendrement. Hugues.
— Il a été réveillé aujourd'hui, après quinze jours de réanimation. L'espoir est de retour après une inquiétude infernale. Merci du fond du cœur pour votre adorable message. Mille pensées très affectueuses, Frédéric.
— Merci beaucoup. Hugues.

XAVIER D.
— Cher Xavier, progrès précaire mais progrès. xxx, F.
— xxx, X. et L.

AMYN
— Progrès mais encore très précaire. xxx, F.

HOSNI
— Cher Hosni, progrès précaire mais quand même. xxx, F.
— Il va s'en sortir. Hosni.

JACQUES G.
— Cher Jacques. Il progresse. Machine et tube *out* demain, si le progrès persiste. xxx, F.
— Tant mieux, j'en suis si heureux. Merci, Jacques.

Pas de coronavirus en Corée du Nord. Kim Jong-un veille, même si on ne le voit plus pour l'instant depuis qu'il a chopé un mauvais rhume. À rapprocher d'Herriot visitant l'Ukraine sous Staline et ne remarquant aucune trace de la famine qui y faisait des millions de morts. Curieusement les Coréens du Nord portent des masques. Excès de zèle communiste sans doute.

En Inde, Narendra Modi, qui mène une véritable guerre contre les musulmans, applique les règles de précautions sanitaires et de confinement avec une brutalité folle. Des millions de travailleurs précaires sont expulsés des grandes villes et errent sur les routes pour tenter de regagner leurs villages. L'armée et la police les rançonnent et les bat quand elle ne les massacre pas tout simplement. Arundhati Roy, écrivaine et militante d'inspiration chrétienne : « Les médias grand public ont attelé le Covid-19 à la campagne antimusulmane venimeuse qu'ils mènent vingt-quatre heures sur vingt-quatre. La tonalité générale suggère que ce sont les musulmans qui ont inventé le virus pour le propager délibérément dans une forme de djihad… Sous les yeux effarés du monde, l'Inde a révélé son aspect le plus honteux, son système social inégalitaire, brutal, structurel. Son indifférence et son insensibilité à toute souffrance. »

À Singapour, comme à Doha, les travailleurs claquemurés dans leurs dortoirs se contaminent les uns les autres.

RENAUD

— Cher Renaud, je pense bien à toi en ces instants où on perd plus qu'une part de soi-même. De tout cœur. Frédéric.

— Merci de ton affection. Bien à toi, Renaud.

CATHERINE P.

— Progrès, il commence à respirer. Précaire, mais quand même. F.

— Les mots sont aussi insuffisants pour dire la joie que pour dire la peine. Je voudrais vous serrer tous les deux dans mes bras. N'oublie pas que vous êtes ma famille. Catherine P.

— XXX, F.

LAURENT PG.

— Cher Laurent, je pense beaucoup à vous deux dans cette terrible période. Avec toutes mes fidèles amitiés. Frédéric Mitterrand.

— Cher Frédéric, merci beaucoup pour votre message qui me touche. J'essaie de tenir le cap. J'espère que vous êtes en bonne santé. Promettons-nous de déjeuner ensemble quand Paris reprendra vie. Je vous embrasse, Laurent.

— Oui, bien sûr. Amitiés fidèles, Frédéric.

MARIE

— Ont-ils réussi à désintuber Jean-Gabriel hier soir ? Gardel est-il confiné avec le risque qu'il soit porteur sain ? Je t'embrasse, Marie.

— Il progresse, mais c'est encore très précaire. F.

Jean Castex, Monsieur Confinement : que des bons souvenirs lorsqu'il était à l'Élysée et que j'avais affaire à lui. Sympa, solide. Je suis allé au festival de Prades qui lui tenait très à cœur. Perdu de vue et le revoilà.

Le ministre de la Santé du Bade-Wurtemberg transmet régulièrement les listes des lits disponibles.

Le rappel obsédant des précautions sanitaires et des gestes barrières installe un tel climat d'angoisse et de suspicion que c'en est insupportable.

La frontière entre l'Allemagne et la France brusquement fermée. Les frontaliers qui travaillaient de l'autre côté du Rhin doivent faire des détours insensés pour trouver un poste de frontière ouvert. Tant de décisions de ce genre, un peu partout et sans prévenir, aggravent le désarroi général.

Mona Amraoui, infirmière qui ne prenait pas ses vacances réglementaires à Brest afin de rejoindre une équipe d'urgence à Paris, est mise à pied pour « indiscipline ». Le fonctionnaire directeur de l'agence régionale du Grand Est est également mis à pied, mais pas pour la même raison. Avec un sens remarqué de l'opportunité, il avait défendu la réforme de l'hôpital et la concentration des lits et des services dans une réunion professionnelle à laquelle assistaient des journalistes qui ont si mauvais esprit, comme chacun sait.

MAËLLE
— Bonjour Frédéric, j'espère que vous allez bien et que le confinement se passe bien pour vous. Bien à vous, Maëlle.
— Beaucoup de drames. Julie te dira. Merci pour ton SMS. F.

PASCAL
— Je t'embrasse très fort et je t'aime mon ami, courage. XXX, Pascal.
— XXX, F.

FRANCK
— Si heureux de t'avoir parlé hier. Jean-Gabriel va s'en sortir après une épreuve épouvantable. Mon assistante va t'appeler pour une question précise. C'est toujours comme ça avec moi, sentiments et... questions ! Mille pensées bien affectueuses, F.

A.C.
— Bonsoir Frédéric. Une pensée très amicale vers vous, à partager avec votre frère dans ce calvaire qui est le sien. A.C.
— XXX, F.

CHARLES
— Cher Charles. Progrès fragile, mais quand même. XXX, F.
— Super, je vous embrasse du Jura où j'écris à marche forcée.

Les médecins généralistes subissent le premier choc. Ils doivent tenter de faire un diagnostic, orienter les malades, rassurer les familles, passer des heures au téléphone et ils n'ont aucun des moyens nécessaires pour y parvenir. Ils travaillent sans les blouses, les charlottes et les masques qui pourraient les protéger. Quant à la rémunération à l'acte, inutile d'y penser. Beaucoup sont contaminés et perdent du temps avant de se faire soigner à leur tour. Certains en meurent.

« On doit désormais intuber nos patients avant leur transfert pour soulager les services où ils seront pris en charge. »

« La mort brutale de cet homme de soixante-dix ans, emporté, alors que vingt minutes auparavant, il plaisantait encore avec les soignants. »

« La police me disait d'appeler le 115, le 115 me disait d'appeler l'hôpital, l'hôpital me disait d'appeler le 115. »

Corinne, psychologue à l'hôpital de Creil : « De plus en plus de nos collègues disent qu'ils ne dorment pas et viennent au boulot la peur au ventre. »

Nine : « Heureusement que Moune n'est plus là. Elle aurait trop souffert de ce qui arrive. »

LAURE

— Chère Laure, progrès fragile, mais quand même. xxx, F.

— Merci. Maintenant, c'est Claire qui est à l'hôpital mais pas alarmant.

— Mille pensées pour Claire. F.

GARDEL

— Extubé ?

— Non, pas encore. F.

— Merci, merci. Merci de m'envoyer des nouvelles. Bravo Jean-Gabriel ! xxx, G.

FRANCIS

— Progrès précaire, mais quand même. F.

— Il faut positiver ??? Pour gagner ! … F.

AMEL

— Il remonte ! Pensées tendres et fidèles, protégez-vous bien. F.

— C'est adorable de nous donner des nouvelles. Nous pensons très fort à toi. On t'embrasse tous. Accrochez-vous ! Amel.

— Surveille tes hommes : ton mari, ton père, ton frère. Ils sont si actifs : qu'ils se protègent bien. Tendresse à tous, F.

Les précautions sanitaires rognent nos libertés. C'est un fait. Elles sont souvent exaspérantes, mais qui peut affirmer sérieusement qu'elles annoncent la dictature et le totalitarisme ?

Télétravail et visioconférences, les rutabagas de la communication. Au début, on fait contre mauvaise fortune bon cœur, on essaye de s'habituer en pensant à toutes les réunions inutiles auxquelles on aurait pu s'abstenir d'assister, mais ça ne marche pas très bien, on s'embrouille dans les contacts, les liaisons sont incertaines, et surtout le goût des autres manque de plus en plus. On pourrait se consoler en écrivant un peu plus de bonnes lettres comme autrefois, mais la Poste ne marche plus.

La boîte à cigares qui m'a été envoyée par Cyrille, et qui devait m'être livrée par DHL, a disparu dans la tourmente. Ça m'apprendra à vouloir prolonger la pratique de mes petits vices au cœur de la panique générale. Mais je commence aussi à comprendre la part que prenait le trafic de tabac dans le marché noir pendant la guerre.

La bicyclette, mode de transport d'avenir. Soit. Moi, je pense à ma chère grand-mère qui n'a jamais réussi à tenir sur un vélo.

JEAN-CLAUDE M.
— Cher J.-C.M., Il recommence à respirer. Tubes et machines *out* demain, si progrès continuent. F.
— Ouf ! Je pense tant à lui et j'espère que demain te rassurera bien. J'allais t'écrire et te remercie de prendre ce soin. Je t'embrasse, J.-C.M.
— Extubé ! La troisième tentative a été la bonne. XXX, F.
— Immense joie. J.-C.M.

A.B.T.
— Donne-moi des nouvelles. XXX, F.
— Mieux. J'ai sans doute un petit Covid. Je pourrai sortir lundi. Comment va ton frère ? Il est sorti de réanimation ? Et toi, j'espère que tu vas bien, gros bisous et porte-toi bien.
— Il remonte la pente. F.
— Tu me diras, courage. A.B.T.

M. ET M.
— Extubé !!!! F.
— Oui !!!

ÉRIC J.
— Il progresse. Tendresse, F.

Lu dans l'*Eco di Bergamo* :

« Le système explosait avec, pendant cinquante jours, un enterrement toutes les trente minutes. »

« Je n'oublierai jamais le regard des malades du Covid, leurs yeux sortaient de la tête. C'était le regard de la peur. Comme si le virus était dans leurs yeux. »

« C'est dur de n'avoir personne à serrer dans ses bras. J'ai perdu un cousin que je n'ai pas pu soigner personnellement. Il est mort sans moi. Je ne me le pardonnerai jamais. »

« Balayons l'idée que seuls les vieux et les malades ont été victimes du virus. Un jeune de trente et un ans, mon âge, a été emporté. »

John Lewis, le militant pour les droits civiques qui vient de mourir : « Donc je vous le dis, marchez dans le vent, mes frères et sœurs, et que l'esprit de la paix et de l'amour, qui ne finit pas, soit votre guide. »

Bernardin de Saint-Pierre : « Grâce à mon ignorance, je me laisse aller à l'instinct de mon âme [...]. Elle me jette plus aisément dans l'infini que la science. » (Cité par Alain Corbin dans *Terra incognita. Une histoire de l'ignorance.*)

DANIÈLE T.
— Il progresse et commence à respirer, machine et tube *out* demain, si progrès persiste. F.
— Oh là là, merveilleux…
— Extubé ! F.
— Victoire. xxx, D.
— xxx, F.

MATHIEU G.
— Progrès mais toujours tube et machine, enlevés demain si mieux persiste. xxx, F.
— Extubé !!!! F.
— Ouf ! ! xx, M.

DORA
— Progrès précaire, mais quand même. F.
— Ouf, je suis vraiment contente. Il est en train de s'en sortir. xx, D.

ÉLISABETH Q.
— Il progresse. F.
— Il est fort comme un lion ! Toujours à Paris ? Je t'embrasse, Frédéric. Merci des nouvelles.
— Extubé ! F.
— Bravo Jean-Gabriel, et bravo les soignants !!!

J. ET M.
— Il progresse, tube et machine *out* demain, si progrès persiste. Pensées bien affectueuses. F.

Frère Hubert au chevet de frère Marcel, couvent de Crest : « Tu peux t'en aller tranquillement si c'est l'heure, Marcel, ou rester encore un peu avec nous si tu veux… »

À Thibar, dans un bled perdu de Tunisie, le couvent est devenu un lycée agricole. L'architecture est belle et rappelle qu'il y eut autrefois une communauté monastique importante. Dans le petit cimetière, les tombes des frères ont été préservées. De quoi sont-ils morts ?

Justin Parfait, le médecin zaïrois qui a fait ses études grâce aux pères blancs, a obtenu que le chef du camp lui remette les clés de l'entrepôt. On entre. Accumulation insensée de cartons remplis de médicaments envoyés par des œuvres de solidarité internationales. Certains cartons sont éventrés et des boîtes de médicaments en vrac jonchent le sol. Le chef du camp et les soldats se sont servis pour les revendre au marché noir. Il fait une chaleur infernale, les dates d'utilisation sont largement dépassées, ces médicaments ne serviront à rien, pire ils sont peut-être devenus nocifs. Justin Parfait, les bras ballants, soupire tristement devant tout ce gâchis. Il me dit qu'il faudra que j'en parle autour de moi lorsque je reviendrai en France. Je pense à Audrey Hepburn qui se tue la santé en pilotant des camions au Soudan pour l'Unicef. Dans le camp, la mortalité est effroyable.

STÉPHANE
— Extubé !!! F.
— *Hallelujah !* S.

ANNE F.
— Il progresse, précaire mais tout de même. F.
— Bonne nouvelle. Pensées affectueuses, A.

JEAN DE B. ET MURIEL
— Progrès. Il commence à respirer, tube et machine *out* demain, si progrès persiste. Je pense fort à vous, F.
— Bon, ça roule, Jean.

BRIGITTE
— Pour Jean-Gabriel, ça va aller, j'en suis sûre.
— Extubé !!! F.
— Je te l'avais dit. XXX, Brigitte.

OLIVIER O.
— Progrès précaires mais quand même. F.
— Extubé ! F.
— Soulagement ! Le plus périlleux est derrière lui ? Je t'embrasse, Olivier.

29 mars : mort de Krzysztof Penderecki, quatre-vingt-sept ans, le compositeur polonais dont se sont servis David Lynch, Stanley Kubrick, Martin Scorsese. Suite d'une longue maladie. Pas le virus.

André Larquié, le président d'honneur de l'Opéra, l'homme qui a ramené Noureev en France ; Michel Hidalgo, le footballeur qui faisait rimer beauté et efficacité ; Patrice de Vogüé, le châtelain à qui l'on doit la résurrection de Vaux-le-Vicomte. Trois hommes remarquables, mort très âgés de leur « belle mort » et pas du virus. On penserait stupidement qu'ils y ont échappé si on n'était pas si triste de les voir disparaître.

Jean-Pierre Le Goff : « Dans cette sorte d'intermonde, univers flottant entre le réel et l'imaginaire, peut-on encore faire la part des choses entre la réalité et le flot d'images, de commentaires qui s'étalent à l'infini ? »

Teddy Riner, le judoka colosse, prototype très réussi et sympathique du bon géant : « Vivre avec des remords, c'est ma crainte. Avoir peur de quitter par la petite porte, pas question, si ça ne marche pas, tant pis. Au moins, je serai allé au bout de moi-même. » Ce sont des phrases comme celles-là qui m'aident à me tenir debout.

CATHERINE C.
— Progrès précaire mais progrès. F.
— Il y arrive sans machine ?
— Extubé !
— Oh, mon Dieu ! Quelle merveilleuse nouvelle. Notre rêve est accompli ! Le plus dur est passé. Jean-Gabriel est notre héros. Hourra, c'est fabuleux. Je désespérais. xxx, C. J'en pleure de joie !

DOMINIQUE ET SOPHIE
— Progrès précaire, mais quand même ! Extubé ! xxx, F.

CORINNE R.
— Progrès précaire mais continus. Toujours tube et respirateur, mais peut-être seulement jusqu'à demain. xxx, F.
— Extubé ! Frédéric.
— Victoire !!! Je suis si heureuse. Peut-il s'exprimer ? Je vous embrasse, C.
— Pas encore.

FRANÇOISE D.
— Je repense à vous, cher Frédéric, en lisant ce matin le chemin de croix que sera pour Jean-Gabriel la sortie et la suite de la réanimation, douloureux « parcours du combattant » que vous ne pourrez pas accompagner. Comme l'on voudrait vous épargner à l'un et à l'autre cette suite de malheurs et comme l'on se sent impuissant… L'affection est, hélas, si peu consolatrice. Je vous embrasse de tout cœur.

La folie du 11 mai. Tout le monde attend cette date avec impatience. On ne parle plus que de cela à la télévision. Ce jour-là, le confinement devrait être levé. Illusion collective : il ne se passera certainement rien le 11 mai, en tout cas pas grand-chose. Comme après un tsunami, on commencera juste à ramasser des petits morceaux épars de la vie d'avant et rien de plus, cela ne fera pas une vie normale.

Avec la généralisation des masques, les sourds ne pourront plus lire sur les lèvres. Projet de masques transparents au niveau de la bouche. Plus chers.

La mode masculine aujourd'hui, ce sont les footballeurs : coiffure Tampon Jex, tatouages, piercings, abdos Toblerone. Moi, j'ai longtemps été plutôt « old England », après les années « Renoma ». Maintenant, c'est plutôt look clodo qui me convient. Je ne sais pas si ça me va, mais cela correspond à ce que je ressens actuellement.

— Il progresse, il commence à pouvoir respirer, mais il a encore besoin de la machine, c'est toujours très précaire. Médecins positifs, ils parlent d'arrêter la machine et le tube demain si ça continue à évoluer dans le bon sens. Votre affection et fidélité : soutien magnifique. F.
— J'en suis heureuse.
— Extubé ! F.
— Victoire essentielle. La force des trois frères coalisés…

BETTY
— Réveillé ! Il progresse mais c'est bien précaire. Des *news, please.* F.
— Ça va. Printemps en Aveyron…

SYLVIE F.
— On avance lentement mais on avance. F.
— C'est long, c'est angoissant, mais c'est le processus normal. XXX, S.

CHRISTINE O.
— Il progresse, peu à peu. Désorienté, faible, mais espoir. Mille pensées tendres, F.

Essor fulgurant du « sans contact », le concept d'avenir qui permet de respecter strictement la distanciation sociale en effectuant toutes les opérations de la vie courante à l'aide de son smartphone. Par exemple de se faire servir au restaurant, dans les hôtels et les grandes surfaces ; partout où l'on effectue une démarche ou une transaction, par des robots particulièrement efficaces. Ça vient de Corée et du Japon où des investissements énormes sont consacrés à cet heureux progrès de la salubrité publique. Les Chinois sont en train de s'y mettre avec enthousiasme. Un rêve pour l'empereur *ad aeternam* Xi Jinping : un milliards trois cents millions de Chinois « sans contact », intouchables, évaporés. L'idéal de tous les autocrates, se débarrasser du peuple pour pouvoir gouverner tranquille. Un clic et *hop*, des robots vivants remplacés par des robots mécaniques ! Bientôt, très bientôt en France où les paiements en ligne s'envolent déjà. Les vieux dans mon genre qui s'embrouillent dans les applications, payent en glissant leurs cartes dans la petite machine ou, pire, en espèces ou en chèque et qui voudraient parler avec la serveuse et à la dame à la caisse, n'ont plus qu'à se serrer tous ensemble dans les Ehpad où le virus, qui est resté obstinément vieux jeu et adore le contact humain, les attend de pieds ferme pour les passer à l'aspirateur définitif.

F.O.
— Cette petite vierge qui est dans ma chambre et à qui j'adresse toutes mes prières. Et cette photo retrouvée dans les archives de mon téléphone.
— Extubé ! F.
— XXX, F.O.

JEAN-PAUL E.
— Progrès précaire, mais quand même. XXX, F.
— Ah, parfait. Je te souhaite un joli jeudi, cher Fred. J.-P.E.
— Extubé !
— Jusqu'à quand à l'hôpital ?
— On ne sait pas.

ANTOINE P..
— Comment va ton frère ? Et toi ? Autour de toi ? Je t'embrasse, A.
— Il commence à respirer par lui-même. F.

FRANCIS
— Il progresse, il commence à respirer par lui-même mais c'est encore très précaire. F.
— XXX, F. (*Photo aquarelle fleurs.*)
— Extubé ! ! XXX, F.
— Comme un diplôme de résistant.

GEORGES-FRANÇOIS
— Progrès, il recommence à respirer. Tube et machine *out* demain si progrès persiste. F.

« Le progrès dans notre monde sera le progrès vers plus de souffrance, l'ancienne civilisation prétendait être fondée sur l'amour et la justice. La nôtre est fondée sur la haine. Dans notre monde, il n'y aura pas d'autres émotions que la crainte, le triomphe et l'humiliation. Nous détruirons tout le reste, tout. » (George Orwell, *1984.*)

« On ne sait jamais ce que le passé nous réserve. » (Françoise Sagan.)

« Qu'importe ma vie ? Je veux seulement qu'elle reste fidèle à l'enfant que je fus. » (Georges Bernanos, *Les Grands Cimetières sous la lune.*)

— On avance bien, demain sera encore mieux. À demain. Biz, G.
— Extubé !!!
— Hourra ! Biz, G.-F.

JEAN-PIERRE
— Mon Fredo. Quelles nouvelles ? Je t'embrasse fort. xxx.
— Il progresse tube et machine *out* si les progrès persistent. xxx, F.
— Extubé ! ! F.
— Génial ! xxx.

GARDEL
— Extubé !
— C'est fait. Merci… Maintenant, tous les jours, je l'appellerai ainsi, quelques minutes. *Bacio.*
— Il ne peut pas répondre.

SAÏD
— Des nouvelles ?
— Il progresse mais la machine et le tube continuent. Ils seront peut-être enlevés demain, si le progrès continue. F.
— Merci, fais attention à toi. T'embrasse fort, S.
— Extubé !

PIERRE ET J.M.
— Progrès fragiles, mais quand même. F.
— OK, parfait. On croise les doigts. Biz.
— Extubé aujourd'hui !
— Super.

Mamie l'a toujours appelé Jaby. Je suis le seul à l'appeler encore ainsi. Elle venait d'un temps et d'un milieu où l'on donnait souvent des petits noms à ses enfants. Pour les siens, ce furent Didi, Guizou et Pompon. Le petit garçon qu'elle a perdu, Charles, emporté à quatre ans par une méningite, je ne sais pas comment elle l'appelait. Elle n'était pas auprès de lui quand il est mort à Paris, chez Tante Mercedes, son exact contraire. Tyrannie de son mari, mon grand-père, officier en Forêt-Noire et qui refusa qu'elle le quitte pour aller au chevet de l'enfant malade. « Ce n'est rien, ce n'est rien, il est très bien soigné là où il est. » Une histoire des années vingt, les garnisons en Allemagne, le rond des dames après le dîner du colonel, le téléphone qui ne marche pas, l'horreur des télégrammes avec tous ces stop partout et sans appel. Elle n'en parlait jamais, elle changeait de conversation brusquement lorsque je m'approchais de la zone dangereuse. Il n'y avait pas de photo du petit Charles dans la maison, mais une seulement dans son missel, le livre le plus précieux qu'elle ne laissait jamais traîner. Je l'ai déjà dit, c'était une femme d'amour au cœur immense que je n'ai jamais vue pleurer. Elle avait souvent le cafard, redoutait les idées noires de la nuit, mais elle ne s'apitoyait pas sur elle-même, était avare de confidences et ne se plaignait pas non plus.

DORIS
— Il commence à respirer, progrès. Extubé ! F.
— xxx xxx xxx, D.

H.B.
— Nouvelles un peu meilleures. F.
— Comme il est fort, votre grand frère !

SERGE
— Progrès, tube *out* demain si progrès persiste.
— C'est donc dans la bonne direction. xxx, S.
— Extubé ! xxx, F.
— Top, ouf, le plus pénible est passé !

RIMA
— Extubé ! Merci de tout cœur de votre soutien. F.
— Ouf ! On respire tous. Rima.

ÈVE
— Il progresse, commence à respirer. Tube et machine *out* demain si progrès persiste. F.
— Extubé ! xxx, F.
— Merci, pour ces bonnes nouvelles. Mille câlins.

SELMA
— Progrès précaires, mais quand même.
— C'est un début de rétablissement, la lumière perceptible au bout du tunnel. C'est lent, long, mais ça va aller. Ménage-toi, mon Fredo. Merci de me rassurer. Affection, S.
— Mille pensées tendres. F.

Pour ce surnom de Jaby, j'ai une théorie qui vaut ce qu'elle vaut. C'est une abréviation commode, mais il y a bien plus. Jaby est né à Évian en septembre quarante, dans la seule maison qu'elle aimait, la villa L'Henriette, qui portait justement son prénom, son prénom à elle. Il est né après l'exode et cette odyssée d'épouvante qu'elle avait traversée comme Scarlett l'incendie d'Atlanta, interminablement, au volant de sa limousine aussi lourde qu'une locomotive et qui consommait voracement les bidons d'essence qu'elle parvenait à soutirer à des gendarmes débordés et à des militaires en fuite, avec Didi enceinte jusqu'aux dents, Guizou qui l'aidait à conduire et Pompon qui s'amusait à mettre en joue les premiers motocyclistes allemands.

Didi a passé plusieurs jours entre la vie et la mort après avoir mis Jaby au monde. Médecins introuvables, pas de médicaments, L'Henriette comme unique refuge dans le chaos universel de la France de l'armistice. En face, les lumières de Lausanne, la Suisse préservée, inquiète et repliée sur elle-même, ses frontières hermétiquement closes. Comment obtenir l'assistance d'un docteur et les médicaments nécessaires ? Seule dans l'orage, son gendre bloqué à Paris, son mari prisonnier en Allemagne. Elle avait à peine quarante ans, elle refusait que sa fille chérie meure, elle vivait cette naissance comme un don du ciel. Mais si tout tournait encore plus mal, si Didi succombait, elle se retrouverait avec le bébé. Oui, elle avait encore l'âge d'en avoir, personne ne pourrait l'empêcher de le garder et de l'élever. Le petit nom de Jaby, c'était aussi celui de Charles, l'enfant disparu que la guerre venait de lui rendre. Là encore, il y a des photos pour me raconter cette histoire.

LAURENT PG.
— Ton frère se remet?
— Progrès précaire, mais quand même. XXX, F.

FEREYDOUN
— Il progresse. Extubé! Préviens, la tendre amie. XXX, F.

ISABELLE DE L.
— Je viens aux nouvelles. Comment vas-tu? Et surtout comment va Jean-Gabriel? Mille baisers de loin, Isabelle.
— Il progresse et commence à respirer. Tube et machine *out* demain si progrès continue. Mille pensées tendres. J'ai eu Aymar, gai comme un pinson. F.
— Je suis si contente pour vous.
— J'espère que ça va continuer à aller dans le bon sens pour les L... F.
— Oui, de mieux en mieux. On a de la chance...
— Extubé, ce soir!
— Formidable!
— Il commence à respirer sans le tube.

J. ET M.
— Il progresse, tube et machine *out* demain si le progrès persiste. F.
— Merci, cher Frédéric, pour ces meilleures nouvelles. Nous sommes heureux pour toi, pour Jean-Gabriel, pour vous tous. Nous t'embrassons affectueusement, J. et M.
— Extubé, ce soir!
— Merci pour la bonne nouvelle. Nous t'embrassons très fort, J. et M.
— XXX, F.

À Évian, sur les marches de l'escalier abrupt et obscur qui mène au grenier, il y eut pendant longtemps des petites taches de sang. Celui de Jaby qui s'est blessé en tombant, à l'âge de trois ans. Une blessure à la lèvre dont il porte encore la cicatrice que personne ne remarque.

Mamie peu avant sa mort : « Mes enfants, il ne faudra surtout pas me regretter. » Allons, allons, petit péché d'orgueil, puisqu'elle savait bien que nous serions inconsolables.

HUBERT

— Extubé !

— C'est une victoire.

NAZANINE

— Extubé !

— Ouf ! Merci, cher Frédéric.

BECHIR ET DANIÈLE

— Extubé.

— Bonjour Frédéric. C'est une très bonne nouvelle. Appelez Bechir, il sera heureux de vous entendre. Affectueuses pensées, Danièle.

— Je l'appelle, bien sûr. Mais surtout qu'il ne me dise pas qu'il a fait son temps. Pensées bien affectueuses, F.

— Vous nous manquez ! B. et D.

ÉRIC DE R.

— Progrès précaire mais quand même. Tube *out* demain si progrès persiste. XXX, F.

— Espérons. Il faudra bien veiller sur lui après car il sera très affaibli. *Tibi.* Éric.

— Extubé ce soir ! Il revient de très loin. Mille pensées tendres et fidèles pour vous tous et de tout cœur. F.

ROSELYNE

— Il progresse. Mille pensées tendres, Youki.

— Je suis heureuse ! Un rayon de soleil.

— Extubé !

— Hourra !

Intensité particulière de son amour pour notre mère. Il fut le premier des trois fils, il l'est resté jusqu'à la naissance d'Olivier en 1943, la mienne en 1947. Les circonstances dramatiques de sa naissance, les années de guerre à Paris où elle le promenait au Champ-de-Mars avec les soldats allemands qui voulaient le prendre en photo et montraient celles de leurs petits *Kinder* à la maman. « *Zehr schön* », les boucles blondes, la si jeune et si jolie Française, un peu gênée mais qui ne pouvait s'empêcher de sourire quand même. Elle mettait un point d'honneur à refuser les places assises qu'ils lui proposaient dans le métro mais là, au Champ-de-Mars, avec son petit homme dont elle était si fière, ce n'était pas pareil.

Les bombardements durant la guerre dont il avait si peur. « Boum, boum, Maman. Je veux dormir dans ton lit. »

M. ET M.
— Il progresse, il commence à respirer, tube et machine *out* demain si possible. F.
— Tous les jours un peu plus d'espoir, la journée me semble plus belle. XXX, M.
— Extubé, ce soir !
— Oh ! Nous sommes en larmes. Dieu merci. XXX, M.

LIRIA
— Pensées du matin près de toi.
— On décide demain pour le tube, peut-être ce soir. Il sait que l'on pense très fort à lui.

JANINE
— J'aimerais être près de vous pour vous donner toute ma force. Baisers, Janine.
— Extubé !
— C'est génial. Ondes positives de Jean-Bernard et moi, Janine.

ADRIEN G.
— Extubé ce soir !
— Magnifique ! XXX.

*Vendredi 3 avril*

Henri Tincq, soixante-quatorze ans, le grand spécialiste de l'Église et du catholicisme dans le monde, toujours intéressant, même pour un mécréant dans mon genre. Pape Diouf, soixante-huit ans, l'ancien président de l'OM qui stupéfiait ses interlocuteurs par l'étendue de sa culture littéraire. Francis Rapp, quatre-vingt-treize ans, membre de l'Institut, médiéviste, émule de Marc Bloch, Alsacien que son attachement à l'histoire allemande n'a pas empêché de résister aux nazis. Tués par le virus.

Le capitaine Brett Crozier, qui commande un porte-avions US, a décidé de faire débarquer tout l'équipage. Le navire était devenu un *cluster* où les contaminations faisaient rage : « Nous ne sommes pas en guerre, aucun marin n'est censé mourir. » Super Donald le bombarde de sarcasmes vengeurs. Joe Biden l'approuve, la Navy voudrait le sanctionner mais peine devant l'opinion publique qui lui donne bien raison. Sur le *Charles-de-Gaulle*, près de mille contaminés. On les débarque sans faire d'histoires.

Drame des partenaires, des fiancés, des mariés de nationalités différentes et qui ne peuvent se rejoindre. Les consignes de bienveillance pour les consulats ne sont pas respectées. L'administration freine, preuve à fournir, questions indiscrètes, suspicion systématique, galère des visas au compte-gouttes.

MARTINE DE C.T.
— Cher Frédéric, Françoise D. vient de me dire que Jean-Gabriel été attrapé par cette saloperie de virus… Antoine et moi pensons bien à lui, à toi… Embrasse-le pour nous, quand ce sera possible. Tendrement à toi, Martine C.T.
— Merci pour ton gentil SMS. Jean-Gabriel sort de quinze jours de réanimation (tube, machines, coma) et de trois jours d'un réveil en détresse physique et morale. Depuis hier, il respire normalement et on a pu retirer tout l'appareil respiratoire. Son moral est revenu. Il va remonter la pente. Protégez-vous bien. Je pense à vous très tendrement. XXX, Frédéric.
— Il revient d'un voyage inconnu… mais il revient ! Pense bien à vous, ouf… quelle sale histoire, comme disait Eustache. Des tendres baisers à vous trois, lui, O.M. et toi. Martine.

LADAN
— Cher Frédéric, je suis heureuse de savoir que votre frère se porte mieux. Baisers de loin et fidélité, Ladan.
— Merci pour votre message. Il revient de loin et remonte la pente. XXX, F.

MARC L. DE L.
— Mon cher cousin, je pense beaucoup à toi et j'espère que tu vas bien et fais très attention à toi. Le monde de la culture et les œuvres dont tu t'occupes vont avoir bien besoin de tes compétences quand on sortira du cauchemar. Je suis à la campagne à peu près délivré d'une angoisse infernale pour mon frère qui sort de quinze jours de réanimation. Tu imagines sa souffrance, notre peur. Sentiments bien affectueux et fidèles, Frédéric.

En France, les enfants de pauvres pouvaient au moins se nourrir à la cantine de leur école. Maintenant, ils mangent moins ou presque plus. Idem pour des milliers d'étudiants qui n'ont plus accès aux restaurants universitaires.

Mauvaises ondes en provenance des supermarchés Leclerc, pourtant en plein boom : cadence infernale, harassement des employés, flicage généralisé.

À l'Ehpad des Platanes à Saint-Tropez, tous les employés sont restés avec les résidents, ils ont improvisé des dortoirs pour demeurer ensemble : « On a l'impression d'être en famille. Le matin, on se retrouve au petit déjeuner en pyjama, les cheveux en pétard, et c'est très bien comme ça. » Les maris, les enfants restés à l'extérieur se sont fait une raison.

— Mon cher cousin, mon Frédéric. C'est incroyable cette histoire, alors qu'il était en pleine forme la dernière fois. Le principal est qu'il s'en sorte. Je te remercie beaucoup pour ton message qui me touche beaucoup. Tout va bien pour la famille pour l'instant. Heureux que tu sois en dehors de Paris. Prends bien soin de toi, tu es mon cher cousin. Je tiens à toi. Hâte que nous puissions nous voir, Marc.
— xxx, F.

LADAN
— Je lui souhaite un très bon rétablissement et beaucoup de courage aussi bien qu'à sa famille et ses bien-aimés. Prenez soin de vous et soyez vigilants. J'attends impatiemment et vivement les retrouvailles entre amis le plus tôt possible. Je vous embrasse fort de loin, Ladan.
— xxx, F.

RÉGINE
— Chère Régine, merci pour notre conversation qui m'a fait beaucoup de bien. Après des jours de coma, et le réveil dangereux, mon frère revient à la vie. C'est a priori la fin d'un cauchemar épouvantable. Il va remonter la pente. Protégez-vous bien, le virus est vraiment diabolique. Je pense bien fort à vous. F.M.
— Faites aussi très attention à vous. Régine.

*Lettre de Madame Sévigné à sa fille* : « Surtout, ma chère enfant, ne venez point à Paris ! Plus personne ne sort de peur de voir ce fléau s'abattre sur nous. Il se propage comme un feu de bois sec. Le Roi et Mazarin nous confinent tous dans nos appartements… Nous nous ennuyons un peu et je ne peux vous narrer les dernières intrigues à la cour, ni les dernières tenues à la mode. Heureusement, je vois discrètement ma chère amie, Marie Madeleine de La Fayette, nous nous régalons avec les fables de Monsieur de La Fontaine, dont celle, très à propos, des *Animaux malades de la peste* ! "Ils ne mouraient pas tous mais tous étaient frappés." »

Pastiche anonyme et historiquement faux, mais très habile, d'une lettre de Mme de Sévigné, repris en boucle sur les réseaux sociaux.

Un scoop à la télévision : le neveu de François Mitterrand partage la chambre d'un SDF ! Suivent des images de mon frère en train de réapprendre à faire quelques pas à côté d'un autre patient en très petite forme. Vulgarité de l'annonce, trafic de sentiments, captation indiscrète et sauvage, mais enfin c'est bien lui et tant mieux. Quant au type démoli à côté de lui, on a le cœur serré en le voyant ainsi manipulé par le cynisme des journalistes.

LAURENCE
— Bien cher Frédéric, juste pour vous dire que je pense beaucoup à vous pendant ce confinement, comme souvent d'ailleurs. J'espère que nous pourrons nous voir plus au temps d'après, mais je vous sais si pris ! Je vous espère bien et bien confiné, faisant des choses que vous aimez. Je vous embrasse, Laurence.
— Merci, chère Laurence. Mon frère sort de quinze jours de réanimation. Je suis à l'abri. Prenez soin de vous. De tout cœur. F.
— Je ne savais pas, c'est terrible. De tout cœur avec vous, Laurence.

ÉRIC J.
— Bonjour Frédéric, Xavier m'a dit que Jean-Gabriel récupérait bien. Quel soulagement ! Je suis heureux que cette longue angoisse soit à présent pour vous un mauvais souvenir. Je vous embrasse, Éric.
— xxx, F.

CATHERINE C.
— Des nouvelles aujourd'hui ?
— Il a réussi à s'asseoir dans un fauteuil. Il va être transféré demain dans un service normal pour huit jours au moins. Il remonte la pente en revenant de très loin. F.
— Fantastique, incroyable, si vite dans un fauteuil. La remontée sera fastidieuse et éprouvante, mais ce sont des bonnes nouvelles. xxx, C.

Korian : « Leader européen des maisons de retraite médicalisées, plus de trois cents établissements en France, présence constante auprès des séniors, animations et convivialité, jolies photos, témoignages ultra-positifs, tout le monde est content. » Rayon business : 3,61 milliards d'euros de chiffre d'affaires, 136 millions d'euros de bénéfice, salaire astronomique des dirigeants que je n'ose pas noter tellement ça a l'air d'une mauvaise farce. Consigne aux vingt mille employés : « On ne parle pas à la presse. » Sage précaution.

FRANÇOISE D.
— Chère Françoise, grande tristesse en apprenant la mort d'André Larquié. C'était un homme remarquable. Je sais que Tony et vous l'aimiez beaucoup. Je pense fort à vous. Jean-Gabriel remonte lentement mais sûrement la pente. XXX, F.
— Merci, Frédéric, de ce message. André et Tony étaient amis depuis Sciences-Po et l'UNEF et nous le considérions comme un membre de la famille. Il aura plus tard la belle cérémonie dont il avait déjà choisi la musique et un hommage de tous ceux qu'il aimait. Il aurait été très sensible aux mots de l'ancien ministre de la Culture. Nous vous embrassons, F. et T.

BETTY
— Jean-Gabriel sauvé ! Il recommence à respirer. Faible. Mais il revient de loin. F.
— Ah, formidable.

GEORGES-FRANÇOIS
— Des nouvelles aujourd'hui ? G.
— Il respire sans machine, il remonte la pente. Il quittera la réanimation sans doute demain et sera placé dans un service normal pour huit jours. Le cauchemar infernal s'éloigne. Prends soin de toi, F.
— Je suis tellement heureux de cette nouvelle. La vie reprend. Je t'embrasse, G.-F.
— XXX, F.

Le virus est comme tout le monde. Il va se refaire une santé l'été prochain en profitant des terrasses, des plages, des apéros festifs et des mariages. Il reviendra tout ragaillardi de ses bonnes vacances pour lancer la deuxième vague.

SAÏD

— Comment va-t-il aujourd'hui ? T'embrasse.

— Il remonte peu à peu la pente. Envoie un SMS à OM pour le féliciter de nous avoir tenus informés si bien. Courage, je pense beaucoup à toi et à ta fiancée. F.

MARIE-FRANCE

— Cher Frédéric, je respire comme Olivier et toi et ses enfants de savoir que Jean-Gab est sorti du tunnel après cette terrible épreuve. Je suivais ça de jour en jour mais j'étais en contact avec Olivier et Xavier, je n'avais pu te dire combien j'étais en pensées avec toi. Alléluia. Je t'embrasse tendrement, Marie-France.

— Chère Marie-France, nous avions réparti les appels mais je savais que tu étais près de nous comme toujours. Ce furent des jours et des nuits d'angoisse infernale, rien certes à côté de ce qu'il a enduré. Il remonte la pente désormais en revenant de très très loin. Mille pensées tendres et fidèles.

J. ET M.

— Je lis qu'André Larquié est mort. Grande tristesse, c'était un homme remarquable, un grand acteur de notre culture et il vous était profondément attaché, à M. et à toi. Pensées bien affectueuses, Frédéric.

— Tu dis juste. André était un type étonnant. Il a été pour nous un conseiller d'exception. C'est lui par exemple qui a persuadé Noureev de prendre la tête du ballet de l'Opéra. Plus tard, il assura avec talent la présidence de l'Opéra puis de RFI. C'était un homme délicieux qui a apporté beaucoup à l'art et à la culture. C'était un ami incomparable. Comment va Jean-Gabriel, ce matin ? Je t'embrasse, J.

Le virus ne nous en veut pas.

Il n'a pas de projet, ni de stratégie.

Mais il a peut-être de bonnes lectures avec Darwin, qui pensait que chaque espèce tend à s'étendre en abondance le plus possible, dans le temps et dans l'espace, ou avec la Bible : « Soyez féconds, croissez et multipliez, remplissez la terre et assujettissez-la. »

— Jean-Gabriel remonte lentement la pente. Nous lui avons fait savoir que vous avez appelé tous les jours. Il vous en est infiniment reconnaissant. XXX, F.

CARLOS
— Extubé ! Il va vivre ! Je t'embrasse, je pense toujours à Anne Hoang et à tous ceux, toutes celles, qui sont morts trop jeunes et dont je garde le souvenir, comme Truffaut dans *La Chambre verte.* XXX, F.
— Je m'inquiétais, mais n'osais pas prendre de nouvelles. Je te remercie pour ton message. C'est vrai qu'on pense à nos morts, sœurs, frères, amis. Prends bien soin de toi. Carlos.

CYRILLE B.
— Mon frère sort de quinze jours de réanimation. Il revient de très très loin.
— Horreur, je suis navré pour toi. Cyrille.
— J'étais avec lui quand il a été contaminé. Ce virus est diabolique. Faites bien attention. Je suis en Normandie.
— Je suis prudent, seul à la maison. Vie ardente mais envahie par le silence et l'attente. C'est assez angoissant.
— XXX, F.

Mark Bradford, peintre afro-américain : « Je suis un artiste terrifié, quand j'ai recommencé, la seule option dont je disposais pour ne plus l'être était de me remettre à travailler beaucoup, très vite et sans plus m'arrêter. »

Ariane Mnouchkine, l'aristo communiste magnifique et géniale, horrifiée par la manière dont on nous infantilise. Comment parvient-elle à gérer la situation avec toute sa tribu ? Je suis sûr qu'elle a les mots, les gestes, l'élan qui permettent à chacun de tenir.

M.Y.

— Il progresse et commence à respirer. Tube et machine *out.* Le progrès persiste. Mille pensées affectueuses, Frédéric.

— Ce serait formidable, une grande victoire pour lui et pour vous tous. Une grande joie pour nous. Affectueusement, M.Y.

— Il semble qu'il puisse parler, quoique d'une voix très faible.

— Tout se passe bien. La victoire ! M.Y.

LIRIA

— Je pense tellement à ce qu'il endure.

— Extubé, hier !

— Une meilleure nuit !

JANINE

— Il respire normalement, dans un fauteuil. Il sait que tous ses amis pensent fort à lui. F.

— Quelle force en lui ! Celle de ses deux frères aussi ! Je relis des livres de toi... Mélancolies positives... Baisers, Janine.

*Samedi 4 avril*

L'attestation de déplacement, avec les cases qu'il faut cocher pour répondre aux contrôles de la police et éviter une forte amende, peut être désormais relayée sur le téléphone portable par une application spécifique. C'est tout simple, à condition de savoir s'en servir. Je reste fidèle à la fiche qu'on peut découper dans les journaux, moins chère dans la presse régionale que dans la presse nationale.

Autosatisfaction de la cheffe sur les mesures sanitaires prises à France Télévisions. Participe de la tendance générale à nous considérer comme des petits enfants irresponsables qu'il faut strictement prendre en main pour leur plus grand bien. Silence dans les rangs, maman s'occupe de tout.

Joshua Mitchell : « Ce qui est remarquable, c'est la rapidité avec laquelle nous avons volontairement abandonné toutes nos libertés afin d'empêcher la mort d'entrer dans nos maisons. »

Comment Wolinski, cet homme merveilleux, aurait-il dessiné toute cette catastrophe ? Il me manque tout le temps.

SAM

— Cher Sam, si vous souhaitez que je vous parle de la Villa Médicis, ce sera avec plaisir quand tout ce cauchemar sera fini. En tout cas, une grande joie en apprenant que ce sera vous qui la dirigerez. Amitiés, Frédéric Mitterrand.

— Cher Frédéric. Merci de votre message. Je suis très heureux de cette nomination même si, pour le moment, je suis totalement absorbé par Arles. Malgré la situation, je tente un essai coûte que coûte de réadapter le Festival pour pouvoir maintenir une édition. J'aurai grand plaisir à vous voir et que vous me parliez de la Villa. On se voit dès que la vie reprendra. Amitiés, Sam.

— Prenez soin de vous. Amitiés, F.M.

HOSNI

— Leïla est décédée aujourd'hui. Avec Azzedine Alaïa et Jean Daniel. C'est la fin d'une époque, quelle tristesse, fin aussi d'une amitié qui m'était précieuse, mais qui s'était perdue. Ceux qui restent doivent se souvenir. Bien fidèlement à toi, F.

— Trop de chagrin. Protège-toi bien. XXX, Hosni.

ÉTIENNE C.

— Une pensée amicale pour vous en ces temps particuliers. Prenez soin de vous, Étienne.

— Merci beaucoup, vous aussi. F.M.

AMYN

— Des nouvelles de Jean-Gabriel, cher Frédéric ?

— Il progresse peu à peu. F.

— À la bonne heure, nous sommes si contents ! Amyn.

Il n'y aura pas de muguet pour le 1er Mai, ou presque pas. Les serres de Nantes où on le cultive sont quasiment fermées. Quant au muguet sauvage, il n'y a personne pour le ramasser, confinement oblige.

Où confiner les SDF? Dans les foyers de l'Armée du Salut et les centres d'urgence où les précautions sanitaires suscitent des conflits permanents, entre eux et avec les employés et les bénévoles, ou sous les bretelles d'autoroute où ils se castagnent avec les migrants?

Si on entend mieux les oiseaux dans les villes confinées, ce n'est pas parce qu'elles sont devenues silencieuses, mais parce qu'ils chantent plus et plus longtemps. Le virus, quelle aubaine pour vocaliser tranquille… Vinciane Despret annonce tout cela très bien dans son livre *Habiter en oiseau.*

Jonas Kaufmann chante «Corona», adaptation d'un ancien tube italien. La version de Dalida en 1959 était bien meilleure.

MARC L. DE L.

— Que signifie ces « XXX XXX » ? M.

— Les x sont des petits symboles d'affection, des trucs de gosses… F.

— Six pour moi, c'est merveilleux. Ton frère est-il complètement sorti de son cauchemar ? Là où je suis, c'est très bien, mais je me sens un peu coupé de tout. Prends bien soin de toi, mon cher cousin. Je t'embrasse, Marc.

JACQUES G.

— Cher Frédéric, comment va Jean-Gabriel ce samedi ? *Love*, Jacques.

— Il a pu s'asseoir sur un fauteuil, il remonte peu à peu la pente. Il sera dans un service de médecine normale pour une huitaine de jours à partir de ce matin. xxx, F.

— Bonne nouvelle, merci. Jacques.

— Ton attention nous touche tous beaucoup. Peut-être pourrons-nous lui parler bientôt. xxx, F.

— Je te le souhaite. Tu me diras quand nous pourrons lui parler. Jacques.

— Bien sûr. xxx, F.

DANIÈLE T.

— Comment va-t-il ?

— Il remonte peu à peu la pente. Pensées bien affectueuses, Frédéric.

DORA

— Fredo, Lili est partie pour un monde meilleur. Paix à son âme. D'après Neila Bourguiba, elle est décédée du virus. Aïcha va vérifier. Oui, elle est partie tout à l'heure. Saleté de Covid. xx, D.

— xxx, F. J'appelle Aïcha. Tristesse.

Sur la mort de Leïla Menchari, emportée par le virus à quatre-vingt-douze ans. Je l'aimais. Infinité de bons souvenirs dans son extraordinaire maison d'Hammamet, où j'ai passé des heures délicieuses. Les repas somptueux, le bassin d'eau douce et fraîche où il était si agréable de se baigner, les objets, les dessins, le livre d'or, les récits sur la Tunisie d'autrefois et de la *café society* qui venait chez elle, l'ombre bienfaisante du patio, les rites de l'été… Tout est fini. Je la voyais moins depuis quelque temps, le grand âge avait durci son caractère. J'ai toujours pensé qu'elle avait inspiré le personnage d'Elizabeth Taylor dans *Soudain l'été dernier*, je garde tous les indices qui me le confirment. Quand je le lui disais, elle riait sans me répondre.

Mamie, très âgée, toujours impeccable : « Mon chéri, quand on a cessé de plaire, il ne faut pas déplaire. »

« Tout est éphémère, et l'être qui se souvient des choses, et la chose dont il se souvient. » (Marc Aurèle.)

FRANÇOIS S.
— Bonjour Frédéric. Quelles sont les nouvelles de Jean-Gabriel ? Avec tous mes remerciements, François.
— Il respire normalement, sans appareil. Il sera transféré dans un autre service demain. Après quinze jours de réanimation et de cauchemar… Merci pour vos messages. Bien à vous, Frédéric.
— Superbe ! Merci, Frédéric.

BRIGITTE
— Ouf ! Pensées tendres et fidèles. XXX, F.

MICHEL DE F.
— Cher Frédéric, nous voulions juste vous dire que nous pensions beaucoup à vous et du fond du cœur dans l'épreuve que vous traversez et combien nous étions heureux d'apprendre de meilleures nouvelles de la santé de votre frère. C'est merveilleux dans ces moments difficiles de pouvoir enfin se réjouir pour lui et pour vous ! Amicalement et chaleureusement, votre Michel de F.
— Cher Michel, merci pour votre si gentil message. Jean-Gabriel remonte la pente après tous ces jours où nous avons eu peur à chaque instant d'une issue fatale. Honneur au dévouement magnifique des soignants qui prenaient aussi le temps d'informer mon frère Olivier. Les mots d'amitié tels que le vôtre ont été d'un grand réconfort pour toute notre famille. Recevez, votre épouse et vous-même, l'expression de notre gratitude et de mes bien fidèles amitiés, Frédéric.
— XXX, M.

« Beaucoup cependant espéraient toujours que l'épidémie allait s'arrêter et qu'ils seraient épargnés avec leur famille. En conséquence, ils ne se sentaient obligés à rien. » (Albert Camus, *La Peste.*)

« C'est le quart d'heure américain ! On danse avec qui on veut ! » Les trois filles rigolent, elles sont jolies, elles m'ont fait boire. Leur frère, un beau gosse déluré avec qui j'ai beaucoup sympathisé, m'invite. C'est le Papagayo à Saint-Tropez, on s'y amuse, tout le monde est très gai, United Colors of Benetton. Rock, cha-cha, slow. Le garçon danse bien, il folâtre, corps souple et sourire enjôleur. Il s'éloigne un instant, les trois filles ne sont plus là et il ne revient pas. J'attends un peu, tant pis, il est tard, il est temps de rentrer. Je regarde l'heure mais il n'y a pas d'heure car il n'y a plus de montre, je veux payer mais il n'y a pas d'argent car il n'y a plus de portefeuille. « Encore un coup des Gitans, c'est la fin de la saison, on laisse entrer n'importe qui », me glisse le serveur goguenard. Ça ne m'arriverait plus aujourd'hui, c'était il y a quelques années, avant le virus, quand les boîtes étaient encore ouvertes. Au fond, la seule chose que je regrette un peu, c'est la montre, une Breguet que je m'étais offerte avec mes économies.

BETTY
— Et aujourd'hui ?
— Il remonte peu à peu. J'en saurai plus demain. XXX, F.
— Courage, baisers.

FRANCIS
— *News* ? XXX, F.
— Il progresse peu à peu, il a pu s'asseoir sur un fauteuil, il sera placé dans un service de réadaptation demain pour huit jours. XXX, F.
— (*Image Tintin et Milou heureux.*) Il est sauvé, c'est l'essentiel. F. (*Image capitaine Haddock et champagne.*)

GEORGES-FRANÇOIS
— Des nouvelles aujourd'hui ? G.
— Dans un autre service demain, récupération, tendresses. XXX, F.
— Je pense que maintenant le ciel va rester bleu. Je t'embrasse, G.

SAÏD
— Comment va-t-il aujourd'hui ?
— Il remonte la pente. Je n'en sais pas plus. XXX.
— Bonjour Frédéric, j'espère que vous allez bien. On pense à vous tout le temps. Très contente des nouvelles de Jean-Gabriel. Il sera bientôt de nouveau parmi nous. *Inch'Allah.* À très vite, Safa.
— Merci pour ce gentil message. Gardez le moral et prenez soin de vous. F.
— Tu sais pour Leïla Menchari ? T'embrasse fort.

« La philosophie consiste à veiller sur le Dieu intérieur. » (Marc Aurèle.)

*L'Ange exterminateur*, merveilleux film de Luis Buñuel, tourné en 1962. Une soirée très chic, dans un superbe hôtel particulier de Mexico, réunit la fine fleur de la grande bourgeoisie locale. Belles femmes en toilettes élégantes, très années soixante, messieurs distingués, domestiques tirés à quatre épingles, table dressée avec couverts en argent, chère délicieuse et raffinée, conversations mondaines dans une langue espagnole délicate. Mais un étrange sortilège interdit à tout ce beau monde de ressortir du palais à la fin des agapes. La nuit n'en finit pas, le vernis des bonnes manières craque, les coiffures se défont, les maquillages coulent, les convives sont en proie à des hallucinations et se querellent. On ne se supporte plus et tout le monde devient fou. À la fin, ça s'arrange quand même, les invités de l'ange exterminateur sortent enfin, aussi miraculeusement délivrés qu'ils ont été enfermés. Mais ça s'arrange à la sauce Buñuel. Les naufragés décident de remercier la Providence en se retrouvant tous pour un *Te Deum* d'actions de grâces à la cathédrale. On comprend que, cette fois, ils n'en ressortiront plus. L'Aragonais génial et sa sombre prédiction des ravages du confinement et de la panique devant un mal invisible.

ÈVE

— Des nouvelles ?

— Il remonte peu à peu la pente. Je te dirai quand j'en saurai plus. XXX, F.

B. CZ

— Cher Frédéric, j'espère que tout va bien pour vous. Où êtes-vous ? Appelons-nous pour parler. En amitié, B. CZ

— Cher B., quinze jours de cauchemar avec mon frère Jean-Gabriel en réanimation. Coma, tube, machine. Ils ont réussi à l'en sortir et il a recommencé à respirer sans appareil. Il sera demain dans un service de récupération pour huit à dix jours. Ce fut un temps d'inquiétudes infernale pour nous et de grande détresse pour lui. Je suis à la campagne. Je pense fort à vous. Je vous appelle ce soir, Frédéric.

ARLETTE

— On est tous ensemble ici, très très contents. Presque la victoire déjà ! J'en pleure de soulagement.

— Il remonte la pente.

— Ouf, notre Jean-Gabriel chéri.

CYRILLE B.

— Leïla Menchari, le virus, tristesse. F.

— J'ai retrouvé des photos avec elle hier. Elle était à Paris ?

— Oui, la maison, le jardin : perdus !

Les Mitterrand sont très intelligents et ne s'embrassent jamais ! Nous, les Cahier, nous sommes très bêtes et nous nous embrassons tout le temps ! Mamie adorait François avec qui elle est restée très liée tout au long de sa vie, mais elle avait parfois de ces sortes de cris du cœur qui étaient, somme toute aussi, des preuves de grande intelligence. Elle pensait également que nous, les trois frères, nous étions exactement au carrefour des deux familles. Mais lui surtout, plus qu'Olivier et moi.

M.Y.
— Avez-vous des nouvelles ? Je vous embrasse, M.Y.
— Il a pu s'asseoir dans un fauteuil. Il a surmonté sa détresse. Il respire normalement. Il sera transféré demain pour dix jours, dans un service de réanimation. Il sait que sa famille et ses amis n'ont cessé de se préoccuper de lui. Je pense bien affectueusement à vous, Frédéric.
— Mes meilleures pensées. Mes vœux de prompt rétablissement et ma joie vont vers Jean-Gabriel. À très vite, se retrouver tous. Je vous embrasse, cher Frédéric. Vos nuits seront plus sereines. M.Y.

LIRIA
— Il s'est assis dans un fauteuil.
— Top.

## DIALOGUE DU RÉVEIL
*(sur trois jours)*
Xavier et Jean-Gabriel

— Bonjour, c'est Xavier !
— Oh, Xavier... Xavier, il faut m'aider.
— Dis-moi de quoi tu as besoin.
— J'ai besoin d'un téléphone que je puisse utiliser. Celui-là, je sais pas comment ça marche. C'est un miracle que j'aie pu répondre.
— Ah bon, tu voudrais quoi ? Un téléphone plus simple ? Plus... plus quoi ?
— Un téléphone que je puisse brancher la nuit, et que je puisse téléphoner dans toute l'Europe, n'importe quand. Demande ça tout de suite à la galerie. À la galerie, ils vont en acheter un et vous le déposez d'urgence dans ma chambre 314.
— Oui, non mais... ça, on va te le trouver. Mais sinon, tu peux demander à l'infirmière, éventuellement, de t'aider si tu en as besoin.
— Non, non, personne ne trouve rien. Mon téléphone à moi. (*Respiration difficile.*) Pardon. Mon téléphone à moi est déconnecté, donc, j'ai plus de téléphone. Celui-là, il est très compliqué, il me faut un truc spécial, il me faut vraiment un téléphone idiot, que je puisse appeler n'importe qui, quand j'en ai besoin avec la liste, avec une liste. La galerie est ouverte, tu crois ?
— Oui, non, mais les téléphones... La liste, ne t'inquiète pas : je te trouverai les numéros de téléphone. Ça, c'est pas le problème. Autrement, comment tu te sens ?
— Je me sens totalement abandonné, je suis coupé de tout.
— Mais oui, mon grand, tu sais qu'on n'a pas le droit d'aller te voir. En fait, on pense tous à toi, toute la journée, mais on n'a pas le droit d'aller te voir.
— Un téléphone, première chose que j'ai demandée, première chose. Toi, tu m'en as donné un, mais il est

très compliqué. Édouard, je lui avais dit : « Envoie-moi tout de suite un petit téléphone. » Je n'ai rien reçu.
— Bah oui, de toute façon, tu sais, il n'y a pas de courrier en ce moment, tout est bloqué. Je vais regarder si je trouve un téléphone plus simple et j'irai te le déposer, comme je l'ai fait la dernière fois, quand je suis allé le donner aux infirmières. Moi, je n'ai pas le droit de venir te voir, mais j'attendrai en bas qu'une infirmière vienne.
— Elle se souvient très bien de toi. Chambre 314.
— Oui, mais ça, ne t'inquiète pas, on trouvera. Bon, et tu te sens un peu mieux, quand même ? Est-ce que tu récupères un peu de forces ?
— Oui, mais j'ai rien compris. C'est quel jour… quel jour c'est arrivé ?
— Oh, c'est arrivé… En fait, tu es resté trois semaines dans le sommeil, hein, c'est long. Tu es resté très longtemps dans le sommeil, en fait. Donc…
— Ah oui, c'est ça, trois semaines !
— Bah oui, mon grand ! C'est pour ça, c'est normal que tu sois un peu déphasé. Moi, je trouve que tu as une bonne voix. Tu as l'air très bien et c'est tout à fait normal. C'est une question de temps.
— Non, mais d'accord. Ce qui est horrible, c'est d'avoir l'impression d'être abandonné, de pas pouvoir te parler…
— Je sais, mais vraiment, tu n'es pas abandonné. Nous, on s'appelle entre nous tous les jours, avec Édouard, Alice, Laura, Olivier, Frédéric…
— Pour moi, c'est agréable de pouvoir te parler. Je n'ai pas parlé à Gardel, j'ai parlé avec personne. Donc…
— Gardel, je lui ai parlé hier. Il va bien, il s'est organisé pour son confinement dans l'appartement. Il va bien, j'ai trouvé, voilà. Je vais lui dire que je t'ai parlé, il écrira…
— Il sait que je ne suis pas mort ?
— Mais oui, bien sûr, il sait !

— Il doit pleurer toute la journée ?
— Non, je trouve qu'il va mieux. Les premiers jours, ça a dû être dur, mais là, j'ai trouvé qu'hier, maintenant, il est tout à fait rassuré.
— Tu peux lui dire que, il y a un certain jour où on m'a emmené, il y a un jour, on m'a emmené parce que j'ai vu Samir juste avant.
— Oui ?
— Samir, avec une personne, je ne sais plus qui... Et après, je me souviens de rien.
— Alors, en fait, on t'a emmené le mardi. On t'a emmené à l'hôpital le mardi soir. C'est Thierry qui est venu te voir à l'appartement et qui ne t'a pas trouvé bien. Si tu te souviens, nous, moi, je t'ai emmené à la Pitié le mardi matin, mais ils n'ont pas voulu te garder aux urgences. Je ne sais pas si tu te souviens de ça, tu étais déjà très affaibli. Et après, Thierry est venu te voir dans l'après-midi ; et là il a appelé le cousin Pieri et ils ont décidé de te faire emmener à Lariboisière où tu es. Et on a échangé quelques SMS, ce soir-là. Tu as échangé avec Alice aussi : tu ne pouvais pas parler parce que tu étais trop fatigué, mais tu nous as envoyé des petits messages. Et le lendemain, ton état global s'est détérioré, donc, ils ont décidé de t'endormir complètement pour pouvoir te mettre le respirateur. Tu te souviens que tu avais le respirateur, ou pas ?
— Là, je l'ai plus. Là, j'ai plus rien.
— Oui, c'est bien, ils te l'ont enlevé. C'est ça, le succès. C'est dingue, on était tellement contents quand on a su que tu étais réveillé et qu'ils t'avaient enlevé le respirateur, c'est ça qui était important.
— Ça, c'est une chance. Je te remercie parce qu'Olivier était génial. (*Tousse.*) Le bien est l'ennemi du mal. Si on ne trouve pas l'endroit idéal, il faut trouver un endroit. Je ne peux pas rester là.

— L'endroit… (*Jean-Gabriel le coupe, essoufflement.*) Écoute-moi, je crois que l'endroit est trouvé. C'est une clinique toute neuve dans le 14e, avec un parc. C'est tout neuf, et je crois que tu vas être emmené là-bas mardi. Tu as juste trois jours à attendre.

— Non, mais ça, ça va, du moment que je peux te parler… Du moment que je peux te parler, ça va, je ne me sens pas largué. (*Voix diminuant*)

— Non, non, on est avec toi. Tout le temps. L'endroit a été trouvé, je crois ; il fallait juste trouver l'endroit, il a été trouvé ce matin je crois, par Édouard et Thierry, et Olivier, enfin tout le monde s'en occupait. Et c'est tout neuf, j'ai vu sur le site internet, c'est avec un grand parc très joli, dans le 14e près de Denfert-Rochereau. Donc, on n'aura pas beaucoup le droit d'aller te voir non plus, mais là, petit à petit, tu pourras de mieux en mieux parler au téléphone avec nous.

— (*Respiration difficile.*) Ce qui m'intéresse, c'est de récupérer le plus vite possible.

— Mais oui, bien sûr ! Mais tu vas récupérer. Est-ce qu'ils te font déjà faire des exercices ? Est-ce que tu marches un petit peu déjà, ou pas ?

— C'est-à-dire que je me tiens debout, je me tiens debout, mais c'est comme si… Enfin, tu ne peux pas savoir ce que c'est… C'est atroce. Je me tiens debout, je m'assois dans le fauteuil. Au bout d'une demi-heure, je pouvais plus me tenir, je pouvais plus me tenir.

— Non mais, c'est normal, mon grand. Là, il faut vraiment… Tu sais, tu reviens de très très loin, on a tous eu très très peur pour toi, et maintenant tout ira très bien. Il faut juste compter en jours. Jour après jour, chaque jour un effort de plus. Et tu verras, dans un mois, on sera tous les trois avec Gardel à Galician, où tu pourras encore te reposer… Mais voilà, chaque jour, un petit effort de plus, et ça ira mieux.

(*Xavier lui fait parvenir un téléphone facile à utiliser.*)

— Les indicateurs ne sont pas mauvais.

— Bon, c'est bien, tu vois. Mais tu vois bien que tu avais une bonne constitution, aussi. Voilà, tu étais sportif, tu faisais attention à ce que tu mangeais, tout ça, ça compte beaucoup. Tout ça, tous ces efforts-là, ils payent maintenant, parce que si tu n'avais pas eu une constitution solide comme tu as, ça aurait été beaucoup plus compliqué de te soigner.
— (*Balbutie.*) C'est un cauchemar quand même.
— Bah, j'imagine mon grand, j'imagine très bien.
— T'imagine pas ce que c'est... Un cauchemar, un cauchemar. Quand même, on se souvient, on se souvient de beaucoup de choses...
— Oui, petit à petit, bien sûr. Non mais on compatit vraiment, on pense à toi très très très fort, mais qu'est-ce que tu veux, malheureusement, on ne peut pas aller te chercher. Voilà, tout ce qu'on peut faire, c'est... Mais c'est bien si tu commences à pouvoir parler un petit peu au téléphone. Cinq minutes avec chacun chaque jour, déjà, ça va te changer les idées.
— Édouard, je ne suis pas sûr qu'il soit au bureau aujourd'hui.
— Mais ne t'inquiète pas. Ce téléphone, normalement, il n'est pas si compliqué, tu as juste à appuyer sur le bouton. Et si tu veux demander à l'infirmière, il y a une fonction radio aussi, que j'ai mise sur la fréquence Radio Classique. Donc avec...
— Je t'assure qu'il est compliqué. Je t'assure qu'il est compliqué.
— Est-ce qu'on t'a donné la carte de Niki de Saint Phalle que j'avais mise, avec, au dos, les numéros de téléphone de chacun ?
— Oui, oui, ça j'ai la carte, j'ai la carte.
— Niki avait une petite pensée d'amour pour toi, aussi.
— Très mignon, mais simplement, toi, tu vas bien ?
— Oui, moi, je vais très bien. Oui, oui, on a eu peur pour toi, tu sais, c'était pas facile. Mais écoute, moi, je vais très bien maintenant.

— Tu as eu d'autres rendez-vous pour ton boulot ?
— Oh non, tout est gelé, tout est bloqué, là, il ne se passe absolument rien.
— Ah oui ?
— Non, l'économie est à l'arrêt total pour des semaines, voire presque des mois, enfin on ne sait pas, mais c'est totalement bloqué, tout est totalement figé !
— C'est une situation incroyable !
— Donc, euh…
— C'est une histoire de fous !
— Ah oui, c'est une histoire incroyable, c'est comme une guerre, en fait. C'est très… Mais bon, l'État a dit qu'il soutenait l'économie et qu'ils vont creuser la dette autant que nécessaire, ils vont emprunter sur les cinquante prochaines années, mais ils veulent à tout prix soutenir l'économie et les entreprises.
— Ça va leur coûter une fortune.
— Oui, non, mais on va s'endetter sur cinquante ans. Comme une guerre, quoi. Mais ils ont dit que, finalement, ce n'était pas si grave que ça : le plus important, c'est de sauver l'économie.
— Il n'y a pas d'autres choix. Pas d'autres choix.
— Absolument.
— Alors, alors, tu m'aides, tu m'aides avec le téléphone ?
— Écoute, je fais, je vais regarder ce que je peux trouver comme téléphone plus simple et…
— Plus simple, le plus bête, le plus simple possible… Celui-là, il est compliqué parce que il faut déconnecter, reconnecter, c'est compliqué. C'est la première fois que je l'utilise.
— Bon bah, écoute, tu sais, enfin normalement, quand ça sonne, tu as juste à appuyer sur le bouton vert, et c'est tout mon grand.
— Oui, mais tu ne sais pas ce que c'est de sortir de là d'où je sors. Mon propre téléphone, à moi (*Tousse.*), il ne fonctionne pas.

— Ton propre téléphone à toi, c'est pas une bonne idée parce que tout le monde va t'appeler, ça va être n'importe quoi. Il est plus compliqué. Je vais essayer de t'en trouver un plus simple. Je regarde, je vais aller voir cet après-midi. Mais tous les magasins ne sont pas ouverts non plus, c'est pour ça que le petit téléphone noir que tu as, tu sais, je l'ai acheté dans un bureau de tabac, j'ai fait de mon mieux. Tous les magasins de téléphone sont fermés aussi, si tu veux, donc je te promets que je me renseigne.

— Parce que là je fais quoi, normalement? Il y a le bouton noir, au milieu.

— Bah ça, tu sais, c'est pour naviguer, mais ça tu n'es pas obligé d'y toucher. Simplement, si tu veux, quand ton téléphone sonne, t'appuie juste en haut à gauche, sur le bouton vert – je crois qu'il est vert, de mémoire. Et c'est tout ce que tu as à faire.

— Ah, d'accord. J'essaie.

— Et après, tu raccroches sur le rouge… Tu verras, déjà demain, tu seras plus à l'aise. Moi, je te trouve déjà très très très dynamique, très tonique aujourd'hui!

— Ouais, non, pas tellement…

— Bah oui quand même, écoute. Je te dis : dès mardi, tu vas changer d'endroit et c'est un joli endroit, avec parc, et là, ce sera chaque jour un effort de plus. Et tu vas voir, très vite, tu vas récupérer. Est-ce que tu as des douleurs quelque part?

— Non, non, pas de douleurs.

— Bon, ça, c'est important!

— Non, non, je n'ai pas de douleurs particulières.

— Bon. Alors est-ce que tu te sens, est-ce que tu veux que j'appelle Frédéric? Tu raccroches maintenant, et puis est-ce que tu veux que Frédéric te rappelle tout de suite? Tu lui as parlé hier, à Frédéric?

— Je l'ai eu hier.

— Ah bon, d'accord, d'accord, OK.

— Je l'ai eu hier, donc ce n'est pas la peine.

— D'accord.
— Toi, si tu m'appelles, deux fois par jour, je vais pouvoir te parler.
— Je te rappellerai ce soir, d'accord ?
— Et dis-moi pour mardi ! Parce que, en fait, on a samedi, on a dimanche, on a lundi, hein... Ça fait longtemps que je suis là...
— Mais je sais, mon grand, mais tu as trois jours à attendre. Et puis, en plus, c'est le week-end de Pâques. Donc, il ne va rien se passer ce week-end. Tu as trois jours à attendre...
— Attends, ça va aller, je suis sous morphine, parce que j'ai des escarres épouvantables.
— Eh oui, ça, c'est bien. Heureusement, tu es sous morphine. Et est-ce que tu as recommencé à t'alimenter ?
— Oui, oui, oui, oui, mais je ne supporte rien.
— Bah oui, mais tu imagines pendant trois semaines, rien n'a fonctionné. Donc, là, il faut tout remettre en route ; c'est vraiment une vieille machine à remettre en route, mon grand (*Rire*).
— Ils m'envoient dans une annexe de Lariboisière, finalement.
— Oui, absolument, qui est un hôpital très bien. Tout le monde a confirmé que les soins étaient très très bien.
— Ils sont très gentils.
— Mais moi, je sais où tu es parce que, pour te déposer le téléphone, je suis venu jusqu'au bas du pavillon de l'unité. J'ai attendu qu'une infirmière sorte et je lui ai demandé gentiment si elle voulait bien te donner ça. Elle a été très très gentille, la jeune fille.
— Oui, oui, je la connais.
— Je vois tout à fait où tu es, géographiquement.
— Elle est très mignonne.
— Oui, bon, ils sont gentils avec toi, tous ?
— Oui, oui, tout à fait, tout à fait.

— C'est formidable. Je ne vais pas te fatiguer plus, mon grand, je te rappellerai ce soir, d'accord ?

— OK, ce soir.

— Je t'embrasse fort, repose-toi cet après-midi.

— Merci, merci.

— Je t'embrasse fort, je pense à toi.

*Dimanche 5 avril*

La barbe d'Édouard Philippe qui blanchit de plus en plus sur un seul côté ! Impression d'une maladie bizarre. L'angoisse, la tension, la fatigue sans doute. La teindre, la raser ? Solutions absurdes. Je me demande ce qu'il répond quand on lui en parle. Mais qui ose lui en parler ?

Mort de Jacques Oudin, quatre-vingts ans. Ancien trésorier du RPR, fidèle fort efficace de Jacques Chirac. Assez loin de moi, en somme. L'homme était pourtant aussi sympathique qu'habile. Et puis, Bao-Daï l'avait fait sauter sur ses genoux, alors...

À Romans-sur-Isère, un illuminé islamiste soudanais assassine deux personnes dans la rue à coups de couteau et en blesse cinq autres. La folie. Mais le pire, c'est que ça risque de se plaider, alors que ce n'est même pas de la folie. On aurait dû lui tousser dans la figure chaque fois qu'il entonnait son « *Allah akbar* ».

Une prime pour les aides-soignantes à domicile, particulièrement exposées à la malignité du virus. Enfin ! Mais on ne sait pas combien elles toucheront.

Les producteurs de vin sont aux abois. Le marché s'est effondré. Un tiers des vendanges futures finira sans doute dans les cuves de la distillation d'alcool industriel.

CAROLE A.

— Coucou Frédéric, juste un petit mot pour voir si tout va bien à Paris ou à Saint-Gatien ? Le beau temps est là, mais les occupations commencent à être difficiles. Bon courage et prenez bien soin de vous. À bientôt. Bises lointaines, Carole A, Touques.

— Saint-Gatien. Chère Carole, je suis passé vous voir au début. Après, cauchemar pour mon frère aîné, quinze jours de réanimation. Ouf, il va vivre. Courage, je pense bien fort à vous. Frédéric.

CAMILLE P.

— Intelligent, libre, sympathique car assumant ses choix avec panache : très bien, l'émission d'Elsa Boublil ce matin sur France Musique ! F.

— Merci, cher Frédéric, c'était la retransmission d'une émission déjà ancienne car, comme vous vous en doutez, je suis sagement confiné chez moi. Heureux que mon vieux chien me serve de deux laissez-passer pour aller jusqu'à la pièce d'eau des Suisses, le matin et le soir. Je vous souhaite un très bon dimanche des Rameaux. Amitiés, Camille.

— xxx, F.M.

XAVIER

— Je viens de déposer un téléphone « jetable » à l'accueil du nouveau pavillon de médecine où Jean-Gabriel doit arriver cet après-midi.

— Bravo.

— L'accès de l'hôpital est totalement interdit. J'ai donc à force d'amabilité et de petits mensonges réussi à traverser l'hôpital sans me faire tirer dessus !

— Bravo !

Témoignages dans *Libération* :

Laurent : « Ce qui m'a aidé pendant ma maladie ? Mon perroquet. Il était super content que je passe mes journées avec lui… Il s'en foutait pas mal que je sois malade. »

Guillaume : « Ce virus est très intime. Il provoque des douleurs nouvelles et fait réagir des douleurs encore vierges. »

François David : « Cette gamine qui gagne 1 200 euros par mois, et dont je ne voyais que les yeux sous le masque prenait des risques fous pour nous soigner. »

Samuel : « J'ai guetté l'aggravation du jour huit, celle qui peut t'emmener en réa. »

Dimitri : « J'ai vite compris que mon médecin connaissait peu de choses sur cette maladie et qu'il se prenait aussi la pandémie en pleine figure. »

Maurice : « Une question me hante : pourquoi ai-je été épargné ? »

Inès : « Rien à voir avec une grippe. La force et la violence sont sans commune mesure, jamais de ma vie je n'avais été attaquée comme ça. »

Sandra : « Moi, à un moment donné, je souffrais tellement que je voulais mourir. »

Lorsqu'on expérimente pour la première fois un vaccin contre la variole, au XVIIIe siècle, Louis XVI se fait inoculer le virus au grand effroi de toute la cour.

ALICE
— Laura a appelé l'hôpital hier soir : « Hello, j'ai pu parler avec le médecin de garde. Dad va "plutôt bien". Il est sous masque à oxygène et sous antibiotiques. Si le week-end se passe bien, ils le transfèrent lundi dans le service médecine infectieuse, où ce sera plus confortable. »
— xxx, F.

BRIGITTE
— Le soleil brille, nous allons pouvoir sortir le cœur léger… encore un peu de patience et on pourra se serrer dans les bras. B.
— xxx, F.

CORINNE R.
— Comment se passe votre dimanche ? Je vous embrasse, C.
— Il ne peut pas s'exprimer encore, mais il sera dans le service de médecine générale demain. Bon signe. F.
— Merci, à demain, cher Frédéric.
— xxx, F.

SYLVIE F.
— Quelles nouvelles, en ce beau dimanche ?
— Il remonte peu à peu. xxx, F.
— Et toi ?
— Ça va. À Saint-Gatien, il y a pire !

ANTOINE P.
— Il va vivre ! Prends bien soin de toi. F.
— Très heureux pour lui, pour toi. À très vite. Mon amitié, A.
— xxx, F.

La reine parle. Impossible d'imaginer qu'elle aura quatre-vingt-quatorze ans dans quelques jours, tant elle est maîtresse d'elle-même. L'impression de retrouver ma grand-mère qui lui ressemblait tellement au même âge, physique, bienséance, caractère. Discours impeccable en pleine apocalypse, Premier ministre en réanimation, le système de santé qui vacille, le bombardement de nouvelles sinistres. La référence à la guerre n'est pas surjouée, elle l'a faite alors qu'elle était encore adolescente. Le souvenir de sa petite sœur, autre accent de vérité personnelle. Écho churchillien du *We shall meet again*, c'était aussi une chanson célèbre de Vera Lynn, en 1939. On a envie de la croire, et ça fait du bien.

DORIS

— Mieux qu'hier, j'espère, Fredo ?
— Il progresse, *moderato cantabile*. F.
— Merci, formidable ! Et toi, ça va mieux aussi ? XXX, D.
— Oui, mais quel cauchemar. F.
— Fini le cauchemar. Soleil et *blue sky*. Pleine lune, Pâques, retrouvailles. Comme dit la reine : « *We shall meet again.* » D.
— *Yes. We shall meet again.*
— XXX, D. et toi ?

M. ET M.

— Frédéric chéri. Je pense à toi, tellement. Maintenant que les nouvelles sont meilleures, tu dois te sentir mieux. Tendresses, M.

M.Y.

— Merci infiniment pour votre présence constante. Il reste encore beaucoup de chemin à parcourir, car il semble bien faible. Frédéric.
— Cher Frédéric, je vous espère en bonne santé. Des progrès ? Je vous embrasse, M.Y.
— Il est dans un nouveau service où nous n'avons pas encore réussi à établir le contact. Bien à vous, F.

LIRIA

— Chaque nouvelle journée mieux que la précédente. *Moderato cantabile.*
— *Piano, piano,* chaque jour avec des baisers et des pensées. F.

*Lundi 6 avril*

La légion des aboyeurs de service continue à japper qu'Alain Finkielkraut est de droite. Ça ne veut rien dire. Il pose de bonnes questions, même si on ne trouve pas forcément les mêmes réponses.

Lydie Salvayre : « Car j'ai beau vivre en confinée, la tristesse virale du monde et ses désastres annoncés me contaminent, évidemment ! »

Andrault et Parat ont construit le palais omnisports de Bercy, la seule belle tour du front de Seine, des milliers de logements. Ils viennent de disparaître l'un après l'autre, à plus de quatre-vingt-dix ans. Pas de précisions sur les causes de leur mort.

Monique Pelletier, ancienne ministre, quatre-vingt-treize ans : « Ils se sentent fragiles et pour nombre d'entre eux, coupables de vivre si vieux, cela n'est pas admissible. »

CAROLE (*from London*)
— Comment va ton frère ? Notre Premier ministre est aux soins intensifs… xxx, Carol.
— Mon frère est sorti de quinze jours de coma… tu imagines dans quel état. Des *news* très vite. xxx, F.
— *Love love love.* Carol.

INCONNU
— Bonjour Monsieur. Je vous ai fait parvenir un SMS. Je voudrais prendre contact avec vous. Respectueusement.
— Monsieur, j'ai bien pris connaissance de votre projet. Je vous répondrai plus tard. Bien à vous, F.M.

ANNE-CÉCILE
— Cher Frédéric, une pensée en ces temps troublés… Pour ma part, je suis confinée/réfugiée à la campagne, dans l'Oise. Je me suis mise à des travaux d'écriture, livre peut-être, alors même que je suis délivrée de mission immédiate dans la presse. Et vous, comment vous portez-vous ? J'espère qu'à la fin de ce long moment, j'aurai le plaisir de vous retrouver autour d'un déjeuner. À très vite, Anne-Cécile.
— Chère Anne-Cécile, mon frère sort de quinze jours de réanimation. Très fatigué. Je pense bien à vous, protégez-vous bien, on se voit après le cauchemar. xxx, F.
— Cher Frédéric, je suis désolé d'apprendre cette nouvelle. Courage. Je vous embrasse, Anne-Cécile.

ALICE
— Je sonne mais il ne répond pas ?
— Oui. xxx, F.

Parcours du combattant pour se faire dépister : ordonnance, rendez-vous, liste d'attente pour l'examen et pour obtenir les résultats. On ne sait même pas où il faut aller car seuls certains laboratoires sont habilités.

Dans le métro, floraison d'affiches pour prendre ses vacances en France, chaque département rivalisant de promesses touristiques alléchantes. L'Indre bien mieux que les îles grecques ; les trésors de l'Italie, roupie de sansonnet comparés à ceux de la Haute-Vienne.

Confinement, déconfinement, je ne pardonnerai jamais au virus de nous avoir obligé à ajouter des mots aussi moches à notre vocabulaire.

À quinze ans, j'hésitais encore entre devenir l'amant de Dora Doll ou de Luis Mariano. Quand j'ai fini par choisir, c'était trop tard, ils avaient disparu.

ÉDOUARD
— Je sais par un ami qui a un réseau dans le milieu hospitalier que Dad a été changé de service hier.
— Oui, mais nous n'avons pas encore le contact. F.

ÉLISABETH Q
— Ton frère chéri va toujours bien/mieux, cher Frédéric ? Je t'embrasse, Élisabeth.
— Oui, on avance. XXX, F.

FRANCIS
— Jean-Gabriel va comment ?
— Nouveau service, bon signe, tout le monde est gentil avec lui. Il a pu parler à son fils, conscient, très, très faible, amnésique, mais il progresse. F.
— Oui, on sait que récupérer prend beaucoup de temps. Ta copine Roselyne *for President.* Elle est géniale. XXX, Francis.

« Ce que j'apprécie chez vous, c'est la pudeur », m'a dit le roi en souriant; sur le moment, j'ai remercié pour le compliment sans bien comprendre. Quelques années et quelques prestations médiatiques plus tard, il m'a reçu et parlé beaucoup plus froidement. Puis il m'a pardonné : « Monsieur l'ambassadeur, vous lui direz qu'il a bien travaillé et que je suis content de lui. Je souhaite qu'il revienne me voir. » Il est mort quelques jours plus tard. On a dit tant et tant de choses sur lui, mais en sa présence je n'étais ni courtisan ni peureux. Il n'avait pas de prise sur moi, ça lui convenait et, au fond, c'était franchement intéressant de parler avec lui.

GEORGES-FRANÇOIS
— Comment se passe la convalescence ? Biz, tendresse. G.
— Autre service, pas de nouvelles pour l'instant. Je te dirai. XXX, F.
— Entendu, bonne soirée. Biz, G.

SAÏD
— Des nouvelles de Jean-Gabriel ? T'embrasse.
— Il a changé de service. Bon signe mais pas de *news*. Merci à ta gentille fiancée pour son si joli message. Courage ! F.

J. ET M.
— Comment va le cher Jean-Gabriel ? Je t'embrasse.
— On l'installe dans un autre service où il sera suivi de près durant une huitaine de jours pour commencer à récupérer. Il est faible et ne peut encore s'exprimer. Olivier a réussi à lui faire porter un nouveau téléphone portable qui lui permettra d'entendre ses enfants car les numéros sont mémorisés. Mille pensées tendres pour Monique et toi.
— Merci, cher Frédéric. Nous sommes en pensée avec toi. Nous t'embrassons, J. et M.

À Cuba, le paradis communiste sous le soleil des frères Castro, les forces armées révolutionnaires ont pris les choses en main pour lutter contre le « virus américain ». (Il ne saurait être chinois puisque tonton Xi Jinping porte le régime à bout de bras.) Les méthodes expéditives doivent avoir quand même du bon, car les médias officiels claironnent que l'épidémie est sous contrôle. Pour les droits de l'homme et pour qu'on puisse enfin manger à sa faim, attendre que les mauvaises têtes qui s'obstineraient à tomber malades soient bien mortes ou guéries, et que les derniers touristes contamineurs soient rentrés chez eux.

« Une crise ne devient catastrophique que si nous y répondons par des idées toutes faites. » (Hannah Arendt, *La Crise de la culture*.)

Avec Carole, à Hydra, nous étions si heureux. C'était il y a bien longtemps. Je n'ai jamais compris pourquoi ils se sont séparés. Je sais qu'elle demande régulièrement des nouvelles à Xavier. Elle croyait que je ne l'aimais pas. Bien au contraire. J'ai dû commettre une erreur quelque part.

M. ET M.
— Moi aussi, je pense tout le temps à vous et je regarde la situation en Grèce en espérant que vous restez bien prudents. Jean-Gabriel est maintenant dans un autre service où il sera suivi de très près. Encore faible et ne pouvant s'exprimer. Cependant sa santé de base est bonne, ce qui lui a sans doute permis de traverser cet enfer. Olivier à la tour de contrôle pour avoir des nouvelles. Faites bien attention. Nous vous aimons de tout notre cœur. Olga dans les Pouilles, Alexandra aux USA?
— Nous sommes si heureux que tu nous tiennes au courant. Nous vivons avec vous chaque signe de progrès de Jean-Gabriel. Et prions de tout notre cœur. Porte-toi bien, mon chéri, en Normandie avec ton fils. Nous sommes en haut de notre terrasse en regardant les îles au loin avec nostalgie. Nous t'embrassons très fort. M.
— Nous retournerons dans les îles. La vie va gagner! xxx, F.

*Mardi 7 avril*

Dans *Le Monde*, Claude Le Pen, professeur spécialiste de l'économie et de la santé, rien à voir avec la famille machin-chose : « Un mélange complexe de considérations doctrinales, politiques, économiques, institutionnelles, a conduit à démanteler un remarquable dispositif de préparation à une crise sanitaire majeure, conçu il y a treize ans par un sénateur visionnaire. » Le sénateur en question s'appelait Francis Giraud, il est mort en 2010 et Claude Le Pen, trois jours après la parution son article dans *Le Monde*.

Bill Gates et sa femme Melinda viennent de verser 250 millions de dollars pour la recherche, il paraît qu'il avait prévu l'épidémie : j'ai rarement rencontré un type aussi antipathique. Il insistait pour que l'on refuse des microcrédits aux paysans indiens s'ils ne s'engageaient pas à renoncer à fumer.

Keynes cité par Nicolas Baverez : « Les économistes sont au volant de notre société, alors qu'ils devraient être sur la banquette arrière. » Autre citation empruntée à Machiavel, cette fois : « La guerre, on y entre facilement et quand on veut ; on en sort difficilement et quand on peut. »

CATHERINE P.

— Chère Catherine, il a pu parler à son fils. Voix chuchotante. Très faible, amnésique pour l'avant immédiat, solide. Il progresse. XXX, F.

— Quelle hâte de le retrouver, C.P.

XAVIER

— Édouard lui a parlé, grâce à toi, encore bravo. XXX, F.

FARIDA

— Une pensée pour vous... Toutes mes condoléances pour votre amie Leïla Menchari. Farida.

— Merci, chère Farida.

HUGUES

— Des nouvelles rassurantes ? Hugues.

— Il remonte lentement la pente. On l'installe pour dix jours dans un service de récupération. Espérons qu'il sera alors possible de l'atteindre. Je pense bien fort à vous, Frédéric.

— Merci, cher Frédéric. La « petite espérance », chère à Péguy, est avec nous. Je pense à lui et à vous, Hugues.

— XXX, F.

Tedros Adhanom Ghebreyesus, le patron de l'Organisation mondiale de la santé est éthiopien. Trois mauvais points pour Super Donald : ce nom imprononçable, cette institution internationale phagocytée par la Chine, cette sorte de nègre sorti de nulle part, du fin fond de l'Afrique. La plaisanterie n'a que trop duré. *Couic*, Super Donald coupe la part de financement américain de l'Organisation.

L'Argentine est quasiment en faillite. Rien de nouveau, elle en a l'habitude ; potentiellement riche mais mal gérée depuis des décennies. Pourtant le président Alberto Fernández a décidé d'imposer des précautions sanitaires sévères. Il vient d'être élu et estime qu'il ne pourra rien reconstruire au détriment de la santé. Chez le grand voisin et rival du nord, le Brésil, Bolsonaro ricane dans son coin. Rira bien qui rira le dernier.

À propos de Anne Hidalgo : mon problème, c'est que je ne suis d'accord sur rien et que je suis hostile à presque tout ce qu'elle préconise, mais je ne peux pas m'empêcher de bien l'aimer quand même.

ALICE
— Je viens d'avoir une infirmière, sèche comme un coup de trique : il est conscient, il est stable, il va bien, il sait que sa famille se préoccupe de lui, on lui dira qu'il a un téléphone, c'est tout... Je t'embrasse, F.
— Ah, tu es tombé sur une rombière... OK, merci, mon Fredo. Bonne nuit.
— XXX, F.
— J'ai eu Édouard au téléphone qui lui a parlé ce matin.
— XXX, F.
— Merci, mon oncle.

STÉPHANE B.
— Il remonte peu à peu. F.
— Merci, cher Frédéric, pour ces bonnes nouvelles. On espère tous qu'il va se remettre vite. Je t'embrasse.

JEAN DE B. ET MURIEL
— Amélioration, il est dans un service de récupération très bien. Son fils lui a parlé. Faible, pas de souvenir pour juste avant. Mais ça progresse. F.
— Heureux pour lui, pour vous tous. Jean.

CORINNE R.
— Il a pu parler au téléphone à son fils, très très faible, amnésique, mais il remonte. F.
— Mon Dieu... Quel bonheur! Je pense à lui avec force. XXX, C.

Quant aux méchants djihadistes qui seraient retournés s'enivrer de leurs sourates dans des cavernes : fariboles. Ce serait intéressant de demander aux Africains qui subissent constamment des bains de sang et aux militaires, français notamment, qui tentent de les protéger au prix de leur vie, ce qu'ils pensent de ce genre de balivernes.

Hannah Arendt et la vertu du rire confronté aux crimes les plus abominables.

Peter Beard, le photographe écrivain à la beauté solaire, idole de la jet-set, s'est perdu pour mourir dans les bois, à Long Island. Il avait quatre-vingt-deux ans et ne supportait pas les premières atteintes de la confusion mentale. Merveilleuse poésie des photos de Gilbert Garcin qui vient de s'éteindre à quatre-vingt-onze ans. Il ne gardait qu'une moyenne de treize images par année. Il avait commencé tard, vers soixante ans.

*Fuck the virus !* Slogan inscrit sur les tee-shirts des jeunes qui manifestent à Berlin contre le port du masque. Mais c'est justement de cela qu'il s'agit et qu'ils ne veulent pas entendre.

COUSIN PIERI
— Édouard lui a parlé.
— Chouette !

GEORGES-FRANÇOIS
— Il a pu parler à son fils au téléphone, très faible, un peu amnésique, bon moral. F.
— Merci des bonnes nouvelles. Biz, G.-F.

SAÏD
— Des nouvelles ?
— Il a parlé avec Édouard. Très faible, mais il remonte. XXX, F.

ÈVE
— Il a parlé à Édouard sur le téléphone qu'on lui a fait parvenir avec cinq numéros préenregistrés. Faible, désorienté, mais c'est bien lui quand même. Je te dirai. XXX, F.
— Je suis si heureuse. Il est vraiment solide, notre Jean-Gabriel. Merci, mon Fredo, pour ces bonnes nouvelles. L'étreinte de l'angoisse se desserre. Je t'embrasse, Ève.
— XXX, F.

CLÉMENCE
— Bonsoir Frédéric. Quelles nouvelles de votre frère ? Clémence.
— Il remonte la pente. Il s'en sortira avec du temps. Je pense à ma gentille Clémence avec beaucoup d'affection. F.
— Ouf ! Merci je pense à vous et vous embrasse.

Un petit nouveau dans la ménagerie qui serait à l'origine de la pandémie, après la chauve-souris et le pangolin, le moustique-tigre. Il nous vient aussi d'Asie, il a voyagé en avion, il s'adapte très bien à notre climat et à l'été qui s'annonce. Il ne vit qu'un mois mais c'est suffisant pour qu'il puisse disséminer ses petits œufs un peu partout. Il ne pique pas non plus beaucoup, une dizaine de fois chaque jour de sa courte existence, mais il contamine férocement. On voit sa photo un peu partout, portrait minimaliste d'un monstre de science-fiction pour blockbusters américains. Question : qui sont les experts qui connaissent déjà si bien ce sympathique invité à la parade des monstres qui nous terrorisent, et comment ont-ils fait pour l'étudier ? Il doit y avoir quelque part des bacs de laboratoires avec des docteurs en blouse blanche penchés dessus, qui servent de pouponnières pour des milliers de bébés moustiques-tigres.

Mélanie, urgentiste à Rouen : « Mes parents s'inquiètent des risques que je prends. Ils ont peur pour moi, j'ai peur pour eux. Je les rassure. Ils font semblant de me croire. »

Jacques Ellul : « Cette verte jeunesse ne durera pas toujours : cette heure fatale viendra, qui tranchera toutes les espérances trompeuses par une irrévocable sentence ; la vie nous manquera, comme un faux ami, au milieu de nos entreprises. »

LAURENT PG.
— Désorienté, faible, mais il remonte. Moral redevenu solide. F.
— C'est bien parti, même si ce sera long. Je t'embrasse, Laurent.

J. ET M.
— Il a pu parler un instant avec son fils au téléphone. Faible, encore désorienté. Mais moral solide. Il remonte. F.
— Merci cher Frédéric. Croisons les doigts. Gardons confiance. Nous t'embrassons. M. et J.
— xxx, F.

ARLETTE
— On respire. Il va y arriver.
— xxx, F.

CARLOS
— Des nouvelles ?
— Encore désorienté et faible, mais il va remonter. xxx, F.
— Plein de pensées affectueuses. Carlos.

ROSELYNE
— Compliments unanimes !
— Merci, merci, mon Youki chéri. R.

M. ET M.
— Édouard a réussi à lui parler un instant au téléphone. Faible mais plus de détresse. Il remonte. xxx, F.
— Frédéric de mon cœur. Dis-nous toujours des bonnes nouvelles. Nous remontons la pente avec lui. Et oui, mon chéri, les îles nous attendent vertes et fleuries. Et pleines de promesses. Que des tendres baisers, M.

Mort de Jean-Laurent Cochet, quatre-vingt-cinq ans, virus. Les meilleurs comédiens d'aujourd'hui, Depardieu, Luchini et consorts rappellent tout ce qu'ils lui doivent. Je l'avais connu il y a très longtemps lorsqu'il avait mis en scène *Les Garçons de la bande*, la première pièce ouvertement homosexuelle, le New York d'avant le sida, avec Depardieu justement, à ses débuts, comme cadeau d'anniversaire pour le chef de la bande. Qui s'en souvient aujourd'hui ? Personne ne savait dire les textes classiques aussi bien que lui, dans une fidélité absolue, et sans emphase, à ce qui était écrit. C'était une expérience unique de l'entendre réciter des fables de La Fontaine. Sa vie était triste, seulement éclairée par son amour pour les textes, son désir d'enseigner et de transmettre, autrement un homme malheureux et souvent en colère, sentimentalement très fragile.

M.Y.
— Il a pu parler à son fils. Un peu désorienté encore. Faible. Mais ça progresse. F.
— Il va gagner ! Grande joie pour vous tous. M.Y.

NINE
— J'espère que tout va un peu mieux mais pendant cette période horrible, je pensais à votre mère en me disant heureusement qu'elle n'est plus là. Je t'embrasse.
— Il a pu parler à son fils. Moral en hausse. Tendres pensées. F.

LIRIA
— Des baisers encore et encore.
— Il a pu parler au téléphone à Édouard. Moral en hausse !
— Il va se remettre doucement. C'est si violent ce qu'il a subi.
— XXX, F.

FEREYDOUN
— Il a pu parler à son fils au téléphone. Très faible. Mais il remonte et le moral aussi. Préviens la tendre amie.
— Ça avance donc. Faire confiance aux médecins qui maîtrisent le processus. Fais attention à toi. Je t'embrasse, FD.

JACQUES G.
— Cher Jacques ; désorienté, amnésique pour juste avant, très faible, il remonte peu à peu mais ce sera très long. XXX, F.
— Courage et patience. Je pense à lui tendrement. Amitié pour Olivier, toi, les enfants. Jacques.

*Mercredi 8 avril*

*Apprendre le latin médiéval*, *Traduire le latin médiéval*, *Austrasie, Lotharingie, Lorraine*, me persuader que je me plongerais dans de tels ouvrages, si savants, si j'avais encore de longues années devant moi. Ils ont été écrits par Michel, professeur à la Sorbonne, tué par le virus à quatre-vingt-trois ans. Mort de Marcel Moreau, quatre-vingt-six ans, écrivain d'origine belge, grande gueule et torrentiel, ami de Dubuffet et d'Alechinsky, salué par Anaïs Nin, tué par le virus.

Entretien exact, réfléchi, sans fioritures de Laurent Bayle, le patron charismatique de la Philharmonie. Il soulève le « bâillon de culture » qui a recouvert toute la vie artistique. Il est probable qu'on le lise et qu'on l'écoute en haut lieu, mais de là à le suivre dans ses réflexions…

Étienne Balibar : « La façon dont une société se veut "en guerre", même contre un virus, met en jeu la démocratie. » Ensuite les habituelles litanies sur les méfaits du capitalisme néolibéral, « dont la règle n'est pas seulement d'exploiter le travail et de maximiser les profits, mais de rentabiliser, de marchandiser toutes les activités humaines même les plus intimes, au détriment du soin, de l'entraide et finalement de la vie… »

DIANE
— Chère Diane, je pense très fort à toi, mon frère remonte lentement, ce sera long. XXX. F.
— Merci mon Fredo pour cette bonne nouvelle. Prends soin de toi. Bises, Diane.

L. DE V.
— Cher Monsieur, en raison de la crise sanitaire actuelle, Franklin est obligé d'annuler les journées missionnaires des 16 et 17 mai prochain. Je vous remercie encore d'avoir répondu positivement à notre invitation et me permettrai de vous recontacter en cas d'un report éventuel. En espérant que vous allez bien. Bien à vous, L. de V.
— C'est noté. Amitiés, F.M.

M. ET M.
— Je t'embrasse très très fort. XXX, M.
— Je pense très très fort à toi. XXX, F.
— Nous sommes tous près de toi depuis deux semaines et nous pensons très fort à toi avec tout notre amour. M.

L'HÔPITAL
(*Une tentative pour le joindre.*)
— Votre frère a bien reçu vos messages. Il vous en remercie. Mais il est encore trop faible pour répondre. Cordialement, l'infirmière de service.
— Sur le répondeur : «Je viens de t'appeler, tout mon amour. Frédéric.»

Le « tracking », voilà un mot nouveau et une perspective sympa : chacun d'entre nous repérable sur son smartphone après avoir abandonné ses données personnelles aux GPS. Le virus dans notre portable.

Le test avec une petite baguette, qu'on nous enfonce dans le nez presque jusqu'au cerveau, c'est plutôt désagréable. Préférer l'analyse de sang quand on peut choisir.

Aller chez le dentiste relève de l'embarquement pour une croisière sidérale entre Méliès et Stanley Kubrick, rayon *Orange mécanique* et *2001*. Tenues de cosmonautes, bulles aseptisées, contacts fantomatiques, après chaque soin. Les précautions sanitaires obligent les praticiens à ne traiter que les urgences. Rage de dent de Saïd, comment pourra-t-il se faire soigner ?

Carnet du *Figaro*, exemple :

« Les obsèques auront lieu le samedi 18 avril en l'église Saint-Restitut, à Saint-Genest-Lerpt, dans l'intimité familiale en raison de la crise sanitaire. »

Claude Alphandéry écrit : « Les lieux où les médecins et soignants luttent ensemble font revivre l'enthousiasme qui nous a conduit à la Libération : ils sont les maquis d'aujourd'hui. »

ÉLISABETH Q.
— Il remonte très lentement. Je pense beaucoup à vous, F.
— Bonne nouvelle. On l'embrasse fort. Et toi aussi, E.

MARC L.
— Cher Marc, il progresse mais il est encore très faible. Ce sera long. Moral très solide. Encore bravo pour le *JDD*. xxx, F.
— Je pense fort à vous en écrivant mes chroniques. xxx, M.L.

OLIVIER P.-A.
— Cher Olivier, je pense beaucoup à toi et à tous nos chers amis de Tunis. xxx, F.

DOMINIQUE B.
— Cher Dominique. Je pense fort à toi. L'angoisse s'estompe mais le chemin sera long. Prends soin de toi. F.

CHARLES
— Cher Charles, il progresse, pas à pas. Je pense beaucoup à mon petit Charles bien-aimé, soyez bien sage. Adorable appel de F.G. Tendresses, Frédéric.
— Tant mieux. Je pense à vous aussi. Notamment car j'écris. *La Récréation* a dû vous prendre un temps fou ! Sauf si, un peu tous les jours, rue de Valois… Je vous embrasse.
— J'avais gardé mes agendas… Tendresses, F.

LAURE
— Et Jean-Gabriel ? Laure.
— Chère Laure, il progresse lentement mais heureusement ; ce sera long. Mille pensées tendres F.

Ils étaient quatre comme les trois mousquetaires : François Dalle, André Bettencourt, André Rousselet et François Mitterrand. Des jeunes provinciaux montés à Paris sans argent et sans connaître personne, mais amis pour la vie dès le début. Trois d'entre eux sont devenus milliardaires et d'Artagnan, président de la République. Leur coronavirus, ce fut le nazisme, ils y ont résisté, on connaît la suite.

Silence inhabituel de Sarkozy. Il met à profit le confinement pour écrire. Je pense qu'il songe à revenir et qu'il embrasse Macron pour mieux l'étrangler. Il m'a été très bénéfique et ne m'a jamais lâché quand il aurait pu le faire : la villa Médicis, le ministère, beaucoup de gestes d'affection. Je garde, comme une marque au fer rouge, le SMS de sa belle-mère, Marisa, sur mon portable, après que j'eus fait le petit malin lors d'une émission de télé, laquelle était aussi moche que d'habitude : « Frédéric, vous avez perdu la mémoire ! » Elle avait raison, j'ai retenu la leçon.

Lu dans le journal : « En entendant Emmanuel Macron parler de guerre contre le virus, une dame de quatre-vingt-neuf ans atteinte de troubles cognitifs me disait qu'elle ne comprenait pas, qu'elle n'entendait pas les bombes. »

O.
— Quelles nouvelles ? O., *the charming prince.*
— On avance, on avance. De tout cœur, F.

GEORGES-FRANÇOIS
— Mon G., il remonte. Ça prendra du temps, mais il remonte. XXX, F.

XAVIER D. ET LAURE
— Cher Xavier : il remonte lentement. Je pense beaucoup à vous. F.
— Bonne nouvelle, on l'embrasse fort. Et toi aussi.

PAUL
— Ton frère ? P.
— Mon cher Paul, il remonte. Il faut compter deux mois. F.
— À toi aussi. Tendresse, P.

DAVID
— Il progresse mais il est faible. F.
— C'est terrible… Courage pour lui et pour toi !

DANIÈLE T.
— Il remonte lentement. Désorienté, faible, pas de souvenirs pour juste avant, mais espoir et moral. Mille pensées tendres et fidèles. F.
— Tu lui parles ?
— Impossible, le service est une forteresse et il est encore trop faible pour se servir de son téléphone… On peine à joindre les infirmières qui sont débordées. On le comprend. On n'oubliera pas cette tragédie et tous ceux qui ont encore moins de chance que nous. Deuils, risque et danger. Courage quotidien depuis les soignants jusqu'aux caissières des supermarchés à 1 200 euros par mois, mais je sais que tu y penses, aussi. XXX, F.

Le maire de Bordeaux a disparu la veille du jour où il devait transmettre, au cours d'une cérémonie, ses pouvoirs à son successeur. La ville dont il s'est longtemps si bien occupé est frappée par une épidémie qui décime ses habitants. Il s'est retiré à la campagne, confiné dans le calme de sa bibliothèque pour écrire une série d'essais portant sur ses réflexions, concernant les temps troublés que nous connaissons, son expérience de la vie et de la mort, l'aide que peuvent apporter la solitude et le retrait. Nous sommes en 1585, les guerres de Religion et la peste ravagent la France une fois de plus et celui qui affirme n'avoir d'autre objet que de se peindre lui-même s'appelle Michel de Montaigne.

MATHIEU G.

— Il remonte peu à peu. Ce sera long. Je pense beaucoup à vous. F.

— Il est encore à l'hôpital ? Un ami qui a eu le virus est sorti pour se reposer en clinique après quinze jours en soins intensifs. Il a beaucoup maigri et est fatigué, m'a dit sa femme. Ce sera long pour Jean-Gabriel, il va falloir être patient. Vous allez bien ? Prenez soin de vous.

— Quelle est la clinique ? Il va falloir en trouver une pour Jean-Gabriel. Je vais bien, campagne, prenez soin de vous également. F.

— Je me renseigne et je vous dis. Je suis à Arcachon, heureux de profiter de mon jardin et de la mer, même si la plage est interdite, je l'ai quand même pour les yeux. M.

— Oui, *vedere ma non toccare.* Édouard a pu parler avec son père. On a du mal à mesurer ce que fut l'épreuve de quinze jours de coma. Des nouvelles bientôt. Merci pour votre attention et votre soutien. XXX, F.

— Mon ami est à la clinique de l'Ourcq, rue Petit, dans le 19e, il a été hospitalisé deux semaines à Cochin avant. XXX, M.

DORA

— Je pense très fort à toi et à vous tous. F.

— Merci mon Fredo. Je pense à toi aussi. J'espère de tout cœur que cette pandémie cesse au plus vite. Je t'embrasse fort.

La folie du vaccin. Tout sera résolu quand on l'aura trouvé. On pourra oublier les milliers de morts, la panique, la catastrophe économique. Excitation comme aux champs de course, pour savoir qui sera le premier à l'arrivée pour décrocher la timbale du prix Nobel. Et déjà des bagarres pour savoir comment il sera distribué. Le Messie va revenir, l'imam caché va sortir de sa caverne, Dark Vador arrive pour buter le virus ? *Embrassons-nous, Folleville !*

Le vaccin ? Pour le Sida, on cherche encore.

Lu dans le journal : « Pas moins d'un mètre. Ça va être compliqué. Je n'envisage même pas l'embrasser sur la bouche quand il reviendra enfin au moment même où j'ouvrirai la porte. J'ai quand même prévu de vérifier sa température. »

Courrier des lecteurs du *Monde* : « Avez-vous des propositions d'innovations pour pimenter un peu la masturbation, seul plaisir charnel qui reste aux confinés solitaires ? [...] En cette période, je regrette l'excès de masturbation. » À rapprocher de Woody Allen : « La masturbation, c'est faire l'amour avec quelqu'un qu'on aime. » Avis aux amateurs.

ÉDOUARD

— Mon Édouard, est-ce que tu as pu parler à ton père ? F.

— Non, j'ai essayé deux fois. Je reprends demain vers 12 h 15. *Love.*

— xxx, F.

ROBERTA

— Il progresse mais il est bien faible encore. Tendresse, F.

— Je suis si contente… Tout ira bien, j'en suis sûre. Il reviendra à la Villa ! Un *abbraccio* à la romaine ! xxx, R.

ÉLISABETH Q.

— Un peu perdu et désorienté. Faible. Mais il va remonter. F.

— Oh ! Il doit remonter et il va remonter. J'en suis sûre. Embrasse-le. Élisabeth.

J. ET M.

— Il remonte peu à peu. Ce sera long peut-être mais il est très solide. Mille pensées fidèles.

STÉPHANE B.

— Très bien ce que tu as dit sur *The Queen.* Jean-Gabriel remonte, faible mais vaillant. F.

— Merci, cher Frédéric. Je l'encourage à distance et toi aussi. xxx, S.

ANNE F.

— Remontée lente. Faible et encore désorienté. Mais vaillance, intellect, humour intact. Espoir, espoir. xxx, F.

— Je pensais à vous ce matin, je voulais vous envoyer un SMS. Tout le monde dit que c'est lent après. Bon courage. Amitiés bien affectueuses, A.

Courrier des lecteurs du *Monde* : « Personnellement, j'adore le confinement, je prends le temps de vivre, je diminue progressivement mes antidépresseurs tellement je me sens bien. Plus de stress du tout et on n'est plus emmerdé sans arrêt par les appels téléphoniques pour l'isolation à un euro. »

François Cheng raconte : « Un après-midi de solitude dans son sombre logis, le grand mystique Jakob Böhme voit un rayon de lumière qui entre par la fenêtre et qui s'attarde sur un ustensile en étain. Soudain, il est ému jusqu'aux larmes et, empli de gratitude, il tombe à genoux. »

Il n'y a pas qu'en Chine que l'on trouverait des labos à virus. En Angleterre, aux États-Unis et en France aussi sans doute, on cultiverait de gentilles petites bêtes dans le genre de celle qui ravage actuellement le monde, histoire de ne pas être en retard en cas de guerre bactériologique. Top secret. Intox complotiste ?

Comment ça se passe dans les hôpitaux psychiatriques ? Pas bien, j'imagine. Peu d'information sur le sujet. Il faudrait chercher. Pas le courage.

« Le problème avec la vie, c'est que l'on ne sait vraiment pas du tout ce qui se passe. » (Philip Roth, *Tromperie*.)

FRANÇOIS S.
— Un peu désorienté encore, faible, mais bon moral, il remonte. XXX, F.
— Merci Frédéric, les bons gènes des M., aucun doute là-dessus. F.

BRIGITTE
— Je pense fort à toi et à Illia. Tendresses. F.
— Merci Frédéric. Nous allons très bien. Je suis si heureuse pour Jean-Gabriel. Encore un peu de patience. Le confinement pourrait être une aubaine pour lui qui recherchait le calme. À Paris, il n'y a plus un bruit non plus, mais dur d'être enfermée par 25 degrés. Mille baisers, B.

J. DE R.
— Cher Frédéric, pourriez-vous me donner quelques nouvelles de la convalescence de Jean-Gabriel, et notamment si sa mémoire commence à lui revenir. Merci beaucoup. Amitiés, J. de R.
— Cher J., il est encore un peu désorienté, mais sa mémoire revient de plus en plus nettement. Il n'y aura pas de séquelles, confirmé par un interne à Olivier. Amitiés. F.

OLIVIER O.
— Il remonte lentement la pente, mais sûrement. Ce sera long. Prenez soin de vous. XXX, Frédéric.
— Toi aussi, cher Frédéric… Merci de nous avoir donné des nouvelles. O. et C.

Certains malades, une fois guéris, traînent des séquelles neurologiques. Il y a ceux qui racontent toujours les mêmes histoires, ceux qui ne trouvent plus leurs mots, ceux qui ont des trous de mémoire. Soit c'est le virus qui a attaqué le cerveau, soit c'est le corps tout entier qui a réagi en état de panique. C'est comme un groupe de flics appelés pour une querelle de voisinage et qui se transforment en militaires de la Wehrmacht et fusillent tout ce qui bouge.

Lu dans le journal : « Les enfants ne sont pas des machines apprenantes. Ils vivent une situation inédite. Confinés chez eux, privés de leurs amis, abreuvés d'informations anxiogènes. Qu'on leur foute la paix pendant quinze jours ! »

Les anti-vaccins n'osent pas trop se manifester pour le moment, mais ils se pourlèchent les babines dans l'ombre. Ils sont impatients que l'on ait trouvé pour relancer les campagnes complotistes.

« Vous habitez dans un autre pays et vous en profitez un maximum, puis vous retournez dans la mère patrie porteurs d'infection. Je ne vous le pardonnerai jamais, ni dans cette vie, ni dans la prochaine ! » Un internaute birman. Fin de la pensée magique.

CHANTAL ET F.X.
— Il remonte. Lentement. Ce sera long, pensées tendres et fidèles. XXX, F.
— Ouf ! Rentré chez lui ou pas encore ? Bises.
— Quinze jours encore à l'hôpital. XXX, F.

MICHEL DE F.
— Il remonte peu à peu la pente. Ce sera long. Mille pensées bien affectueuses. Protégez-vous bien. F.M.
— Nous prions pour qu'il en ait le courage, ce dont nous sommes sûrs ! Le pauvre, ça doit être difficile pour vous et sa famille aussi. Nous pensons à vous très affectueusement, M.
— Moral d'acier, ténacité extraordinaire ! XXX, F.

DOMINIQUE ET SOPHIE
— Il remonte peu à peu. Pensées tendres et fidèles. XXX, F.

P.M.
— Il remonte très lentement, si faible. Ce sera long. Pensées bien tendres. F.
— C'est ce que je craignais. *Abrazos grandes.* P.M.

CORINNE R.
— On cherche à le joindre mais le service est une forteresse !
— Les équipes doivent être débordées… J'attends. XXX, C.

FRANÇOISE D.
— Désorienté, faible, mais il va remonter. Je pense très fort à vous. F.

En Nouvelle-Calédonie, les Kanaks dressent des barrages aux entrées des tribus. Ils en ont leur claque des virus depuis que les Européens les ont décimés au moment de la colonisation en leur apportant la grippe.

Relire *Le Monde d'hier*, de Stefan Zweig, quand les contrôleurs de chemin de fer portaient le même uniforme de Vienne à Prague et de Trieste à Lemberg. Comme Pierre-Henri Castel qui pense mélancoliquement que le monde d'hier ne reviendra pas ou comme moi, qui refuse de le penser parce que je sais qu'il a disparu bien avant le Covid.

« Rien ne nous vieillit comme la mort de ceux que nous avons connus depuis notre enfance. Je suis aujourd'hui plus vieux d'un mort. » (Julien Green, *Journal*.)

Mazarine, ma petite cousine aimée, on ne se parle pas assez souvent, mais quelque chose me dit que tu penses parfois comme moi. Esprit de famille…

— Je suis sûre qu'entouré comme il l'est, il remontera la pente mieux que personne. Merci une fois de plus de nous faire partager ce combat. Je vous embrasse fort, F.et T.

BETTY
— Mille pensées tendres pour tous et Mazarine Family aussi. F.
— Jean-Gabriel, toujours mieux ?
— Oui. XXX, F.

FRANÇOISE S.
— Il progresse, ce sera long, mais espoir. XXX, F.
— Merci cher Frédéric pour ces nouvelles. Nous pensons beaucoup à vous. Je vous embrasse, Françoise.

COUSIN PIERI
— On cherche à le joindre mais le service est une forteresse. Bien affectueusement à toi. F.

JEAN-PAUL E.
— Il remonte peu à peu. Progrès. F.
— Miracle ! Miracle ! Il revient des grands fonds…

JIN DONG & CAROLINE
— Il continue à progresser. Oui, pour les masques…
— Je m'en occupe dès demain, nouvel envoi prévu. Tendresses à Jean-Gabriel.
— Merci beaucoup. F.

FRANCIS
— Tous pour Roselyne ! On est bien d'accord. Elle est formidable.

Aveuglement et surdité généralisés : il y a toujours autant de guerres, d'injustices politiques, de vilenies des politiques, d'attentats aux droits humains et à la liberté. À travers le monde autant qu'auparavant, mais c'est comme si toutes ces horreurs avaient subitement disparu. Il faut traquer des entrefilets çà et là pour savoir que la Terre tourne toujours aussi mal qu'avant. On peut même entrevoir, en cherchant bien, que la génération de brutes qui gouvernent un certain nombre de grandes puissances profitent de notre repli sur nous-mêmes pour mener leurs vilaines petites affaires. Super Donald donne l'exemple, mais Modi en Inde ou Xi Jinping en Chine n'ont jamais été aussi machiavéliques pour avancer leurs pions et multiplier leurs attentats impérialistes.

JEAN-PIERRE

— Il remonte lentement. Désorienté, très faible. Mais espoir. Pensées tendres. F.

— Merci de ces nouvelles de Jean-Gabriel... Il va remonter la pente si on lui laisse le temps d'une vraie et longue convalescence qui lui rendra ses forces. XXX, J.-P.

PIERRE ET J.M.

— Il remonte peu à peu. Ce sera long. Prudence pour le canari et vous. XXX, F.

— C'est fou ! Une vraie saloperie, ce virus. X, Biz.

DORIS

— J'essaie de te joindre ce soir avec des *news*. Reste bien prudente. F.

— Je t'attends. XXX, D.

— Il progresse lentement, mais sûrement.

GENEVIÈVE P.

— Je pense tout le temps à vous. Mon frère progresse. Soyez bien sage. Tendresses, Frédéric.

— Merci, mon bien cher, à vous très vite. Votre Geneviève. Tendres pensées.

SERGE

— Il remonte, lentement. Ce sera long mais on avance. F.

— On va retrouver le beau Jean-Gabriel vif, gai et plus séduisant que jamais ! Serge, XXX.

Au temps des guerres de Religion et des grandes épidémies, dans divers pays et assurément pas en France évidemment, certaines âmes militantes et bien trempées de l'Église catholique dressaient des enfants pour faire la chasse aux protestants hérétiques, et aux Juifs aussi par la même occasion, puisque les déicides ont toujours quelque chose à se reprocher. Il n'y avait pas de limites à l'imagination. Bûchers, lapidations, noyades... Les chers petits ne manquaient ni d'énergie ni d'imagination pour s'acquitter de leurs pieux devoirs et en recueillir la bénédiction de leurs directeurs de conscience. À rapprocher de la *Hitler Jugend* fanatisée du dernier quart d'heure qui a donné tant de fil à retordre aux soldats alliés et qu'il a fallu finir au lance-flammes, et aux bambins gardes rouges de Mao qui ont liquidé plusieurs millions d'ennemis du peuple avant de disparaître dans le trou noir des statistiques chinoises. Un excellent livre de Denis Crouzet, intitulé *Les Enfants bourreaux au temps des guerres de Religion*, vient de paraître sur le sujet. Se méfier des jeunes abrutis des réseaux sociaux, particulièrement virulents en ce moment.

RIMA
— Je pense fort à vous comme je sais que vous pensez à nous.
— Merci de vos chaleureux messages. C'est dur de travailler dans l'incertitude. On essaie de faire au mieux. Pensées pour votre frère. Prenez soin de vous.

SELMA
— Mon Fredo, je pensais à toi depuis ce matin et venais aux nouvelles. Rassurantes, j'espère.
— Il progresse, lentement mais nettement. Ce sera long. Protégez-vous. XXX, F.
— Merci, toi aussi.

CLOTILDE ET E.P.
— Des nouvelles ?
— Désorienté, faible mais il va remonter la pente. Je pense beaucoup à vous quatre avec une si grande tendresse. F

MARIE-FRANCE
— Je partage votre joie et vous embrasse très très fort. M.-F.
— Toute mon infinie tendresse, chère Marie France, présente aux preuves d'inquiétude comme à celles de joie. Frédéric.

STÉPHANE
— Pensée tendre à tous et à vous, mon adorable Stéphane.
— Cher Frédéric, je pense très fort à vous et à votre frère. *Baci.*

Je n'arrive pas à transcrire les conversations téléphoniques. Une main sur l'écouteur et une autre à écrire, ce n'est pas possible et ce serait trop indiscret. Il y a beaucoup d'appels, la famille, des proches et des intimes, des célébrités aussi, mon frère est un homme du monde. Chaque jour et parfois jusque très tard dans la nuit, quand l'inquiétude est si forte. La « voix humaine », en somme. Je ne dis que les surnoms que je leur donne par respect pour elles et eux et parce que le *Navire Night* n'emporte plus que des anonymes sur la mer dangereuse : la tendre amie, la comtesse, le peintre de l'Atlas, les exilés de Patmos, le Ragazzo, le prince de Svanétie, l'étoile de Marrakech et la sirène de Blanche-Neige, la belle d'Haïti, les orphelins de Tirana, etc. Les aveux au téléphone sont aussi sincères que les mots tapés sur le clavier d'un portable, mais ils sont plus désespérés. La violence de la détresse qui veut se faire entendre et la ligne comme un refuge pour des cœurs qui n'en peuvent plus. Exemples : « S'il meurt, je n'aurai plus aucune raison de vivre » ; « Je prie constamment pour lui et je fais dire des messes à son intention » ; « Vous savez à quel point je l'aime, s'il le faut, je peux mourir à sa place » ; « Eh bien, vous lui direz que Lana Turner s'en fiche et qu'elle sera aux abonnés absents s'il tente de la rejoindre » ; « Un matin après l'autre, il faut se parler un matin après l'autre car c'est surtout à l'aube qu'ils s'en vont, appelez-moi chaque matin » ; « Trop de morts, il y a eu trop de morts, mais lui je refuse, j'ai refermé le livre » ; « Mais qu'est-ce qu'ils disent, les médecins, enfin qu'est-ce qu'ils disent ? ».

RENATO
— Je pense fort à vous. Ton frère remonte la pente ? Ce sera long ?
— Oui, peu à peu. F.

LAURENT PG.
— Nous allons à Paris. Le papa de Sonia, quatre-vingt-seize ans. Ehpad Neuilly, fin prochaine.
— Je pense très fort à Sonia et toi. F.
— On reste dans l'Yonne finalement. Sonia a trop peur de le contaminer.

MARIE-ANNICK ET ROSE
— Il remonte lentement. Encore bien faible. Je pense fort à mes chéries de la rue Amélie.
— Nous aussi pensons bien à toi ! Et t'embrassons fort. M.-A. et Rose.

B. CZ
— Encore faible, un peu désorienté. Mais il va remonter.
— Merci encore pour notre dernier échange. Bien affectueusement à vous, Frédéric.
— Il faudra du temps mais l'essentiel est qu'il soit sorti d'affaire. Je pense bien à vous. En amitié, B. CZ

FEREYDOUN
— Il remonte. Faible mais moral solide et espoir.
— Je pense tendrement à vous. Notre tendre amie t'embrasse de tout cœur.

Laurent Wauquiez, politique controversé, se montre sous un meilleur jour en région Auvergne-Rhône-Alpes. Son dynamisme et son omniprésence rassurent ses administrés.

« Paris pourrait être agréable à vivre s'il n'y avait plus de voitures et beaucoup moins de touristes. » Parole de Khmers verts. Allez, encore un effort, et il n'y aura plus personne.

ISABELLE DE L.
— Aymar va pouvoir retrouver son lit garni ! Il progresse lentement, ce sera long.
— xxx, F.

J. ET M.
— Merci, cher Frédéric, nous t'embrassons, M. et J.

HUBERT
— Il remonte peu à peu. Ce sera long. Mais moral et espoir. Je pense beaucoup à vous, à Michèle, à votre fils. Merci infiniment pour votre soutien. De tout cœur, Frédéric.
— Cher Frédéric, j'ai piqué à Michèle le Napoléon III/Hugo que vous lui avez dédicacé. J'adore. Amitié, H.
— C'est une bonne nouvelle ! Jean-Gabriel remonte la pente mais le chemin est rude et abrupt. Je redoute l'après 11 mai et la férocité nettement augmentée des donneurs de leçons et pontifiants en tout genre. Je continue mes lectures sur la France de 1939, ce qui ne m'incite pas à l'indulgence. Pensées bien affectueuses pour Michèle et vous. Frédéric.
— J'ajoute que j'ai rencontré un des descendants anoblis de la lingère de Napoléon III, comte de je-ne-sais-quoi (avec un « G »), il a vraiment la même tête, le même look, saisissant ! H.
— Formidable.
— Eugène Bure, fait comte d'Orx en 1870. Juste à temps. H.
— C'est à côté de Latche !

Christophe Ayad, un ancien de *Libération*, journaliste au *Monde* où il couvre l'actualité du Moyen-Orient et de l'Afrique. Prix Albert-Londres en 2004 pour ses enquêtes sur le Rwanda et l'Irak. Un long et magnifique reportage sur Paris et la nuit des plus ou moins confinés dans *Le Monde* du 18 avril. Trop bien pour que je le saucissonne en extraits. J'aimerais retrouver son reportage sur le zoo de Gaza, publié en 2010.

Dans les magasins, on vous prend la température avec une sorte de pistolet braqué sur la tempe. Ça prend une seconde, comme un coup de feu. On n'en meurt pas, mais on peut être retranché brusquement du monde des vivants en bonne santé. Évidemment, le thermomètre à l'ancienne enfoncé dans le cul pendant une minute, c'était plus rigolo, mais il paraît que ce serait plus compliqué devant les clients et les vendeuses.

NAZANINE
— Il va remonter. Ce sera long. Mille pensées tendres, F.
— Ça va être long mais Jean-Gabriel a énormément de ressources. Soyez mon interprète auprès de lui pour lui transmettre toute mon affection. J'espère que vous tenez le coup. Je vous embrasse. Notre tendre amie aussi. Elle s'inquiète également pour ses enfants aux USA. N.

ÉRIC DE R.
— Il remonte lentement mais sûrement. Tendresse pour vous, Frédéric.
— Combien de temps est-il resté intubé ? Bonnes Pâques. Tu entendras les cloches, et moi je mangerai des bonnes galettes bien conformes. *Tibi*, E.
— Cinq jours, tu imagines dans quel état il est. Tendresse, F.

MEHDI Q.
— On a du mal à le joindre mais on sait qu'il remonte ! xxx, F.

CYRILLE B.
— Ton frère ?
— Il remonte peu à peu la pente.
— Il est sorti d'affaire, bonne nouvelle. J'ai récupéré tes cigares et les épreuves du livre pour la préface…
— Renvoie tout en DHL, la poste ne marche plus. xxx, F.

Cinquante-deux ans plus tard, je l'aime toujours autant. Je souffre encore qu'il ait couché avec d'autres et pas avec moi, mais en revanche, je ne suis pas jaloux de sa femme et de ses enfants et je suis heureux pour lui de savoir qu'il a eu une vie brillante, même s'il prétend le contraire. J'évite de le voir trop souvent, car en sa présence le passé ne passe pas et je dérape assez vite. Je ne sais pas comment je réagirais si j'apprenais que le virus l'a attrapé. Il est constamment avec moi et je ne supporterais pas qu'il souffre et qu'il meure car j'espère encore.

Francis depuis sa campagne près de Paris, le bien-aimé replié dans sa belle maison des Asturies communiquent fiévreusement par internet. Ils sont très inquiets pour Jean-Gabriel et m'incitent à rejoindre leurs conversations. Ils me sont très chers, leur angoisse me touche, mais je suis trop inquiet pour partager régulièrement leurs courriels.

M.Y.
— On cherche à le joindre, mais le service est une forteresse. xxx, F.

SOPHIE
— Comment va votre frère ? Je vous embrasse. Sophie.
— Il remonte lentement, si faible, mais moral de retour. Pensées bien affectueuses. F.
— Je suis bien contente. Et après on fera la fête. xxx, Sophie.

CATHERINE D.
— Remontée très lente, faible, un peu désorienté encore. Protégez-vous bien, chère Catherine.
— Mille pensées affectueuses et fidèles, C.D.

LIRIA
— Et Lilou ?
— Plus en danger. Moins grave que pour Jean-Gab.
— Ouf !

*Jeudi 9 avril*

Le président en visite chez le professeur Raoult, masque, sérieux, componction. Était-ce bien nécessaire ? Pourquoi pas le Puy du Fou, tant qu'on y est ? Ça vient, justement…

Jacques Calvet, ancien patron de Peugeot et soutien de Giscard, Christian Bonnet, ancien ministre de l'Intérieur sous Giscard (Mesrine, l'attentat rue Copernic), Jacques Blamont, astrophysicien, Robert Poujade, ancien maire de Dijon. Ils meurent tous les quatre très âgés de mort « naturelle ». Je note leurs disparitions, car ils ont eu des vies remarquables et je refuse qu'elles se soient achevées dans le massacre aveugle du virus. Je ne m'explique pas cette réticence. En revanche, Henri Madelin, père jésuite et ancien directeur de la revue *Études*, Jacques Lebrun : historien des religions et ami de Bossuet et Fénelon, Jacques Frémontier, auteur de *La Forteresse ouvrière*, ont succombé au virus. Tous les trois également très âgés. Pour moi, toujours le syndrome de *La Chambre verte*, le si beau film de Truffaut qui n'a pas du tout marché.

Bel hommage de Gaspar Noé au comédien Philippe Nahon : « Le virus non vivant qui se nourrit de la vie des autres s'est frayé un chemin jusqu'à ton corps déjà très affaibli par d'autres maux et t'a emporté. »

On ne le voit jamais mais on sait à quoi il ressemble à travers des clichés micrographiques. On finira bien par l'exposer quelque part, des artistes y travaillent déjà sans doute. D'ailleurs, Plantu n'a pas attendu et le dessine déjà férocement comme une sorte de diable rigolard…

XAVIER D. ET L.

— Cher Frédéric, bien heureux de savoir ton frère sur notre rive. Peux-tu lui parler un peu ? Le voir ? Grâce à Xavier, j'étais avec lui depuis ce premier lundi d'angoisse... Vas-tu bien toi-même ? XOXO, L.

— Il remonte peu à peu. On s'occupe magnifiquement de lui à l'hôpital. Mais ça prendra du temps. XXX, F.

FRANÇOISE

— Chère Françoise, il progresse, très faible mais nettement. F.

— Je pense à toi très fort, à vous tous et vous embrasse de tout cœur. Fr.

B.CZ

— Olivier va certainement le contacter. Merci beaucoup. XXX, F.

ÉDOUARD

— Fredo. Tu ne crois pas que le souvenir de Robert à l'hôpital des Invalides, ça ne risque pas de plomber Dad ? Tu sais mieux. On n'a pas donné cette info aux médecins encore. *Love.*

— J'y ai évidemment pensé, en pesant le pour et le contre, mais il sera traité comme le digne fils de son père et il aura aussi, pour le reste, les prestations, les chambres, le jardin, des soldats blessés mais jeunes, pas un mouroir, des kinés aussi. Pour moi, c'est le mieux. C'est l'Hôpital américain de la République et ton père, à sa manière, pour tout ce qu'il a fait, pourrait y avoir droit. La direction de ce lieu très réservé semble avoir accepté la demande sans réticence, ce qui corrobore ce que je pense. XXX, F.

— Mon Fredo, je t'embrasse fort. E.

Paul Morand, écrivain magnifique, obsessionnellement antisémite et homophobe, vivait entouré de pédés et de Juifs. Fort avisé politiquement, il a quitté Londres en 1940, où de Gaulle aurait aimé le retenir, pour se rallier à Pétain. Papie, mon grand-père paternel, esprit fin et charme fou, citait Proust avec une émotion communicative et déclarait : «Je ne serre jamais la main d'un Juif.» Pour les pédés, je ne sais pas, il n'a pas eu le temps de me voir grandir. Leur jugement bousillé par la Grande Guerre? Le virus de la bêtise pourrissant le talent et l'intelligence : se méfier de mes admirations littéraires et de mon ADN.

Il y a quelque chose de gaullien chez Nicolas Baverez. Il ne cesse de nous alerter sur la gravité du déclin français et d'en avancer les raisons avec les accents désolés du «bientôt, ce sera trop tard pour remonter la pente». Les effroyables dégâts entraînés par le virus, c'est déjà sa Campagne de France : Gamelin, la République, le pays tout entier, enfoncés par les chars de Guderian, le poison de la paresse et de l'abandon; le crime hitlérien démoniaque; de Gaulle poireautant avant-guerre dans les antichambres des ministres avec ses notes et ses livres que ces messieurs glissaient sous leurs piles de dossiers en soupirant, et sachant qu'il avait sans doute raison. On reste les bras ballants devant l'énormité de l'effort à accomplir.

HÉLÈNE DE L.

— Cher Frédéric, juste pour te dire que je me renseigne souvent sur la santé de Jean-Gabriel et suis si heureuse de le savoir tellement mieux. Je prie pour lui tous les matins et voulais te dire que dans ce moment c'est si difficile. Je pense à toi car je vous aime beaucoup. Affectueusement, Hélène.

— Merci beaucoup, chère Hélène, Jean-Gabriel remonte lentement après quinze jours de réanimation. Ce sera assez long. Une lourde épreuve pour lui et grande angoisse pour tous ceux qui l'aiment, si nombreux. Mille pensées bien affectueuses, Frédéric.

GEORGES-FRANÇOIS

— Tu me diras l'évolution si tu as des nouvelles. Biz, G.

— Il remonte lentement. *News* demain. XXX, F.

— Merci beaucoup, à demain, Biz, Georges.

— XXX, F.

SAÏD

— Des nouvelles ? T'embrasse.

— On se parle demain. Courage pour toi et ta fiancée. XXX, F.

*Churchill and de Gaulle nostalgy* pour le 80e anniversaire de la Débâcle dont les deux héros ont finalement réussi à conjurer un sort néfaste, après cinq ans de guerre et de disputes homériques : avalanche de films, de documentaires à la télévision, de livres, de numéros spéciaux et d'articles. Tant mieux. Mais je ne peux pas m'empêcher de penser qu'il y a dans ce mouvement une sorte de demande pour un leadership, une autorité ferme et compétente dont on ressentirait le manque, à tort ou à raison, dans le contexte actuel.

Jacques Toubon va bientôt quitter son poste de défenseur des droits. J'y reviens, c'est une mauvaise nouvelle. Il s'est notamment insurgé avec raison en faveur des gens qui ne s'en sortent pas avec internet, la galère infernale des mots de passe, le « tapez 1 ou 2 ou 3 ou n'importe » des répondeurs administratifs, la déshumanisation générale de tous les services, ce qui isole tant de gens et ne leur fournit aucun secours pour expliquer leurs demandes.

RENATO
— Mon Fredo, tu es dans nos pensées, c'est long et pas facile, mais le pire est derrière nous. Je peux faire quelque chose pour toi ?
— Je ne fais rien d'autre que de vivre ce drame. F.
— Tu es tout seul en Normandie ?
— Non, avec Jihed qui est adorable. Je ne suis pas à plaindre. Toute la famille aussi sur le pont.
— Oui, c'est bien et important que tu ne sois pas tout seul. Ici, chômage partiel : ça va être dur ! Mais tout le monde dans le même panier ! *Baci*, R.
— Je reviendrai vite vers toi.

FEREYDOUN
— Le temps fera son œuvre. Bénéfique. Nous t'embrassons.
— C'est encore très dur. Son fils a réussi à lui parler. Un peu désorienté, faible mais bon moral revenu. Pensées bien affectueuses, F.

ADÉLAÏDE
— Cher Frédéric, merci pour vos si gentils messages pour Nathalie et moi qui me vont droit au cœur. Je ne savais pas que votre frère avait été malade et quel soulagement qu'il aille mieux. Je pense bien fort à vous, à lui, et je vous embrasse, Adélaïde.
— Pour rajouter un peu au désastre général : Leïla Menchari emportée par le virus. Mille pensées affectueuses et fidèles, Frédéric.
— Mon Dieu ! Merci de me l'avoir dit. Prenez grand soin de vous, et bravo encore pour le réveil de votre frère, avec plein d'espoir pour lui. Adélaïde.

À Calais, les migrants, qui ne peuvent plus se cacher sous les camions pour s'enfuir en Angleterre, tentent de traverser le *Channel* sur des canots pneumatiques obligeamment fournis par les trafiquants de chair humaine. Les lumières de Douvres paraissent si proches, mais la mer est traîtresse. Les courants les emportent au loin, de brusques accès de houle les naufragent. Certains meurent. On ramasse leurs cadavres sur la plage de Sangatte.

Pour ces étudiants sénégalais confinés dans leurs foyers et qui demandent une aide depuis leur chambre exiguë, envahie par les punaises et les blattes, « pas de problème » répondent les assistantes sociales : « Faites un dossier, joignez les quinze pièces jointes nécessaires, sinon il n'est pas recevable, et scannez le tout. Vous n'avez pas les derniers avis fiscaux de vos parents à Dakar et vous n'avez pas de scan ? Désolée, je ne peux rien pour vous. » Oui, comme on dit au Cameroun : « On attend que demain nous trouve… »

M. ET M.
— Merci chéri ! Porte-toi bien et recommence à sourire. XXX, M.

M.Y.
— Lui parler enfin, peut-être aujourd'hui ? Je pense à vous. M.Y.
— Nous allons sans doute l'atteindre aujourd'hui. Pensées très affectueuses, Frédéric.

*Vendredi 10 avril*

Plus rien ne sera pareil, soit, c'est proprement inimaginable mais ce sera bien pire.

Je lis : « Un coup de frein phénoménal a été donné à la folle mécanique de notre modernité. » Mais quel est ce langage imprégné du moralisme benoît qui nous accable ?

Aucune explication ne tient, aucune, et le virus qui n'a pas de conscience a, peut-être, seulement celle de s'en foutre complètement.

Et si j'étais moi-même contaminé, porteur de cet inconnu maléfique ? L'autre est devenu un ennemi, et je suis peut-être devenu l'autre. L'horreur de ce *peut-être.*

Il n'y a pas de concorde nationale, juste une paralysie collective devant le danger et l'incertitude généralisée.

Pétain : « Nous payons le prix de nos fautes » ; « L'esprit de jouissance l'a emporté sur l'esprit de sacrifice » ; « On a voulu revendiquer plus qu'on n'a servi » ; « Je hais les mensonges qui vous ont fait tant de mal » ; « La terre, elle, ne ment pas », etc.

Ce jeune homme est le parfait communiste newlook. Jeune, sympa, marié avec son copain, très actif à la mairie et dans les médias. En fait sectaire, sûr de lui, fourmillant de projets coercitifs pour la vie à Paris, présentés comme des avancées démocratiques. Dans l'évanouissement général de toutes les résolutions, le virus lui a ouvert un boulevard à trottinettes au pied de tous ces immeubles haussmanniens qu'il déteste.

ÉDOUARD
— Invalides *niet* !
— Désolé pour avoir plaidé cette piste. Je l'ai eu, très alerte intellectuellement, je t'embrasse fort. XXX, F.

ALICE
— Tu as pu lui parler ?
— Non, j'essaye en vain tous les quarts d'heure. XXX, F.
— Ah, zut. Tu essaies bien sur le fixe ?
— Oui, j'ai vérifié 01 71, etc.
— OK.
— Essaye, toi aussi, et dis-moi si tu l'obtiens. Je continue toutes les quinze minutes.
— Actuellement, l'infirmière va m'appeler, je lui en parlerai et je te ferai signe ensuite. Tu seras sûr de l'avoir.
— OK, je suis toujours avec mon téléphone. Je l'ai eu finalement, très alerte, vif. Heureux que tout le monde pense à lui. Ses enfants, ses frères, ses proches. J'en retire une bonne impression. Désolé d'avoir plaidé pour la mauvaise piste des Invalides. Après leur refus. Cognacq-Jay ? XXX, F.
— Ah bon, ils ont dit non ? Je ne suis pas au courant.
— Ils disent avoir eu une réunion à ce sujet. Pas de coronavirus aux Invalides...
— Bon, on verra bien. Quoi qu'il en soit, Cognacq-Jay semble très bien, + jardin. Et l'autre établissement conseillé par Mathieu G. ?
— Je ne sais pas. Conseils Pieri. XXX, F.

L'article de Michel Agier sur la vie dans les camps de réfugiés : le double confinement ne met aucunement à l'abri des contaminations, au contraire.

Lu quelque part : « Religieusement parlant, je pense que ce sera le meilleur ramadan, pour tout le monde. »

Un énorme Antonov russe, le plus gros avion du monde dont seuls des initiés connaissent l'existence, se pose à Roissy et dégorge des montagnes de masques. Il ne manque que Tintin pour que l'image soit parfaite.

Anthony Fauci, le conseiller santé de Super Donald, n'hésite pas à le contredire en insistant sur la gravité de l'épidémie. Mais il ne démissionne pas pour autant. Brad Pitt le prend à partie dans des programmes courts à la télévision en l'imitant avec une verve formidable. À la fin de chaque spot, Brad retire sa perruque blanche et redevient le beau-gosse « wonderful ». Il paraît que le docteur Fauci trouve tout cela très drôle, presque autant que la recommandation de boire de l'eau de Javel de l'impayable Super Donald.

CORINNE R.

— Avez-vous quelques nouvelles, cher Frédéric ? Je vous embrasse, C.R.

— Je lui ai parlé, charme et intellect intacts (ouf !), épuisement, moral solide, très touché par des attentions comme la vôtre, on cherche l'institution où il pourra récupérer sans être malheureux (mouroirs...). Je vous dirai. XXX, F.

SYLVIE F.

— Jean-Gabriel ?

— Réveillé mais très précaire encore. F.

— Aïe, mais progrès !

FRANCIS

— Il progresse, je lui ai enfin parlé. Intellect préservé, charme intact et, pour le reste, épuisement. Mais progrès constants. *Baci* à Chantemesle, F.

— Merci. F.

GEORGES-FRANÇOIS

— Il progresse, je te dis demain. F.

— Je m'en réjouis. À demain.

Je n'en peux plus de cette célébration permanente de la bonne cuisine, de la gastronomie et des grands chefs dont je ne mésestime pourtant pas les mérites. Cet unanimisme papillaire me gêne, quand tant de gens n'ont même plus de quoi manger, et ce triomphalisme de la qualité France me heurte, à l'heure où presque tout le monde est dépassé par l'ampleur de la catastrophe.

Franck Riester : « On ne laissera personne sur le bord de la route. » C'est ce qu'il pense vraiment et c'est une promesse qu'il veut tenir. Mais lui donnera-t-on les appuis et les moyens nécessaires ?

SAÏD

— Je viens de l'appeler. Progrès lents, mais réels. XXX, F.

— Je sors une heure avec Safa. Elle en a besoin. T'embrasse.

— Tu as raison, on se parle ce soir. F.

ARLETTE

— Je pense tout le temps à lui. Roselyne Bachelot : formidable ! Elle est vraiment remarquable. Faites-lui des compliments de ma part.

M. ET M.

— Oui, espoir, mais il est très faible. Je suis certain qu'il redeviendra comme avant, mais ça va prendre du temps en traversant une longue phase de grande fatigue. Édouard lui a parlé au téléphone, il commençait juste à saisir ce qui lui est arrivé. Je lis que la Grèce se défend bien contre le virus. Je vous embrasse, F.

— Frédéric chéri, c'est si dur de voir celui qu'on aime en souffrance. Mais le plus dur est passé. Et l'impatience nous gagne. Pour lui dire combien on l'aime. Je t'embrasse très, très tendrement, M.

— Je lui ai parlé aujourd'hui, voix chuchotante, mais intact. On le retrouvera tel qu'il était ! Même si ça prendra un peu de temps. XXX, F.

Sur l'attestation, il n'y a pas de case à cocher « coup de foudre », ni même « rendez-vous d'amour ». Et pourtant...

Mort de Christophe, le chanteur. On précise « complications pulmonaires ». Beau, blond, diaphane dans sa jeunesse, tellement changé ensuite.

M.Y.
— J'ai réussi à lui parler, ma chère M.Y. Intellectuellement alerte (ouf!). Humour et moral. Il doit tout réapprendre compte tenu de son épuisement. Très touché de savoir que vous avez toujours demandé de ses nouvelles. Maintenant il faut trouver un établissement pour qu'il se remette tout à fait sans y être trop malheureux. J'espère que vous allez bien. François, vos proches. Je vous embrasse, F.

LIRIA
— Des baisers et des pensées.
— Je lui ai parlé. Épuisé comme on l'imagine mais intellect et humour intacts. Voix chuchotante. Moral.
— Pas de séquelles ! Se reposer, essentiel.

*Samedi 11 avril*

La deuxième vague, on la redoute. Et les rebonds, chez les malades qui semblaient guéris. On les redoute aussi.

Messe de Pâques dans Notre-Dame en ruine. L'archevêque de Paris, Michel Aupetit, l'évêque auxiliaire, le recteur, tous les trois en parements liturgiques. En tenues de protection contre le plomb : Renaud Capuçon, Philippe Torreton, Judith Chemla lisent des textes de Claudel. Péguy et Mère Teresa, devant la couronne d'épines miraculeusement préservée. Spectacle surréaliste. Tant mieux pour ceux qui peuvent y croire.

En couverture de *Libération*, « En sortir par la gauche ». Mouais…

Le confinement heureux ? La chance de pouvoir se retrouver soi-même et de faire enfin ce que l'on n'avait pas eu le temps de faire – écrire, jardiner, lire, répondre aux lettres qui traînent, etc. –, c'est sans doute très bien au début mais l'ennui menace vite. L'ennui n'est pas une sorte de mélancolie égoïste mais le manque de tout ce qui faisait la vie d'avant, amitié et discordes, liberté d'aller et venir, mener son quotidien comme une aventure.

Pour ce qui me concerne, j'ai le confinement sinistre, je n'arrive à rien faire d'autre que penser à mon frère, à tous les gens qui sont dans la même situation que moi, avec un proche qui peut mourir à chaque instant et dont on n'arrive pas à avoir de nouvelles.

FRANÇOIS S.

— Cher Frédéric, j'espère que tu vas bien que ton frère se rétablit. Appelle-moi quand tu veux. Amitiés. François.

— Progrès. De tout cœur. XXX, F.

MICHELINA

— *Buena Pasqua*, je vous embrasse, je sais que les nouvelles sont meilleures. Enfin. Michi.

— *Buena Pasqua*, chère Michi, que tout aille aussi bien que possible. Mille pensées tendres, F.

CORINNE R.

— Comme je suis heureuse, j'étais désespérée mais je savais qu'il avait en lui la force de résister. Dites-lui que je le serre dans mes bras. Dès qu'il sera possible de lui parler, dites-le-moi. Je vous embrasse très fort, C.R.

BERNARD K.

— Appelle-moi, cher Frédéric. On pense très fort à vous et à Jean-Gabriel. Christine et moi. XXX.

CHRISTINE O.

— Comment vas-tu ? Comment va-t-il ? Christine.

— J'ai réussi à lui parler hier soir. Voix chuchotante, fatigue, mais intellect impeccable malgré quelques nuages d'anxiété (ils se dissipent depuis hier). Charme, intellect et humour toujours là. (Ouf.) Moral solide. Avec mon frère Olivier et son fils Édouard, nous sommes sur plusieurs pistes pour l'établissement nécessaire à sa récupération. Bernard a peut-être des pistes à nous conseiller. En tout cas, merci du fond du cœur pour ton attention, si chaleureuse et si fidèle. F.

Une infirmière en psychiatrie venue en renfort :
— Une perfusion ? Je ne sais plus les poser.
— Eh bien, tu vas t'y remettre ma grande. (Propos recueillis par Florence Aubenas.)

Boris Johnson est guéri. Tout beau, tout gentil, il a maigri de dix kilos et il remercie à tout-va les soignants immigrés qui l'ont sauvé. Mais ses piles une fois bien rechargées, il va pouvoir appliquer son programme avec un enthousiasme encore décuplé : en gros faire chier l'Europe un maximum avec le projet de transformer l'Angleterre en un autre Singapour, piratant sans vergogne règles économiques et lois sociales. L'ennemi sympa, mais implacable.

Il n'y a plus de relève de la garde devant Buckingham depuis le 20 mars. Harry et Meghan s'en fichent, ils se pomponnent à Hollywood pour passer à la télévision et dire comme ils ont été malheureux dans la famille royale. Que Granny se débrouille avec le virus, au fond, c'est son boulot.

La politesse des rois est l'exactitude, certes ; celle des stars est de se faire attendre. Elizabeth Taylor a été en retard d'une heure pour ses obsèques.

FRANCIS
— C'est déjà pas mal. On entend dire que beaucoup mettent un temps considérable à récupérer. XXX, F.
— Il est encore très angoissé. Tout va se remettre mais comment le rassurer ? On parvient à lui parler au téléphone mais il est trop faible pour appeler. *Wait and see.* XXX, F.

SAÏD
— Des nouvelles ? T'embrasse.
— Pareil, progrès lents mais réels. On cherche l'établissement pour récupération. Courage, je t'embrasse très fort ainsi que ta fiancée. F.

ÈVE
— Jean-Gabriel, ses progrès ? Est-il toujours à l'hôpital ? Je t'embrasse. Prends soin de toi, Ève.
— Encore très faible, très angoissé par son état actuel, mais il progresse quand même. F.
— Dur d'être conscient de ses faiblesses. Mais j'espère que tout ça va vite être de l'histoire ancienne.
— XXX, F.

B.CZ
— Cher B., je viens d'évoquer la piste d'une consultation téléphonique avec le professeur que vous m'avez indiqué. Mon frère Olivier va l'appeler. Merci encore. F.M.
— Je pense fort à vous tous. Je préviens le professeur. En amitié. B. CZ

La pagination des journaux réduite. Pour le coup, comme durant la guerre.

La baisse du marché publicitaire permet aux annonceurs de se payer de pleines pages dans les journaux. Amazon en profite en insistant sur ses bonnes pratiques sanitaires et sociales… La Poste aussi, toute honte bue ! C'est ce qu'on appelait autrefois de la réclame.

L'argent consacré au plaisir n'est jamais de l'argent perdu. Il ne laisse que de bons souvenirs.

M. ET M.
— Quelle merveilleuse nouvelle avec le printemps. XXX, M.

M.Y.
— Vous, il faut dormir ! Bonnes Pâques à tous et une bonne santé. Nous sommes toujours confinés rue du Bac. Je vous embrasse, M.Y.

*Dimanche 12 avril*

La messe de Pâques du pape François. Dite seul avec un assistant, de nuit sous un dais. L'esquif d'un naufragé indomptable devant la place Saint-Pierre, océan immense, intégralement vide. Il bénit ensuite les millions de fidèles absents, longuement, dans toutes les directions, avec un ostensoir somptueux et lourd. Relique païenne et vestige de deux mille ans d'histoire. Pluie battante, solitude, idée de la communion des âmes.

Évangile selon saint Marc, les apôtres du Christ dans la tempête : « Maître, nous sommes perdus. » Le pape François : « Nous nous retrouvons apeurés et perdus. Comme les disciples de l'Évangile, nous avons été pris au dépourvu par une tempête inattendue et furieuse. Nous nous rendons compte que nous nous trouvons dans la même barque, tous fragiles et désorientés, mais en même temps tous importants et nécessaires, tous appelés à ramer ensemble, tous ayant besoin de nous réconforter mutuellement. La tempête démasque notre vulnérabilité et révèle les sécurités, fausses et superflues, avec lesquelles nous avons construit nos agendas, nos projets, nos habitudes et priorités; le maquillage des stéréotypes avec lequel nous cachions nos ego toujours préoccupés de leur image. »

La Mecque vide comme le Vatican. Plus personne tourne autour de la Kaaba. Bon, on joue aussi les matches de foot dans des stades vides.

MICHELINA
— *Buena e Santa Pasqua* à tous. *Il ex directore* qui vous aime.

FLORIAN
— Je ne savais pas pour votre frère, cher Frédéric. Courage à lui ! Prenez soin de vous et des vôtres. À bientôt. Je vous embrasse de tout cœur, Florian.
— Merci pour votre message qui m'a beaucoup touché, cher Florian. Nous sortons peu à peu du cauchemar. Je suis confiné à la campagne, à l'abri, mais l'infernale inquiétude ne se dissipe que lentement. Ce serait une joie de vous retrouver quand ce sera fini. Quand ? De tout cœur. xxx, Frédéric. Prenez soin de vous.

CATHERINE C.
— Joyeuses Pâques à vous tous. Le plus beau cadeau de ces Pâques est que Jean-Gabriel ait tenu le coup. Bravo, Jean-Gabriel est notre héros ! Quand pourrons-nous lui parler ? Je vous embrasse tous très affectueusement. Catherine.
— xxx, F.

FRANCIS
— Tous les experts disent que ça prend du temps, mais qu'on y parvient. xxx, F.
— Oui, mais il se perçoit comme si délabré qu'il a du mal à l'entendre. xxx, F.

GEORGES-FRANÇOIS
— Nouvelles, nouvelles ? Biz, G.

Paroles du ramadan : « Cette année je vais me conformer à l'enseignement du Prophète en étant responsable, en restant chez moi, en priant avec ma famille, en rendant grâce et en essayant de faire pour le mieux. Ce ne sera ni héroïque ni extraordinaire, mais durant un temps si difficile, ce sera assez. Si nous sommes bénis, cela pourrait même encore nous rapprocher de Dieu. »

Tom Moore, le centenaire anglais qui déambule des heures entières autour de son cottage en signe de solidarité, a récolté plus de trente millions de livres pour les soignants et les patients. Le genre de héros très british pour qui l'opinion publique se passionne à juste titre. On explore sa vie de militaire en Birmanie durant la guerre, la reine lui écrit pour le féliciter et a décidé de l'anoblir.

Guillaume Cuchet, professeur d'histoire : « Les Occidentaux bénéficient avant soixante-cinq ans d'une sécurité psychologique extraordinaire, inconnue des âges antérieurs. L'ancienne culture civile et religieuse de la mort qui permettait de résister à ce stress a disparu. »

Nous parlons tous des langues qui s'éteindront un jour.

États-Unis : quatre années de croissance et de prospérité économique, surtout au profit des plus riches et dont Super Donald a hérité, balayées d'un seul coup par le virus. Super Donald s'écrie que ce n'est pas sa faute – voire – son refus obstiné d'envisager les dangers de la situation sanitaire, ses vantardises, ses approximations et ses mensonges ont augmenté l'inquiétude générale et largement contribué à aggraver la crise.

JEAN-PIERRE
— Progrès encore lents, détresse par instants, mais moral en hausse. Intellect et charme intacts. Je pense beaucoup à toi.
— Tendresse. XXX, F.

SAÏD
— Il va mieux ? T'embrasse, S.
— Un peu mieux pour le moral. Je pense beaucoup à vous deux. F. N'oublie pas d'arroser les plantes à la maison… Rose te donnera la clé.
— OK, je le ferai régulièrement car il fait chaud. T'embrasse.
— XXX, F.

STÉPHANE
— *Buena et Santa Pasqua. Stefanino Caro.*
— *Grazie. Buena Pasqua, Frederico. Baci, baci.*

RENATO
— Joyeuses Pâques quand même. On pense bien à toi. *Baci.*
— XXX, F.

J. ET M.
— Cher Frédéric, je n'ose te déranger. Nous espérons très fort que la santé de Jean-Gabriel se renforce. Nous t'embrassons, M. et J.
— Tu ne me déranges jamais. Sauvé mais encore en détresse. Les progrès seront lents. En revanche, l'intellect, le charme et l'humour ont résisté. Vos appels lui ont apporté beaucoup de réconfort. Tendresses, F.

Avant de devenir fou et de ressembler trait pour trait au très oublié Alphonse de Chateaubriand, Renaud Camus était un ami bienveillant, un esprit original et délié, un écrivain de haute tenue littéraire. Que s'est-il passé ? Trop de macération solitaire, de déceptions sentimentales et sexuelles, d'humiliations de la part de gens qui n'avaient pas une once de son talent ? Il m'arrive parfois d'avoir envie d'aller le voir dans son château-forteresse près de Lectoure où même le virus aurait du mal à s'y retrouver, pour évoquer le passé, le bon vieux temps de nos échanges, il y a cinquante ans. Je pense qu'il me ficherait à la porte avant que je n'ouvre la bouche.

C'est un gosse de seize ans qui tremble en allant au peloton d'exécution. « Ça va faire mal ? » Marc Bloch qui va subir le même sort le prend dans ses bras : « Non, mon petit, cela ne fait pas mal. »

ARLETTE
— Bonnes Pâques quand même. Jean-Gabriel est en bonne voie.
— Bonnes Pâques à vous aussi, chère Arlette. Jean-Gabriel progresse. Moral en hausse. F.
— Le professeur qui avait soigné votre père me dit que Lariboisière a un très bon service de récupération.
— Très bien, XXX. F.

LIRIA
— Tiens bon, toi aussi.
— Petits hauts, petits bas, mais on avance.
— Attention, dépression après toutes ces drogues !
— Exact.

*Lundi 13 avril*

À propos de Nicky Fasquelle que le virus vient de tuer, Marc Lambron écrit : «Je n'ai jamais connu de Nicky que l'allégresse de l'enchantement.»

Mort de Sarah Maldoror, emportée par le virus à quatre-vingt-dix ans. «La poétique cinéaste», est-il écrit sur le faire-part paru dans *Le Monde*. C'est le terme juste que si peu de diffuseurs avaient su comprendre.

Confiner dans des *favelas*, des bidonvilles, et même des barres de la banlieue, des gens qui n'aspirent qu'à en sortir, les bricolos de la semaine des sept dimanches et les pantouflards accros aux séries Netflix ont-ils conscience de ce que cela implique comme frustrations, amertumes et violences futures inévitables ?

La soumission des prêtres aux consignes de sécurité ; trop de questions dont je n'ai pas la réponse.

«Il est tout à fait normal de parler aux murs, aux plantes et autres pots. Veuillez nous contacter uniquement s'ils vous répondent.»

Trente à quarante pour cent de morts en réanimation. Mais ce n'est qu'une estimation, la vérité est sans doute supérieure aux chiffres officiels.

Martin, infirmier à Saint-Étienne : «On a tous l'image d'une vague qui déferle sur nos hôpitaux, on essaie de construire plus haut pour éviter d'être submergés.»

YANN

— Cher Yann, on me dit que tu as été attaqué par le virus mais que tu iras mieux maintenant. J'espère que tu n'as pas eu à traverser l'épreuve infligée à mon frère. Mille pensées affectueuses et fidèles, Frédéric.

— Merci, mon Fred. Ça a été très fatigant la première semaine. Sans odeur ni goût. Perdu 6 kg. Mais je suis reparti à fond. En pleine forme. Amitiés, Yann.

— Tant mieux, tant mieux, amitiés. Frédéric.

SYLVIE F.

— Des nouvelles ?

— Il progresse. Bonnes Pâques... xxx, F.

— Tu écris ?

— Trop perturbé. Je me documente pour le prochain.

JEAN-PIERRE

— Merci, mon Fredo ! Moi aussi je pense bien à vous deux... Il faudra sûrement un petit bout de temps à Jean-Gabriel pour remonter la pente. Mais il est costaud. Donc toujours confiants. Comment peut-on lui manifester notre affection ? xxx, J.-P.

— Tu peux l'appeler sur son portable de secours. Toutes les marques d'affection lui font beaucoup de bien. Attends un peu, il est encore trop faible pour répondre. J'espère que tu vas aussi bien que possible. F.

DORIS

— Bon lundi de Pâques pour toi, pour lui ! Tu me donnes des bonnes nouvelles ? xxx, D.

— Il avance. Bonnes Pâques à toi. F.

Les couples en instance de divorce, confinés ensemble. Certains se haïssent encore plus, d'autres se réconcilient.

Luc Ferry : « Cette haine pathologique et irrationnelle du progrès et du monde moderne qu'on retrouve à jet continu dans les discours de la décroissance. »

Bruno Le Maire, ministre de l'Économie et des Finances : « J'appelle les entreprises à diminuer d'un tiers leurs dividendes. » Le problème, c'est qu'elles sont sourdes. Pas muettes mais sourdes.

Fitzgerald : « Toute vie est un processus de démolition. » (*La Fêlure*) Citation connue. Juste mais connue. Essayons plutôt : « Réserver son jugement implique un espoir infini. » (*Gatsby le magnifique*)

LAURENT PG.

— Bravo pour le fonds de soutien aux artistes. Dis-moi si je peux être utile. Mon frère progresse lentement. Détresse physique et morale. Mais il avance. XXX, F.

— Nous avons déjà aidé 15 artistes qui ont reçu 5000 euros chacun. Ici ça va, sauf que nous nous attendons au décès du père de Sonia d'une heure à l'autre… Quatre-vingt-seize ans, c'est déjà un beau parcours, mais ce qui est dur aussi pour Sonia, c'est de ne pas être à ses côtés. Ton frère qui est atteint va un peu mieux ? On t'embrasse, Laurent.

*Mardi 14 avril*

À partir des réflexions très pertinentes de BHL. On nous ressert en permanence la citation de Pascal : « Tout le malheur des hommes vient de ne savoir pas demeurer en repos dans une chambre. » Oui, mais il signifiait le malheur de l'existence humaine qui vous empêche de méditer, de nous livrer à une réflexion spirituelle personnelle. Si on se reporte exactement au texte de Pascal, il induit autrement que nous avons justement besoin des autres et de tout le commerce avec la vie et nos semblables avant de pouvoir nous retirer pour méditer.

Confinement : la liste est longue de tous ceux qui ont été confinés au cours de l'Histoire par le pouvoir politique tyrannique dans des îles, des lieux hors d'atteinte, ou seulement en résidence surveillée chez eux et qui, loin de s'en réjouir, sont ressortis brisés par cette malheureuse expérience. Ils en sont aussi sortis parfois plus résolus dans leurs convictions, prêts à reprendre le combat après en avoir approfondi encore le sens, mais jamais pour remercier ceux qui les avaient condamnés à cette réclusion.

Entendu à la radio : « Lavez-vous les mains cinq fois par jour ». Oui, je sais. Quand on vit dans la rue, c'est très facile, il suffit de repérer le bon caniveau. »

L'engouement pour Raoult, pas loin de la sympathie pour les Gilets jaunes.

JEAN G.

— Cher Frédéric, comment vas-tu ? Ma femme et moi allons bien, mais la perspective de rester cloîtrés jusqu'en juillet ou plus est pesante. Qui sait quand on pourra se revoir ? Merci pour les nouvelles de ton frère. Je pense à toi. Affectueusement, Jean.

— Courage courage, je pense que nous pourrons quand même sortir pour le 11 mai. Je pense bien fort et bien affectueusement à vous deux, Frédéric.

ARNAUD DE M.

— Ils vont s'en sortir nos frères, mais quelle angoisse. Arnaud de M.

— Tant mieux ! Beaucoup pensé à vous. La remontée sera difficile mais à la fin tout ira bien. Amitiés, F.M.

DANIÈLE T.

— Immense chagrin, Nicky Fasquelle, ma meilleure amie, « ma sœur » depuis l'enfance… Baisers tristes. Donne-moi des nouvelles. Danièle.

— Je suis absolument désolé. Je l'avais croisée à plusieurs reprises et j'avais aussitôt senti quelle belle personne elle était. Le cauchemar qui nous atteint tous si cruellement aura-t-il une fin ? Il nous laissera de tels manques et tant de peine. Jean-Gabriel remonte lentement la pente. Retrouvant toute son acuité intellectuelle, il perçoit son état physique altéré avec angoisse. On lui dit qu'il va mettre plusieurs semaines avant de retrouver sa forme habituelle. Je pense très fort à toi. Tu m'as beaucoup aidé durant ces trois semaines d'horreur, je t'en suis infiniment reconnaissant et je me sens totalement solidaire de ton chagrin et, hélas, impuissant à t'en consoler. Je t'embrasse comme je t'aime, très fort. Frédéric.

Les tribus indiennes aux États-Unis sont sévèrement atteintes par le virus. Elles sont aussi ruinées par la fermeture des casinos qu'elles possèdent et qui assurent une partie de leurs ressources.

Sur mon portable : « Paiement des droits de douane pour DHL express de Jean-Michel Chang. Procéder au paiement sécurisé. » Les nouveaux masques envoyés de Pékin par l'ami Jin Dong.

Il y a bel et bien eu « sélection naturelle » dans les Ehpad en Belgique. Ils n'étaient même pas inscrits sur les plans d'alerte sanitaire officiels que la Première ministre Sophie Wilmès a découvert avec effarement.

« Je préfère frapper une personne qu'en enterrer mille. S'il le faut, je frappe à coups de matraque. S'il le faut, je jette en prison dans une cave, mais je défendrai mon peuple. » Le pas très *gay friendly* Kadyrov, président de la Tchétchénie. Poutine le trouve efficace quoique un peu « émotif ».

Ce sont surtout les pauvres qui sont tués par le virus. Vieux et pauvres, double peine.

Boom sur le marché de l'or. On thésaurise un peu partout le précieux métal jaune. Comme au bon vieux temps de l'inflation sans contrôle. Justement…

MAËL

— Mes chers neveux/nièces, juste un petit mot pour vous dire que je pense fort à vous dans le cauchemar new-yorkais. J'espère que tout va bien et que vous vous protégez bien. Tendresse du vieil Oncle Frédéric.

CORINNE R.

— Cher Frédéric. Avez-vous trouvé un endroit efficace et agréable pour lui ? Je vous embrasse. C.R.

— Appelez-le à partir de demain sur le portable spécial qu'on lui a fait parvenir. À partir de 15 heures. Insistez sur le fait qu'il doit garder le moral (il est bon) et que ce sera long, mais qu'il est sur la bonne voie et qu'il doit faire confiance à ce qu'on lui dit. La voix est chuchotante, mais intellect et humour intacts. Ne pas le garder trop longtemps, il se fatigue vite. S'il ne répond pas, essayez après trente minutes. F.

— Merci beaucoup. Je suivrai les consignes. Je vous embrasse très fort, C.

— Peut-être, attendre demain, car on le déménage pour l'emmener dans l'hôpital qui est en face et ce transfert va beaucoup le fatiguer. Donc, juste un petit délai d'une journée. Je lui ai dit que vous alliez l'appeler très bientôt et il est très content. XXX, F.

Le Vanuatu, c'est un peu difficile à situer sur un atlas, mais actuellement c'est ce qu'il y a de mieux, rapport qualité prix, pour acquérir un passeport, depuis que Malte est devenue hors de prix. La Barbade et Sainte-Lucie, ce n'est pas mal non plus. Au jeu du saute-frontière, rien de tel qu'une nationalité de rechange pour éviter de retomber dans la case virus.

Promotion immobilière : activité égale à zéro. Parfums et cosmétiques : activité égale à 60 %. C'est bien connu, le rouge à lèvres et le Rimmel, ça marche toujours, même en période de crise.

On évoque largement dans la presse l'enfance et l'éducation de Super Donald pour essayer d'expliquer à quel point il est devenu méchant. Le père, une vraie machine à faire du fric, inhumaine et brutale, la mère complice du dressage, l'école militaire réactionnaire aux mains d'une bande de sadiques. J'avais aussi évoqué dans le documentaire que je lui ai consacré le sort de son frère, beau gosse sentimental et systématiquement broyé, finissant sa vie misérable, noyé dans l'alcool, comme gardien d'un des immeubles de son papa; ainsi que l'avocat cynique, aussi gay que marron, qui a été le mentor de Super Donald à ses débuts après avoir envoyé les Rosenberg à la chaise électrique. Compte tenu d'une forte audience l'année dernière, France Télé qui puise largement dans ses réserves, devrait le rediffuser. Mais il ne faut pas trop en demander puisque, pour Fredo, c'est plutôt « par ici la sortie ».

— Merci cher Frédéric, j'attendrai un jour de plus pour l'appeler. Vous êtes un frère attentionné, un frère comme on en rêve, je vous dis cela car je suis fille unique. Je vous embrasse très fort. C.R.
— Vous êtes trop gentille ! Mais je le savais… F.

MOÏSE
— Juste un petit mot, mon cher neveu, pour te dire que je pense très fort à toi dans la conjoncture très difficile que tu affrontes. Je t'embrasse tendrement. F.
— Merci, mon oncle, tu es bien gentil. « Plaie d'argent n'est pas mortelle… » Je t'embrasse affectueusement, M.
— xxx, F.

SYLVIE F.
— Rassuré ? Tu travailles ?
— Oui, je lis comme un fou pour le prochain. Autrement, je pense à mon frère. xxx, F.

COUSIN PIERI
— Juste un petit mot pour te dire merci du fond du cœur pour tout ce que tu fais pour lui et pour nous. Le cousin F.
— Mon cher cousin chéri, toute ma vie a été un engagement quasi permanent, quand en plus ça touche un proche…
— xxx, F.

ARLETTE
— Quelles nouvelles ?
— Petits progrès mais réguliers. xxx, F.
— On peut lui parler ?
— Pas encore.

LIRIA
— Il tient bon, j'en suis sûre. xxx.

*Mercredi 15 avril*

Habib depuis Hammamet : « Il y a des malades ici. C'est de la faute des Saoudiens qui payent beaucoup d'argent pour entrer et sortir comme ils veulent. » Toujours les étrangers…

Les handicapés, les malades des asiles psychiatriques ; la dernière roue du corbillard.

Mais qui était donc l'abruti qui a refusé d'hospitaliser mon frère lorsqu'il s'est présenté la première fois à l'hôpital ? « Doliprane, restez chez vous. » Le lendemain, aggravation fulgurante.

Et maintenant, qui va ramasser les fraises ? Il n'y a plus de saisonniers.

Makram, l'apprenti marin que j'aide depuis sept ans à payer sa scolarité, confiné sur son bateau de croisière, à quai à Papeete depuis un mois. Vu du pont, Tahiti, c'est moins bien que dans un lagon.

À Paris, Claire va chez le coiffeur clandestinement en passant par la porte de service. « Tout plutôt que de laisser mes racines blanches. » Le coiffeur en question a toute une liste de fausses blondes.

BETTY ET FRANÇOIS
— Nous pensons à Jean-Gabriel avec beaucoup de tendresse en espérant qu'il va de mieux en mieux. Mille baisers à vous deux, Betty et François.
— Il progresse, bon moral, charme et humour intacts, mais la récupération sera longue et c'est un combat très rude. Mille pensées tendres et fidèles, Frédéric.

GEORGES-FRANÇOIS
— Tout va toujours dans le bon sens ? Biz, G.
— Oui, on avance. F.
— Très bien.

SAÏD
— J'ai eu des nouvelles de Jean-Gabriel par Olivier ce matin. T'embrasse.

CONSTANCE
— Frédéric, je viens de voir ton ami Hubert dans *Quotidien*, il est à la fois peu rassurant et réaliste. On n'avait pas exactement imaginé tout ça pour nos vieux jours ! Bien à toi, Constance
— On avait si peu imaginé que mon frère puisse passer quinze jours en réanimation… Prends bien soin de toi et du petit chéri. F.

C'est très pénible de porter un masque, et maintenant qu'il commence à y en avoir, c'est agaçant de voir des gens qui refusent ostensiblement d'en porter. C'est insupportable d'être constamment infantilisé par le pilonnage perpétuel des mesures de précaution à observer, c'est exaspérant d'être confronté à des groupes entiers de gens qui se comportent comme s'ils n'avaient rien vu, rien entendu et qui s'en fichent complètement.

Clemenceau que j'admire énormément a quand même dit une sottise durant sa vie, dans un mouvement d'humeur, s'exclamant que « les cimetières sont remplis d'hommes irremplaçables, qui ont tous été remplacés ». Exemple parmi d'autres : Coluche manque et je regrette son absence chaque fois que j'entends l'un des puissants du jour proférer une imbécillité sonore en pontifiant, et j'essaye d'imaginer comment il l'aurait renvoyé dans les cordes avec une réponse à la bouffonnerie cinglante. Sur un plan plus personnel : Daniel Toscan du Plantier, Humbert Balsan, Paul Otchakovsky-Laurens me sont irremplaçables. Je les regrette chaque jour. Quant aux intimes qui ne sont plus là, je ne peux même pas inscrire ici leurs noms tant j'ai de peine à ne plus les sentir près de moi.

— Quelle épreuve, quel choc ! Prends bien soin de toi aussi. Le petit chéri est séparé de sa fiancée jusqu'au 11 mai. Nous trouvons chaque soir un film à regarder et la maison est plus propre que jamais. Il n'a pas à se plaindre des repas que je lui fais. Les craintes, c'est pour plus tard. Tout est simple pour les croyants, mais ce n'est pas une raison de se convertir. Amitiés et tendresse, Constance.

ISABELLE DE L.
— Cher Frédéric. Comment vas-tu ? Et surtout comment va Jean-Gabriel ? Tout va bien dans notre petite famille... Nous sommes revenus encore pour quelques jours avenue du Maine, promenade nostalgique du côté de l'Olympic. Je t'embrasse très fort, Isabelle.
— Merci pour les bonnes nouvelles. Jean-Gabriel progresse et le moral est bon mais ce sera long. Je vous embrasse fort et continuez à être bien sages. Frédéric.

M.Y.
— Bonsoir Frédéric. Sans vouloir vous déranger, je viens aux nouvelles. Je vous embrasse, M.Y.
— Vous ne me dérangez jamais, chère M.Y. Il est maintenant dans un autre hôpital en face de Lariboisière. Bonne chambre qui ouvre sur les arbres, soignants adorables. Bons repas. Il progresse vraiment. Intellect, charme, humour. Il sait que la récupération est un long combat. Mille pensées bien affectueuses, Frédéric.
— Merci Frédéric. Faites attention à vous. M.Y.

LIRIA
— Mille pensées pour vous tous.

*Jeudi 16 avril*

Mort de Luis Sepúlveda, à soixante-dix ans, écrivain chilien embastillé par Pinochet. Mort d'Hélène Châtelain, actrice réalisatrice, lumineuse apparition dans *La Jetée* de Chris Marker. On ne précise pas la cause des décès.

« Dès que les circonstances le permettront, nous nous réunirons pour honorer sa mémoire. »

« La mère confinée a réalisé que Gulli a de très bons programmes éducatifs et que tout le monde vit très bien en slip. Quant aux chambres de ses quatre enfants, elle n'y met plus les pieds. » (Les sociotypes du confinement par Lison Daniel.)

Tout seul dans sa maison d'Orlando en Floride, où il est seul, sans ses parents, mon petit-fils Sasha, dix-sept ans, commence à trouver le temps long. On s'est mis à Zoom pour lui remonter le moral.

Mayotte, île des enfants abandonnés et perdus qui marchent en bande le long des routes et dans les bidonvilles. Le virus les suit pas à pas.

Les sympathiques fumeurs de pétards qui retournent à la terre pour y élever des biquettes et faire de la jolie poterie à l'abri du virus découvrent avec horreur qu'il y a du bruit à la campagne. Ronflement des tracteurs, battements sonores des moissonneuses. Mais il y a pire : les coqs s'y égosillent à chanter dès potron-minet. Procès loufoque contre une fermière dont le Chantecler insupporte ses voisins par ses cocoricos et risque sérieux de « poule au pot » pour le Placido Domingo de la basse-cour.

FRANÇOIS

— Comment va-t-il ? Et toi ?

— Cher F., Moi, je suis très bien en Normandie. Il progresse, moral et humour. Protège-toi bien. Tendresse. xxx, F.

RKIA

— Bonjour Frédéric, j'espère que vous allez bien. Je pense toujours à vous, je n'ai jamais oublié votre générosité et votre gentillesse. Je voulais prendre de vos nouvelles, surtout dans ces moments difficiles de coronavirus. Je vous embrasse, Rkia.

— Merci, chère Rkia, j'espère que tout va bien et les enfants aussi. Moi je suis à la campagne avec Jihed, qui vous embrasse. Mon frère a été très malade à cause du virus, mais il récupère. Je pense très fort à vous, Frédéric.

A.C.

— Une des premières pivoines de ma campagne, pour votre frère et vous. Mes meilleures pensées vous accompagnent. Je vous embrasse, A.C.

— xxx, F.

MATHIEU G.

— Bonjour Frédéric, quels sont les nouvelles de Jean-Gabriel et de vous-même ? M.G.

— Il progresse lentement mais bon moral, intellect et humour intacts. Je lui parle trois minutes tous les jours. Ce sera long mais il est dans un très bon service. Moi ça va, privilégié, Normandie, beau temps, travail. Et vous ? Vos chers parents si gentils, sont avec vous ? Et le petit chéri, vous arrivez à communiquer ? Mille pensées bien affectueuses, F.

« Monsieur, veuillez nous suivre. C'est votre quatrième verbalisation pour non-respect du confinement, nous devons vous placer en garde à vue. »

Paroles du confinement :

« Il criait : "Je vais te buter, toi et ta fille." Je sais ce que c'est, le confinement. Je veux qu'il parte. Il monte en pression. Il m'a étranglée il y a un mois. Il y a une semaine, il a tout cassé dans l'appartement et il m'a mordue. Mais je ne veux pas porter plainte, je ne le ferai pas. » (Propos recueillis par Lorraine de Foucher.)

« Non à un retour à la normale ! » Tout le monde signe. Moi pas.

Le président du Salvador a trouvé une solution : il fourre dans une même cellule en prison des détenus appartenant à des bandes rivales. Ils ont donc le choix entre se contaminer mutuellement ou s'entretuer.

BETTY

— Toujours mieux ?

— Oui, mieux que prévu encore. Intellect, humour, grâce retrouvés. Moral bon. Fin du tunnel, on lui parle brièvement au tél. Prévoir quand même deux mois. Mille tendresses à tous et Mazarine Family. XXX, F.

FRANCIS

— Nouvelles ?

— Il progresse, humour et moral retrouvés. Un bon service où il est le chouchou, mais ça va prendre longtemps. Merci pour les SMS croisés avec « Javier mon trésor ». XXX, F.

— Oui, c'est long mais ça va marcher. XXX, Francis.

SAÏD

— Des nouvelles aujourd'hui ? T'embrasse.

— Il remonte.

DORIS

— Il avance. Il va lui falloir deux mois. Comme dit ma copine Doris, « tout est toujours trop long », elle a raison mais l'espoir est revenu. Tendresse et tiens bon. F.

— Merci mon Fredo, long mais positif. Libre, guéri ! Tu lui parles ? La clinique ou l'hôpital ? Bien ? Toi mieux ? XXX, D.

Je découpe un article de Brigitte Giraud sur son père de quatre-vingts ans. Je découpe beaucoup d'articles en ce moment pour me rassurer, me dire que je ne suis pas seul avec mon angoisse, pour fixer ce temps de maintenant qui me glisse entre les doigts. Des articles dont je ne saurais certainement pas quoi faire plus tard, si ça tourne encore plus mal. Cet article est superbe de bout en bout. Il se termine par : « C'est ce qui me choque le plus, les critères établis à l'avance, ce n'est plus une stratégie, c'est un crime. »

ELSA

— C'était extrêmement émouvant de vous entendre, cher Frédéric, et je comprends votre émotion de tout à l'heure. Je suis contente et heureuse d'apprendre que votre frère est remis. Merci pour votre générosité et votre sensibilité. Avec toute mon amitié. Je vous embrasse, Elsa.

— Je pense très fort à vous. Merci. Amitiés fidèles, F.M.

CARLOS

— Je ne voudrais pas être intrusif. Des nouvelles ?

— Il progresse. Moral en nette hausse. Dans un excellent service spécialisé ! Intellect, charme préservés. Mais il faut réapprendre à marcher. Merci du fond du cœur pour ton soutien. F.

— Je me réjouis de ces bonnes nouvelles ! Carlos.

SIHEM

— Je pense beaucoup à toi. La période doit être très difficile pour toi. Parlons-nous ce soir. F.

JANINE

— Humour et charme comme avant ! Il est le chouchou de son nouveau service, évidemment ! Mais ce sera long ! xxx, F.

— Prends bien soin de toi. Poèmes d'Eluard. Son fils s'appelle Édouard comme le mien. Confiné à la Réunion. Prends bien soin de toi. Baisers. Janine. Les trois frères, quel exemple... Ma fille à Honfleur. Tant mieux !

*Vendredi 17 avril*

Il semble que le virus ait calé devant le Cantal et la Lozère.

Le propre des monstres-tueurs dans les séries de science-fiction américaines, c'est qu'ils mutent et recommencent quand on croit s'en être débarrassé.

Dans les films de Fellini, il y a souvent un monstre qui apparaît vers la fin. Généralement inerte, pas forcément hostile en apparence, mais imposant et mystérieux. On sent bien qu'il vient pour que l'histoire se referme et que la mort n'est pas loin qui l'accompagne.

Rony Brauman : « Il faut s'appuyer sur la capacité des gens à tenir ces mesures plutôt que de tenter de les imposer, les mesures d'ordre policier ne sont pas tenables durablement. » (Propos recueillis par Béatrice Gurrey.)

Marie de Hennezel : « Demande-t-on aux proches ce qui est plus important pour eux : courir le risque d'attraper le Covid-19 en prenant une dernière fois dans ses bras un parent aimé et lui dire au revoir ? Ou se protéger au risque d'une culpabilité qui les empoisonnera pour longtemps ? »

Alain Duhamel : « L'hôpital a tenu, parce que les médecins ont pu dans l'urgence reprendre le pouvoir aux bureaucrates et arracher des moyens qui leur étaient auparavant refusés. »

BRIGITTE

— Hello Frédéric, comment vas-tu ? Je suis en pleine forme et ce confinement me réussit ! J'ai hâte de te revoir, tu me manques. Je suis aussi tellement heureuse que Jean-Gabriel s'en soit sorti, encore quelques semaines et c'est bon. J'adorerais que tu viennes en Corse cet été. Jeannine avec qui je corresponds serait ravie aussi. Je t'embrasse tendrement, B.

MICHEL DE F.

— Comment sont les nouvelles ? Nous pensons à vous énormément ! Toute notre amitié, affectueusement. M.

— Il progresse lentement mais sûrement. Il faudra au moins deux mois. Merci beaucoup pour vos messages dont la fidélité me touche beaucoup. Frédéric.

CORINNE R.

— Je vais appeler Jean-Gabriel cet après-midi vers 15 h 30. Cela vous paraît-il convenable ? Je vous embrasse. C.R.

— Oui bien sûr. F.

— Je suis aux anges ! Il est sensationnel. C.

ALICE

— C'est bien que tu aies pu l'apercevoir depuis le seuil de sa chambre. XXX, Le vieil Oncle Fredo.

— J'étais tellement émue contente de le voir ! Il était très enjoué, qu'a-t-il dit en me voyant ? « Oh Malice (mon petit nom), mais je ne suis pas coiffé ! » Il est tremblotant et un peu amaigri… Mais tellement heureux de m'annoncer qu'il parvient à s'asseoir dans un fauteuil à côté de son lit. C'était dur de résister à l'envie d'entrer dans la pièce. Mais une gentille cerbère ne m'a donné qu'une minute.

Jack Lang : « Ce discours qui fait de la culture la dernière roue du carrosse, je l'entends depuis toujours. »

Des masques usagés, jetés sur les trottoirs. Avant, il n'y a pas si longtemps, c'étaient les trottinettes.

ÈVE

— Comment ça va ? Je pense à vous trois.

— Il progresse, et humour intact. Le reste est plus lent, mais avance. Tu peux l'appeler brièvement sur son portable spécial vers 17 heures.

*Samedi 18 avril*

Un cauchemar lu dans le *New York Times* : « Je me tenais sur le rivage. Des employés des autorités locales disaient à des familles de gens malades : “Venez avec nous, on prendra soin de vous.” Alors les gens sont venus avec leur voiture à la plage où les autorités avaient installé une grande machine qui a poussé les voitures dans la mer. Les gens étaient trop malades pour résister. »

Père Emmanuel-Marie Le Feber : « Il est plus important d’accompagner un proche mourant que de sortir son chien. Or, il n’y avait rien de prévu en ce sens sur la fameuse attestation. »

Pascal Bruckner à propos du pape François : « On a manqué d’une parole plus prophétique, ne serait-ce que sur les rapports de l’homme à la maladie et à la mort. »

Ceux qui surjouent les précautions sanitaires, refusent tout contact physique, vous accueillent chez eux en portant un masque.

La Bourse de commerce – Pinault Collection : l’ouverture prévue en juin 2020 est reportée au printemps 2021.

GEORGES-FRANÇOIS
— Toujours dans la bonne voie ? Bizz, G.
— Je lui ai parlé. XXX, F. Progresse.

GARDEL
— Ça va, toi ? *Bacio*, G.
— Oui, ça va, je pense fort à toi. XXX, F.

SAÏD
— Des nouvelles ? Fais attention à toi. T'embrasse fort.
— Il progresse, bon moral. *Baci* à tous les deux, F.

LIRIA
— Des nouvelles ? Je m'inquiète.
— Mieux. Autre service où on prend bien soin de lui. Bon moral. Tu peux l'appeler sur son portable spécial dans deux, trois jours.
— J'hésite, mais si c'est normal...

*Dimanche 19 avril*

À Paris, les joggers ont recouvré le droit de courir après 19 heures. Moi, ils m'ont toujours cassé les pieds par leur indifférence butée à tout ce qui ne relève pas de leur exercice physique. Ils me font penser aux réplicants de *Blade Runner*.

Pétition pour les peuples d'Amazonie : Sebastião Salgado, Patti Smith, Richard Gere, etc. Moi qui ne signe jamais rien, je signe plutôt deux fois qu'une.

GEORGES-FRANÇOIS
— Oui, bon moral. Je ne l'ai pas eu aujourd'hui. xxx, F.
— Heureux de ces nouvelles positives. Biz, G.

*Lundi 20 avril*

Christian Drosten, chef du département virologie à l'hôpital de la Charité à Berlin, est le conseiller très écouté d'Angela Merkel. On doit sans doute à ce beau gosse très discret le taux de mortalité nettement plus bas en Allemagne que dans le reste de l'Europe de l'Ouest.

Boris Johnson félicite chaleureusement l'équipe médicale qui lui a sauvé la vie. S'est-il exprimé sur la dégradation abyssale des services hospitaliers dont les gouvernements conservateurs successifs sont responsables ? A-t-il remarqué que la plupart des soignants viennent d'ailleurs ?

Le penseur catholique américain Rusty Reno est horrifié de constater que les prêtres ne puissent visiter les malades et consoler ceux qui pleurent leurs morts. Les prêtres prononcent des vœux, on leur interdit de les respecter. Vu sous cet angle…

Je lis le « Carnet national » dans *Le Monde*. Un récit de Pascale Robert-Diard. Des anonymes, leurs derniers instants, leurs proches. C'est trop triste. Envie de pleurer.

Aux célébrations de la fin de la guerre manqueront beaucoup de témoins, autant de mémoires emportées par le virus.

DAVID
— Bonjour, ton frère va mieux? Et toi, tu vas bien? Bises, D.

SAÏD
— Refus de SMS du portable de J.-G. : Merci pour vos messages. Il ne peut y répondre pour l'instant mais il le fera dans une dizaine de jours. Cordialement.
— xxx, F.

SELMA
— Bon Vendredi saint, mon Fredo. Avec cette forêt de lilas parfumée et pleine d'espoir!
— Merci pour les beaux lilas. Il avance. xxx, F.

LAURENT PG.
— Le papa de Sonia est parti ce matin à 8 heures. Je suis en train de tout régler avec les pompes funèbres qui sont incroyablement surchargées. Amitiés, cher Frédéric, Laurent.
— Je pense très fort à Sonia, avec toute mon affection bien fidèle. Frédéric.
— Merci, cher Frédéric. Ton frère se remet?
— Lentement, mais il progresse. Pensées bien affectueuses, F.

ARLETTE
— Il avance. Intellect, humour intacts! Compter deux mois... F.
— De l'humour, parfait!

LIRIA
— Des baisers, des pensées.

*Mardi 21 avril*

Triomphe de *Animal Crossing*, le nouveau jeu lancé par Nintendo. De gentils petits animaux, entraînés par un sympathique raton laveur, initient les joueurs au monde enchanté d'un capitalisme bienveillant où l'on emprunte autant qu'on veut à taux zéro, sans se préoccuper des délais pour rembourser.

Boîtes de nuit, dancings, bals de village, interdits jusqu'à quand? Souvenirs d'un soir à la mairie de Lons-le-Saunier, paso doble et cha-cha-cha, Lucette et Germaine soigneusement permanentées, qui dansent ensemble, les messieurs et leurs copines, pas jeunes jeunes, mais si contents, l'orchestre municipal. Tout ça, c'est fini ?

Grotesque des tournages de films, des ballets, du théâtre avec gestes barrières et distanciation.

Depuis les Gilets jaunes, les voitures de flics circulent avec leurs alarmes qui résonnent en permanence à tue-tête. Impression désagréable supplémentaire.

Forte demande sur le marché des mobile homes et recherche fiévreuse des applications indiquant les parkings et les lieux où le stationnement sauvage est toléré. L'angoisse des vacances plus forte que tout et le souci de les organiser autrement pour en profiter quand même. La coquille familiale du bernard-l'hermite estival coûte cher et le bon vieux Combi Volkswagen que j'ai brièvement convoité autrefois est hors de prix.

*Photo de Jean-Gabriel, debout dans le couloir de l'hôpital.*

ALICE
— Je pense bien fort à toi. F.
— Moi aussi, mon Fredo. Contente de savoir que tu es au calme à la campagne.

PAUL
— Ton frère ?
— Il progresse, mon cher Paul. Bien à toi, F.
— À toi aussi. Biz.

DAVID
— Progrès lents, mais il avance. On a du mal à imaginer les dégâts de cette horreur sur son corps. Gai, humour intact.
— Une des premières roses du jardin pour embaumer ta journée !
— Oui, c'est un beau printemps. Comme en Allemagne en 1945, où il y avait une magnifique floraison dans les ruines, paraît-il ! *Baci*, F.

BRIGITTE
— Mille pensées bien affectueuses pour toi et Illia. XXX, F.
— Merveille ! XXX, B.

FRANCIS
— Désolé d'être si peu présent sur le site « con-finés », je passe beaucoup de temps à la tour de contrôle avec Olivier et Édouard. Il progresse lentement, les jolis SMS de Tintin et Milou, de « Javier mon trésor », me ravissent, *abrazos* tendres. Merci pour le brin de muguet virtuel. F.
— Pas confiné pour deux sous, le brin de muguet est sorti du jardin il y a quelques jours pour Jean-Gabriel. XXX, F.

Mort de Catherine Humblot, soixante-huit ans, âme fervente de la télévision, de très beaux textes, elle ne m'appréciait pas beaucoup, tant pis pour moi. Longue maladie, comme on dit, plus virus. Claude Silberzahn, quatre-vingt-cinq ans, ancien préfet et patron de la DGSE, le bon et grand serviteur de l'État, comme j'ai eu la chance d'en rencontrer quelques-uns.

Philip Mirowski, éco-philosophe américain : « L'après ne sera pas favorable à une société de gauche, mais à une accélération des mesures néolibérales. » Selon lui les néolibéraux sont mieux organisés que la gauche pour surmonter le choc.

Arancha González, ministre espagnole des Affaires étrangères, interpelle un ministre hollandais : « Nous sommes tous sur le même bateau européen. Nous avons heurté un iceberg. Ce n'est plus le moment de discuter qui est en première et en deuxième classe. L'Histoire nous jugera. »

Jair Bolsonaro, l'impayable (en fait si, car il est l'objet de plusieurs enquêtes pour corruption) : « Ferme ta gueule, putain de journaliste à la con, même si on arrive à cent mille morts, je n'irai pas jouer les fossoyeurs. »

Céline Abdelkader, née Sarnievitz en 1924 en Pologne. Victime collatérale du Covid-19 dans l'isolement d'un Ehpad. Le faire-part du *Monde* laisse entrevoir des bribes d'une longue vie : échappant à la Shoah grâce à ses études à Moscou pendant la guerre, militante de l'indépendance algérienne. On aimerait en savoir plus. Tout est emporté.

GEORGES-FRANÇOIS
— Progrès lents mais continus, moral solide. XXX, F.
— Super, très heureux de ces nouvelles. Biz, G.

SAÏD
— Des nouvelles ?
— Il progresse bien. F.
— Pas de nouvelles de toi ?
— Ça va, ne t'inquiète pas. F.

H.B.
— Il progresse. Mille pensées pour toi et le petit (grand) Louis. XXX, F.
— Pas de joie plus grande en ce moment que de savoir que Jean-Gabriel se rétablit doucement et paisiblement. Tout va bien ici. Louis lit *Les Misérables*, et moi j'en suis au deuxième tome. XXX, H.B.

SELMA
— C'est bien dur. Je te comprends. Mais dis-toi, mon Fredo, que ton frère et vous, les êtres aimés, vous êtes chanceux ; tant autour de nous n'ont pas eu cette chance d'être sauvés. Prends bien soin de toi et de lui. Je t'envoie mes pensées bien affectueuses en attendant de se revoir. XXX, S.

STÉPHANE
— Cher Frédéric, nous parlions de vous avec Michelina, ce matin, en disant que cela faisait bien longtemps que nous n'avions plus de nouvelles. Et voilà la photo si rassurante. S.
— XXX, F.

Propos tenus par un monsieur très mal en point à Nawale, interne à Besançon : « Je ne sais pas, madame, je ne veux pas prendre la place de quelqu'un d'autre, mon état n'est pas si grave, je vais me reposer et cela ira mieux, je ne veux pas déranger. »

Stéphane, médecin réanimateur à Bobigny : « Je redoute le jour où nous ne pourrons plus faire l'exploit d'ouvrir encore quelques lits en réa. J'espère qu'il n'arrivera jamais. »

Lily Brett, romancière australienne : « Mon fils est urgentiste. J'ai beaucoup d'admiration pour lui, et je me fais beaucoup de souci pour lui. En ce moment, il a l'air relativement calme. Moi, je ne suis pas relativement angoissée, je suis très angoissée. Parfois je regrette qu'il n'ait pas été comptable plutôt que médecin. »

ARLETTE

— Xavier a réussi à se glisser dans l'hôpital. Ça va : intact ! Progrès continus. XXX, F.

— La vie est parfois insupportable, mais on n'en a pas une de rechange ! Et vous, Trésor ? Ce qui m'ennuierait, en disparaissant, c'est de perdre tous ceux que j'aime. Baisers, A.

— Allons, allons, pas de pensées noires. On progresse ! Je vous embrasse fort, F.

RICHARD E.

— Cher Richard, merci pour votre si gentil message. Mon frère se remet lentement. Moral d'acier, intellect et humour intacts. Pensées bien affectueuses, pour vous, votre épouse, et mes copines, les jolies jumelles ! F.

DRAGAN

— Bonjour Frédéric. Comment va ton frère. Amitiés, Dragan.

— Progrès lents, mais constants. Il en a pour deux mois… Bien à toi, F.

— Je suis très, très heureux pour toi, pour lui. Amitiés, Dragan.

Une bonne combine pour ramasser le maximum de blé dans le minimum de temps : se faire passer pour un fournisseur connu et agréé de matériel médical et proposer à des hôpitaux ou de grandes pharmacies des stocks de masques contre virement sur un compte bancaire dont le RIB est impeccable. Ça demande un peu de travail de présentation en amont et ensuite, pour faire disparaître l'argent d'un compte fantôme à un autre, mais la panique générale est telle que l'arnaque fonctionne très bien, surtout auprès des Ehpad où l'on ne sait plus à quel saint se vouer devant la flambée de la mortalité.

M.Y.
— Il progresse lentement, mais moral solide. On a du mal à imaginer tout ce qu'il a enduré. Mais on le retrouvera intact. Je lui ai transmis vos messages. Mille pensées bien affectueuses pour François, vous, tous autour de vous. Frédéric.
— Cher Frédéric, merci pour toutes ces bonnes nouvelles. Combien de souffrances pour vous, Olivier, Édouard dans l'attente d'un coup de téléphone chaque jour. Attention à vous maintenant. Il faut porter un masque. Je vous embrasse, M.Y.

LIRIA
— Il avance lentement. Je pense fort à toi.
— Je l'ai appelé hier ! Bon moral !

FEREYDOUN
— Merci pour tes messages et leur précieux soutien. Protège-toi bien. Ce truc est une horreur. Tendresses à toi et autour de toi. XXX, F.
— Très cher Frédéric, le processus est lent et il sera heureusement immunisé pour au moins un an, selon les spécialistes. Attention s'il y a une deuxième vague. Je pense souvent à toi et à cette anxiété effrayante que tu as ressentie. À je ne sais quand le plaisir de se revoir. Je t'embrasse. Notre tendre amie aussi. Fereydoun.
— Après le 11 mai, on se retrouve ! Avantage du confinement, j'ai eu enfin le temps d'installer mes beaux tapis donnés par mon cher Fereydoun ! XXX, F.

*Mercredi 22 avril*

Au tribunal de Bobigny :

— Vous êtes bien conscient que, depuis quinze jours, nous sommes tous confinés ?

— Franchement, j'ai zéro excuse.

— Vous faisiez quoi ? Vous alliez voir les copains ?

— Oui.

— On vous a retrouvé à chaque fois devant un point de deal. Vous en pensez quoi ?

— J'en sais rien.

— Vous dites fumer cinq joints par jour. Vous n'étiez pas en train d'aller récupérer votre consommation de cannabis ?

— Non.

— Vous faites quoi, actuellement ?

— Rien du tout.

— Vous avez arrêté l'école, depuis deux ans, que faites-vous de vos journées ?

— Je traîne avec des potes.

(*Le Monde.*)

*Une photo dans le couloir de l'hôpital*

ÉRIC J.
— Bonjour Frédéric, j'espère que tout va bien à présent et que vous êtes plus serein pour travailler, je vous embrasse, Éric.

DANIÈLE T.
— Magnifique ! ...

MATHIEU G.
— Ah, ça fait plaisir !

DORA
— Gardez toujours espoir ! xxx, Dora.

ÉDOUARD
— Cette victoire est la tienne, mon Doudou ! F.
— Merci mon Fredo, c'est la tienne. Je ne suis qu'un administrateur moyennement capable, lui, c'est un lion ! xxx, E.

Journal de crise des blouses blanches dans *Le Monde* :

« La consigne est de se cacher quand le brancard passe. » (22 mars.)

« Avec le masque, ils ne voient plus le bas du visage, il faut être vachement expressif avec les yeux pour montrer quelque chose. » (23 mars.)

« Les bébés sont en pleine forme, cela m'a requinquée. » (24 mars.)

« Bien sûr, on va s'occuper des malades, mais ensuite on demandera des comptes aux élus. » (25 mars.)

« Tous les jours, je vois des collègues tomber malades, tous les jours. » (26 mars.)

« Quand je croise des connaissances au supermarché, elles se tiennent bien à distance comme si j'avais de l'explosif dans les mains. » (27 mars.)

« Le patient a fugué ! Il en a eu marre de ne recevoir qu'une petite dose d'oxygène. » (28-29 mars.)

« Être transporté en train d'un hôpital à un autre, c'est risqué. » (30 mars.)

« J'ai vu une infirmière qui pleurait en cachette. » (31 mars.)

« On avance en marchant, mais surtout on avance dans le brouillard. » (1er avril.)

« J'ai enlevé mon badge sur ma voiture, par prudence. » (2 avril.)

« Le réflexe est trop souvent de se dire jusqu'ici tout va bien. » (3 avril.)

« Trier les patients, nous le faisons toute l'année. » (4 avril.)

ÉLISABETH Q.
— Magnifique ! Embrasse-le de ma part. Élisabeth.

J. ET M.
— Merveilleux ! Bravo à tous et à lui ! J. et M.

STÉPHANE B.
— Bravo, bravissimo ! Quelle ténacité ! xxx, Stéphane.

ANNE F.
— Génial ! Il est beau comme tout. Je vous embrasse, A.

JEAN DE B. ET MURIEL
— Vivement le 11 mai pour qu'on se retrouve et vivement qu'il soit complètement rétabli. Jean.

FRANÇOIS S.
— Fantastique. Merci Frédéric. Je vous embrasse, François.

J. DE R.
— Cher Frédéric, merci beaucoup pour vos informations et la sympathique photo qui les accompagne. Bien à vous, J.

BETTY ET FRANÇOIS
— Bravo ! Bravo ! Betty et François.

Les taux d'intérêt resteront-ils inférieurs à l'inflation ?

Christian Drosten : « Les scientifiques doivent rester à leur place, dans leurs labos, un scientifique n'est pas un politique. »

Teresa Cremisi écrit : « Peut-être qu'un jour on aura accès à toutes les photos du monde et que des milliards d'êtres muets nous regarderont fixement. L'idée donne des frissons. On ressent un vertige semblable à ceux que provoquent les traités d'astronomie, avec leurs galaxies de milliards d'étoiles, de plantes oubliées, d'astres éteints il y a des millions d'années mais toujours lumineux. »

Mort de Philippe Decraene qui m'avait si bien aidé à préparer mon périple en Somalie il y a quarante ans. Sa femme était la secrétaire de François Mitterrand, charmante et amicale. Mort de Jacques De Drecker, membre de l'Académie royale de la banque et de littérature en Belgique. Pas de précisions sur la cause de leur décès.

Ne pas croire ce qu'on nous a raconté : quand c'est fini, on ne retrouve jamais personne.

OLIVIER O.

— Immense joie de voir cette photo ! Merci. Je t'embrasse et Christine aussi, Olivier.

CHANTAL ET F.X.

— Hourra ! Envoie-lui notre cœur. *Kisses,* F.X. et Chantal.

ALBINA

— Justement je pensais à t'envoyer un petit mot te demandant de ses nouvelles. Super ! ! Embrasse-le et je t'embrasse aussi ! xx, A.

MICHEL DE F.

— Merveilleux, bravo, comme je suis content ! En avant, courage, nous pensons à vous !

CATHERINE C.

— Elle est géniale, cette photo ! Merci, il a maigri, mais il va retrouver ses muscles au fur et à mesure... C.

DRITAN

— Ah ! Quelles nouvelles ! Photo formidable ! Le si gentil et beau sourire du bien-aimé ressuscité ! Avec toute ma tendre affection ! xxx, Dritan.

DOMINIQUE ET SOPHIE

— Top, nous sommes très heureux de voir ce sourire. xxx, D. et S.

Les abeilles qui logeaient sur les toits de Notre-Dame et qui y prospéraient, comme leurs cousines sur le toit de l'Opéra, hors de portée des pesticides qui ont ravagé beaucoup de leurs colonies, ont été atteintes par un autre virus suscité par l'incendie : le plomb. Le métal fondu qu'elles ont allègrement butiné les a rendues malades et leur miel est tout empoisonné.

On avait un peu oublié les avantages du poison en politique depuis le temps des Borgia et, plus près de nous, le bon vieil arsenic des familles de la « bonne dame de Loudun » avait un petit côté ringard et province, mais les régimes autoritaires ont heureusement redécouvert les qualités des méthodes à l'ancienne, ni vu, ni connu. Parapluie bulgare, lingette rafraîchissante à la coréenne, thé radioactif des samovars russes : ça marche quand même beaucoup mieux que les procès truqués et les exécutions par fusillade ou pendaison, qui attirent des journalistes mal intentionnés et des droits-de-l'hommistes qui veulent se faire de la publicité. Il n'y a que le prince héritier d'Arabie saoudite à ne pas l'avoir compris avec sa tronçonneuse électrique, façon Kiloutou, et ses sacs-poubelles pour disperser les morceaux, qui ont fait si mauvaise impression.

HÉLÈNE DE L.

— Cher Frédéric, mille mercis pour ton message et la photo. Quel soulagement de le voir debout et riant. Je prie pour lui tous les matins. Je peux imaginer ce que tu as passé. Je t'embrasse avec toute mon affection. Hélène.

PAUL HENRI

— Je pensais à ton frère il y a cinq minutes ! Heureux de le voir, beau, souriant, positif. C'est bien lui, ça. Merci Freddy. Je t'embrasse avec tendresse.

MOÏSE

— On me l'a passée. Cette photo est superbe !

— xxx, F.

FRANÇOISE D.

— Avec toute ma profonde affection !

— Quelle résurrection et quelle joie de le voir dans ce sourire ! Même si le parcours reste sûrement éprouvant… Merci, cher Frédéric, de nous faire partager cette étape qui nous comble et témoigne encore une fois que les Mitterrand savent dominer les épreuves de santé ! Chapeau bas ! Je vous embrasse et félicitez Jean-Gabriel de notre part à tous les deux. F. et T.

YASMINA

— Bonjour, Frédéric. J'espère que tu vas bien ainsi que tes proches. J'ai retrouvé ma fille la semaine dernière de retour à Paris. Bonne journée, Yasmina.

— Chère Yasmina, tu dois être contente de retrouver ta fille et vice versa ! Pour moi, tout va bien car je suis un privilégié, confiné à la campagne. Mais nous sortons à peine d'un cauchemar avec ma famille, car mon frère aîné, adoré de tous, a bien failli mourir emporté par le virus. Quinze jours de réanimation. Il s'en est sorti. Il est faible mais avec un bon moral.

Le vrai garçon est une espèce très rare. Il affronte la vie en face, pour obtenir ce qu'il veut, il fonce, il peut prendre des risques insensés, il lui arrive de tomber mais il se relève toujours. Il n'est ni vaniteux, ni pingre, ni méchant. Il ne fait jamais de crasse à personne, sauf quand on lui manque gravement. Il a un sens de l'humour ravageur qu'il exerce aussi contre lui-même. Il ne se plaint jamais. Il aime les filles, mais il ne s'en vante pas, car il est pudique et foncièrement fidèle. Il est la douceur même. C'est un bon père qui montre le bien et le mal à ses enfants sans les emmerder, un ami sur qui on peut toujours compter, *gay friendly* évidemment. Les années n'ont pas de prise sur lui, il a inventé sans y penser l'adolescence perpétuelle. De près ou de loin, j'en connais quelques-uns : Jean-Marc avec qui on ne se lâche jamais d'une semelle, Emmanuel Philibert (le Ragazzo), Antoine, l'obstiné dans la jungle de la télévision, Franz-Olivier ferraillant contre la bêtise et la lâcheté, Antoine de Meaux, qui protège la fragilité d'un monde où je me sens moins seul (auprès de lui), Saïd et la fidélité à la mémoire de son père, Emmanuel, la grâce même, dans la lignée de Rohmer et Truffaut. J'essaye de prendre exemple sur eux; ces jours-ci encore plus; mais il y a tellement d'obstacles.

Ce fut un temps d'angoisse terrible. J'espère que tu pourras retravailler vite et que nous nous retrouverons bientôt. Je t'embrasse, Frédéric.
— Quelle épreuve angoissante cela a dû être ! J'espère pour lui et pour vous tous que sa convalescence se passera au mieux. Prenez bien soin de vous. De tout cœur avec toi, Yasmina.

B.K.Z.
— Tendresse et fidélité. F.
— Fidélité et tendresse, Bernard et Christine.

CHRISTINE O.
— Bravo !!! Je t'embrasse.
— Moi aussi, je t'embrasse avec toute ma profonde affection. XXX, F.

FRANÇOISE DE B.
— Cher Frédéric, mille mercis pour cette photo de Jean-Gabriel et quel bonheur de le voir sourire. Je vous embrasse, Françoise.
— Depuis le téléphone de Françoise : « Cher Frédéric, quelle joie de le voir debout. Embrasse-le pour moi et je t'embrasse aussi. Florence G. »

JEAN-PAUL E.
— Il est magnifique ! Vive Jean-Gabriel (et merci Fred). Je regarde *La Duchesse de Langeais*, c'est fou comme il ressemble à Pierre Richard-Willm ! …
— XXX, F.

Tentative pour avancer sur mon projet de livre sur 1939. Je lis beaucoup de journaux et de magazines d'avant-guerre trouvés au dépôt de La Galcante, près de Lisieux (*Paris-Soir, Gringoire, Je suis partout, Match, L'Illustration, Plaisir de France*). Aveuglement collectif sur un tempo de Lambeth Walk, la danse à la mode si amusante qui annonce « la chenille » obligatoire des fins des fêtes d'entreprise. Incroyable violence surtout des polémiques dérisoires et des attaques personnelles. Antisémitisme latent, soit au courant de la plume dans les comptes rendus littéraires, les critiques de spectacles, les récits de faits divers. Même Gide, Giraudoux et Valéry y vont tout naturellement de quelques méchantes lignes. Soit dans des reportages qui se présentent comme « objectifs » sur les communautés d'Europe de l'Est ou plus nettement encore sur la puissance et l'influence supposée que ces Juifs exercent au sein même de la société. Morand, Chardonne, les frères Tharaud en tête de gondole. Soit par un silence obstiné lorsqu'il est question de l'Allemagne au moment des lois de Nuremberg, de la nuit de Cristal ou de la conférence d'Évian, ce qui est peut-être pire encore. Ce qu'il reste de la presse ensuite sous l'Occupation : l'antisémitisme triomphe, même le vocabulaire ne connaît plus de limites, les « youpins » et les « youtres » ont remplacé les Juifs. La bassesse la plus ignoble est partout, le monde qui écrit et celui dont on parle sont devenus fous. Céline est loin d'être le seul.

RAFAELLA. (*Le surnom de la tendre amie que nous aimons, Fereydoun, Nazanine et moi.*)
— Chère Rafaella. Une petite photo et toute ma fidèle tendresse, Fridi.
— Fantastique ! Je suis si heureuse. Je vais l'appeler. Rafa.

JIN DONG ET CAROLINE
— Ah, quelle merveille ! Jin Dong.

FRANCIS
— La photo porte-bonheur !
— Génial ! Tintin et Milou, champagne ! Encore en rééducation ?
— Bien sûr, il en a pour deux mois avant de retrouver une vie normale. Il arrive à marcher. Mais après dix minutes il est épuisé. Il ne peut monter que quelques marches, il a encore du mal à coordonner ses mouvements. Il quitte l'hôpital dans une huitaine de jours pour aller dans sa maison du Midi. Bon moral, mais moments de détresse avec la crainte d'avoir basculé dans la vieillesse. Intellect et humour intacts pourtant, difficultés à se souvenir des instants qui ont précédé le trou noir. Baisers à Catherine, Javier, toi. Humeur triste. Le drame de Jean-Gabriel m'a filé un coup. XXX, F.
— (*Une autre photo*) Il est encore plus magnifique après l'épreuve. J'écoute Niki de Saint Phalle sur France Culture en pensant à lui.

GEORGES-FRANÇOIS
— C'est merveilleux. Embrasse-le et je t'embrasse, Georges.

Publicité EDF : « Devenons l'énergie qui change tout. » Et d'ajouter « pour voir baisser les émissions de $CO_2$ », cet autre virus aussi sournois, mystérieux et invisible que l'autre. Les bons apôtres pour moi qui me méfie de ces déclarations de matamore, me sens totalement flapi, m'en accommode et n'ai envie que de ne rien changer.

Il est entré dans ma vie d'un seul coup, par un jour de désordre et de grande chaleur. Son sourire, sa grâce et sa politesse se sont aussitôt plantés dans mon cœur. Ensuite, j'ai beaucoup pensé à lui et j'ai évité de le revoir. Mais j'ai découvert des traces de lui, çà et là, sans me trahir, et lorsqu'il m'arrivait de parler de lui, je le faisais sur le ton des plaisanteries sans importance pour ne pas éveiller l'attention et protéger le secret. Pourtant, chaque fois, il y a eu encore plus de lumière et de tendresse dans mes sentiments à son égard. Je me dis que, si ce cauchemar cesse un jour, je vais essayer de le rencontrer à nouveau. Je serai sage, prudent, j'éviterai les trafics d'émotions, les accès de panique pour qu'il me garde. Il faudra faire bien attention, l'attirance physique est encore vague, mais elle peut surgir sans crier gare. Tout le mouvement qui me porte vers lui est sans doute déraisonnable, mais c'est irrémédiable. Je sais qu'il sera mon dernier amour.

Mort de Marc Garanger, à quatre-vingt-quatre ans. C'est à lui que l'on doit les photos inoubliables des Algériennes du bled pendant la guerre, dévoilées et qui ne pouvaient dire non. « J'ai reçu leurs regards à bout portant, premier témoin d'une protestation muette, violente. » J'avais écrit la préface de son livre sur la Sibérie.

Napoléon : « En amour, la seule victoire c'est la fuite. » Oui. Calme-toi, mon Fredo, réfléchis...

JEAN-PIERRE
— Formidable. Merci et mille XXX à vous deux, J.P.

G.
— Bravo. Je n'ai pas les mots pour le dire. XXX, G.

DORIS
— Muguet, muguet, la vie a gagné ! XXX, D.

RIMA
— Sauvé ! On continue à avancer. Courage à vous sur la mer démontée.
— J'essaie de garder le cap. On a tellement besoin des artistes pour penser cette crise et construire l'avenir. Bravo pour votre frère. Pensées bien affectueuses, Rima.

SOPHIE
— Mon frère sauvé !
— Notre Jean-Gabriel ! XXX, Sophie.

CLOTILDE ET E.P.
— Quel bonheur, c'est merveilleux, cela me touche en plein cœur. Profite de lui à fond maintenant. Plein d'amour. On t'embrasse.

ISABELLE DE L.
— Retour à la vie ! XXX, F.
— Il est trop beau !!! Isabelle.

J. ET M.
— Émouvant, beau, réjouissant. Vive la vie. Vive Jean-Gabriel. J. et M.

Les méchants ordinaires : Le lunatique affectueux le matin et désagréable le soir, le pervers qui séduit et en profite pour manipuler et trahir, le borné qui applique la loi dont il se croit le dépositaire pour refuser toute indulgence, le lèche-cul qui se couche devant plus fort que lui et opprime les plus faibles, le fumiste qui ne fait rien et hume le vent pour savoir comme il tourne, l'égoïste qui ne pense qu'à lui et à ses intérêts, l'abonné absent qui ne répond plus au téléphone et aux messages, l'amnésique qui ne se souvient jamais de rien ni de personne, le faible qui promet tout et ne tient jamais, le débordé qui a fait lanterner longtemps et ne parle que de ses problèmes quand il consent enfin à recevoir, l'ingrat qui ne pardonne jamais le bien qu'on a pu lui faire, le malveillant qui ne voit que les défauts de l'autre, le bavard qui raconte partout ce qu'il devrait garder pour lui, la tête folle qui vous emmène dans sa voiture quand il a un coup dans le nez, l'obsédé sexuel qui ne voit que des proies au fil de ses rencontres, l'hypocrite qui berce de bonnes paroles et calomnie sans vergogne, l'impoli qui dérange à tout propos, le rancunier qui se venge pour des torts qu'on ne lui a pas infligés, le malappris qui parle mal à ses subordonnés et à ses domestiques, le chauffeur de taxi mal embouché qui traite son client comme un otage, le débile qui voudrait que la règle commune soit seulement valable pour les autres et se félicite bruyamment de l'enfreindre, l'imposteur mythomane qui fait croire à ses mensonges et devient enragé quand on lui oppose enfin la vérité, l'inspecteur à tout et à rien devant qui on est toujours en tort, le songe-creux qui n'admet pas que l'on refuse de souscrire à ses délires, l'envieux qui lorgne sur tout ce qu'on a et le jette dès qu'il l'obtient, l'opportuniste qui se saisit de toutes les occasions favorables pour se pousser du col sans égard pour quiconque, l'indécent qui inflige des confidences sur ses vilénies pour inciter à en être

ZOU

— Mon frère a échappé de peu à la mort, quinze jours de réanimation. Faites bien attention. Tendresses, F.

— Oh ! Mon Dieu ! Protège-toi bien, mon Fredo. Prends soin de toi, mon petit lapin. Je t'aime fort. On se voit bientôt. *Inch'Allah.* On va s'en sortir. La photo, c'est le début de la guérison. XXX, Z.

HUBERT

— Ça fait vraiment, vraiment plaisir. H.

NAZANINE

— Quelle belle photo ! Ouf ! Embrassez-le pour moi. Je vous embrasse. Nazanine.

— Il me tarde de vous revoir.

ARLETTE

— On est si contents de le retrouver debout. Il a gagné ? *Hia hia,* hourra. Et merci, mon Dieu ! Et beau, égal à lui-même. Baisers, A.

ÉRIC DE R.

— Bravo. Embrasse-le de notre part. *Tibi,* E.

ROSELYNE

— Quelle joie ! Quelle joie ! Quelle belle photo de Jean-Gabriel.

complice, le méprisant qui impose son esprit de dérision en toutes circonstances, l'allumeur qui referme brutalement et le sourire aux lèvres la porte qu'il avait entrouverte etc., etc. Garçons et filles, j'ai bien connu toutes ces sortes de méchants ordinaires. Ils prospèrent dans ces temps de malheurs. Heureusement, il y a tous les autres qui ne sont pas comme eux.

M.Y.
— Bonsoir. Merci Frédéric, je suis tellement heureuse pour Jean-Gabriel ! C'est encore difficile mais avec son courage, sa force et sa ténacité, on pourra se réunir très vite. Je vous embrasse bien affectueusement, M.Y.

CATHERINE D.
— Je vous embrasse, Catherine D.

JEAN-CLAUDE M.
— Quelle joie, nous l'aimons tous tellement ! J.-C. M.

RINE
— Merci, tu me touches beaucoup. Il a beaucoup maigri mais il est là, c'est l'essentiel. Je t'embrasse fort, Rine.

LIRIA
— Oh, cher Jean-Gabriel. Il est formidable. Je l'embrasse fort. Tout va aller. Il va s'en sortir bien. Et en plus, quelle élégance !

SIHEM
— Il est beau ! On le retrouve ! Je t'appelle ce soir.

FEREYDOUN
— Il suffit de regarder pour voir que c'est un battant ! Merveille du retour à la vie ! Je t'embrasse, Fereydoun.

Thomas Morales m'est infiniment sympathique depuis que j'ai lu *Éloge de la voiture. Défense d'une espèce en voie de disparition* aux éditions du Rocher. Il observe avec angoisse les ravages que le virus entraînera dans notre style de vie et comment la plupart des politiques, des intellos dorés sur tranche, des militants en tout genre, vont nous faire descendre encore une marche : « Tout ce que j'ai aimé disparaît peu à peu ; tous mes repères se désagrègent, je ne reconnais plus mon pays, aigri et vengeur. Alors, inlassablement, par souci d'équilibre, je mélancolise le passé, comme d'autres aiguisent leurs identités assassines. » Suit une liste revigorante pour moi de tout ce qui lui manque. Pour une fois, j'ai envie de lui dire « *Me too* », et c'est bien le seul emploi que je trouve à cette formule cauchemardesque.

Barbara Stiegler, philosophe : « En imposant à tous l'économie du numérique, qui livre toute une population, y compris les plus jeunes [...], au pouvoir des écrans, nos responsables ne font en réalité qu'une chose : poursuivre à toute force la pression du surmenage, de l'évaluation et de la compétition mondialisée qui mine nos sociétés. L'idée est de ne surtout pas affronter les discontinuités inouïes du réel et de la recouvrir par une continuité factice, en jouant sur des ressorts psychologiques bien connus : la peur du vide, l'évitement du deuil et la terreur devant l'inédit. »

LA BLONDE
— Toutes mes condoléances pour ton frère !
— Mais non, il est sauvé ! Je lui dirai ton message, cela lui fera plaisir de savoir que la blonde a pensé à lui ! xxx, F.

JANINE
— Il est tellement beau ! Cela nous fait un plaisir fou ! Baisers ! Toujours ! Janine.

ADRIEN G.
— Génial !!! xxx, Adrien.

M. ET M.
— Mon Frédéric chéri, nous venons de découvrir la photo ! Quelle extraordinaire émotion ! Moment de bonheur ! Beaucoup d'amour pour toi aussi. Profite de la belle Normandie ! Soleil, xxx, M. et M. les Athéniens.

CLOTILDE ET E.P.
— Belle photo de ton frère. Je suis tellement heureux pour toi. *Baci Ministro mio,* E.P.

Barbara Stiegler, encore : « En surinvestissant le registre moral, il s'agit de produire une complète dépolitisation des questions, qui passe par l'héroïsation des soignants, l'activation de la fibre morale de tous les citoyens et la stigmatisation des mauvais Français. »

Pascal Lamy : « Le Covid-19 va accélérer le passage du protectionnisme au précautionnisme. » En gros, ça va coûter plus cher.

L'Iran assommé par les sanctions et ravagé par le virus a demandé pour la première fois que le FMI lui prête 5 milliards de dollars. Super Donald, trop content de s'y opposer, étant bien entendu pour lui que les méchants mollahs se serviront de cet argent pour multiplier les actions terroristes.

En Israël, on sait repérer les terroristes. Le Mossad refile ses infos pour traquer le virus.

Jérôme T. vient de mourir. Il avait mon âge, pas loin donc de celui de mes frères. Je l'ai assez bien connu à Sciences-Po. Intelligent, gai, plein de curiosité et d'ardeur. Je l'avais perdu de vue. Je ne connais pas la cause de sa mort, mais je pense au virus.

CORINNE R.

— C'est sensationnel, je suis tellement heureuse, il est souriant et enthousiaste comme toujours. Je vous embrasse. XXX et merci, merci pour la photo.

BETTY

— Victoire, il est beau comme tout.

— J'espère que tout va bien. Dis à Mazarine et son homme que je les aime aussi beaucoup et tendresse à tous. XXX, F.

— Je leur ai fait suivre la photo ! Pleins de baisers de nous tous. XXX, B.

SYLVAIN

— Cher Frédéric, Selma me tient informé de l'évolution de la santé de ton grand-frère. Je voulais te dire que nous sommes tous les deux auprès de toi par la pensée. Cela ira bien. Je t'embrasse affectueusement, Sylvain.

— Merci, cher Sylvain, je pense bien fort à vous. Frédéric.

— Merci, cher Frédéric, de cette photo réconfortante.

— XXX, F.

SAÏD

— Il a un magnifique sourire. Je l'aime, Jean-Gabriel. Il est merveilleux.

Les tribunaux pour comparution immédiate moulinent comme ils peuvent le tout-venant de la délinquance ordinaire, en respectant avec peine les précautions sanitaires. Ils emprisonnent le moins possible pour éviter l'enfermement, dépotoir à virus. En plus des habitués, pickpockets, voleurs de portables, caïds du métro, alcolos au volant et brutes au foyer, une nouvelle espèce de vauriens : ceux qui crachent sur les flics en criant : «J'ai le Covid.» Les magistrats rajustent leurs masques au cas où d'autres expectorations intempestives surviendraient. Une avocate : «Personne ne devrait se trouver dans cette salle, c'est scandaleux, ce virus est dangereux, cela ne rime à rien de poursuivre les audiences.»

C'est bizarre, cette fascination pour Dupont de Ligonnès, le protagoniste du seul fait divers qui intéresse encore l'opinion quand on ne parle que de l'épidémie. Peut-être parce que ce fils de famille bien propre sur lui, assassin de sa femme et de ses enfants, réac et partouzard, mythomane et escroc, mort ou vivant, donc disparu et insaisissable, est l'incarnation d'une sorte de virus social. Il tue sans prévenir le monde auquel il appartient et qui ne s'est pas méfié de lui.

Pour Peter Viot, conseiller de la Commission européenne, il faudra apprendre à vivre avec le virus comme avec le sida. Il n'y a que la variole qui ait disparu, pour la polio on n'est pas sûr, le reste ne dort que d'un œil. Charmante perspective.

ÈVE

— Merci, mon Fredo, pour cette photo qui résume bien la situation. Il est toujours superbe ! XXX, Ève.

FEREYDOUN

— Une amie a reçu une photo de Jean-Gabriel debout. Vous êtes rassurés ? XOXO.

— Oui, sortie du cauchemar. Je pense beaucoup à vous. Je vous appellerai ce soir. XXX, F.

*Jeudi 23 avril*

Le délicieux Michel Grisolia, écrivain et scénariste, est mort il y a cinq ans. Françoise Hamel s'en souvient. Vertu de la mémoire. En ces temps dévorés par le présent. Et qui se souvient d'Yves Navarre ?

Littérature du terroir, littérature militaire, il n'y a que les ignares et les imbéciles pour s'en moquer. L'éditrice Jeannine Balland-Bergot était tout le contraire. Partie à quatre-vingt-treize ans comme ma chère Catherine Paysan dont j'ai tant aimé les livres. Sa dernière lettre récemment : « Venez me voir. » Je ne suis pas allé la voir, je pensais que nous avions encore un peu de temps.

George Orwell en 1944 : « Le fait est que nous vivons en un temps où les raisons de se réjouir ne sont pas nombreuses. Mais j'aime faire l'éloge des choses quand il y a quelque chose à louer, je voudrais écrire quelques lignes à la louange des roses de Woolworth… Même dans la plus sordide des rues, l'arrivée du printemps se manifestera d'une façon ou une autre, qu'il s'agisse seulement d'un ciel bleu plus clair entre les conduits de cheminée ou du vert éclatant d'un sureau qui bourgeonne sur un site bombardé… Même les rues étroites et lugubres autour de la banque d'Angleterre ne semblent tout à fait en mesure de le cacher. »

S. FLAURE
— Comment vont-ils ?
— Ça va, mon frère progresse. Mieux chaque jour malgré la fatigue. Il remonte. Profitons de la campagne pour oublier un peu. Un si beau printemps. La Nature est innocente… XXX, F.

ALICE D'A.
— Cher Frédéric. Je voudrais savoir comment vous allez. Je pense souvent à cette réception exceptionnelle qui nous paraît bien lointaine. J'espère que votre confinement ne se passe pas trop mal. Baisers électroniques, Alice
— Merci, chère Alice. Cette période a été un cauchemar avec mon frère en réanimation pendant quinze jours. Il s'en est sorti. Mais il en a pour un moment avant de se remettre. Je pense bien à vous, F.
— Oh Frédéric, quel tourment vous avez dû connaître ! Je suis de tout cœur avec vous et compatis d'autant plus que mon père en sort tout juste, stade aussi très grave, et la distance, l'impuissance sont douloureuses. Mais votre frère et mon père sont vivants. C'est déjà ça. Je vous embrasse avec toute mon amitié, A.
— XXX, F.

*Samedi 25 avril*

Malgré les poussées de fièvre anti-Macron que suscitent en moi ses écarts de langage et ses envolées lyriques, je constate qu'il tient la barre entre ses visites aux soignants et dans les écoles, le combat qu'il mène auprès de la Communauté européenne, la relation qu'il a construite avec Angela Merkel. La critique est si facile pour qui n'exerce pas de responsabilités. Peut-être faudrait-il lui rappeler seulement la formule de François Mitterrand parlant de Baltique, son fidèle labrador : « En politique, si vous voulez être aimé, achetez-vous un chien. ». Au fait, comment a survécu Baltique après la mort de son maître ?

Amazon contraint par une ordonnance en référé du tribunal de Nanterre de fermer ses sites logistiques. Les employés n'étaient pas suffisamment protégés. Jeff Bezos s'en fout, sa fortune écornée par tout ce que sa femme lui a piqué lors de son divorce a fait encore un bond grâce au confinement. Il pose en patron philanthrope pour les médias.

COUSIN PIERI

— Je l'ai revu cet après-midi. Nettement mieux, il marche un peu difficilement, mais il marche et on a pu papoter tranquillement. Il a retrouvé son esprit primesautier. Visite sympa et réconfortante. Cousin J.

— Oui, cher cousin, il progresse bien, heureusement qu'il a croisé ton chemin. Je t'embrasse fort. F.

JACQUES

— Cher Frédéric, j'apprends par Radio Classique que Jean-Gabriel a été gravement touché par le Covid. Je suis très ému mais heureux d'apprendre qu'il se rétablit doucement. Nous fêterons donc notre anniversaire ensemble en septembre ! Je vous embrasse bien affectueusement, Jacques.

— Merci pour votre si gentil message que je lui transmets. Il progresse bien. Intellect, humour, moral intacts, mais il lui faudra deux mois pour se remettre sans doute. Mille pensées bien affectueuses, F.

*Lundi 27 avril*

Après six semaines de confinement, les enfants espagnols de moins de quatorze ans ont retrouvé le droit de sortir, accompagnés d'un parent. Ils peuvent emporter avec eux une bicyclette ou une trottinette.

Lucien Bodard, à propos de la guerre d'Indochine : « La souffrance était d'autant plus grande que l'espérance s'était insidieusement glissée dans les cœurs. »

Qui pense sérieusement que l'on pourra jouer au théâtre, danser et crier sur scène, faire des concerts en respectant les fameux gestes barrières et, de surcroît, devant des publics clairsemés en fonction des règles de distanciation ? Mensonges, mensonges.

Je ne sais plus qui l'a dit, ni où je l'ai lu : « N'oublions pas les survivants qui, comme moi, seront sans doute marqués à jamais, dans un mélange de culpabilité et d'immense soulagement d'avoir traversé la tempête. »

Il n'y a plus de recours en grâce. Quand l'autre meurt, c'est fini et ça ne veut rien dire d'autre.

Mort d'Henri Weber, soixante-seize ans, tué par le virus. Je regrette de ne pas l'avoir assez connu. Il méritait d'être aimé comme Daniel Cohn-Bendit et Romain Goupil pour qui je n'ai que tendresse, ce dont ils se fichent, mais c'est une autre histoire. Dire de sa vie qu'elle fut extraordinairement fervente, désintéressée et romanesque, c'est encore la réduire. J'ai quelques souvenirs, ils sont tous intéressants et heureux. Je pense à Fabienne, sa femme. Elle a eu bien de la chance de vivre avec lui. Je lui envoie un message, forcément insuffisant et maladroit.

SYLVIE B.

— Les nouvelles de votre frère sont meilleures ! Nous nous en réjouissons beaucoup. Nous allons tous très bien. Rémi toujours positif. Marylin en télétravail. Vous nous manquez. Sylvie

— Tendres et fidèles pensées. Comme l'a dit *the Queen* : « *We shall meet again.* » XXX, F.

*Mardi 28 avril*

Entretien de Christophe Honoré : «J'ai le plus grand mal et la plus grande répugnance à envisager la pandémie comme une chose qui va porter ses fruits. Je crains que le temps ne soit que stérile et néfaste. Depuis le début, je refuse de donner un sens à ce qui se passe. Je trouve extrêmement dangereuse l'idée que la maladie serait une façon de payer quelque chose… S'il y a bien un métier impossible à faire avec la distanciation sociale, c'est celui de comédien… Ce sont la prudence, la réserve, l'intimité qui nous permettront une précision sur ce que l'on aura pu ressentir, et sur les traces qui seront laissées… Le temps que nous vivons est perdu. L'admettre, c'est laisser la possibilité qu'il y ait un temps retrouvé.»

RENATO

— Comment va ton frère ? Douces pensées. *Baci.*

— Tout progresse peu à peu. Je serai à Paris à partir du 18. J'espère que le confinement n'a pas été trop dur avec les deux enfants. Tu m'as dit que tu as un petit jardin. Je vous embrasse très fort, F.

— Et voilà le muguet du petit jardin. Pour ton frère et toi. *Baci.*

La photocomposition de cet ouvrage
a été réalisée par
GRAPHIC HAINAUT
30, rue Pierre Mathieu
59410 Anzin

MIXTE
Papier
FSC FSC® C003309

L'éditeur de cet ouvrage s'engage dans une démarche de certification FSC® qui contribue à la préservation des forêts pour les générations futures.

Pour en savoir plus :
www.editis.com/engagement-rse/

Imprimé en France par CPI
en novembre 2020

N° d'édition : 61210/01 – N° d'impression : 3041212